IT
イット・スターツ・
STARTS
ウィズ・アス
WITH US

ふたりから始まる

コリーン・フーヴァー

相山夏奏＝訳

二見書房

IT STARTS WITH US
by
Colleen Hoover

Published by arrangement with Atria Books,
a Division of Simon & Schuster, Inc.,
through Tuttle-Mori Agency, Inc., Tokyo

この本を勇敢で大胆なマリア・ブレイロックに捧げます

◆登場人物紹介

リリー・ブルーム――フラワーショップの経営者
アトラス・コリガン――レストランのオーナーシェフ
ライル・キンケイド――脳神経外科医
アリッサ――リリーの親友、ライルの妹
マーシャル――アリッサの夫
ブラッド――レストランのスタッフ
ダリン――レストランのスタッフ
セオ――ブラッドの息子
ジェニー・ブルーム――リリーの母
サットン――アトラスの母
ジョシュ――アトラスの弟

読者の皆さんへ

本作品は『イット・エンズ・ウィズ・アス　ふたりで終わらせる』のエンディングの場面からはじまる、同作の続編となっています。より楽しんでいただくために、まず前作を読み終えてから、この『イット・スターツ・ウィズ・アス』を読んでいただくことをおすすめします。

『イット・エンズ・ウィズ・アス』が出版されたとき、まさか続編を書くことになるとは、わたし自身は思ってもいませんでした。また、同作がこれほど多くの皆さんの支持をいただけることになるとも。わたしが母の話からパワーをもらったように、リリーの物語に力や勇気をもらった、そう言ってくださった皆さんに、心からの感謝を捧げます。

『イット・エンズ・ウィズ・アス』がＴｉｋＴｏｋで大きなブームとなった後、リリーとアトラスのその後の物語を読みたいという要望がわたしのもとに殺到しました。人生を変えてくれた皆さんの声に応えないという選択はありませんでした。『イット・スターツ・ウィズ・アス』は、日々わたしを応援してくださる皆さんへの感謝の印として書いた物語です。そのため、読んだ後、皆さんに明るい気持ちになってもらえる作品に仕上げました。

リリーとアトラスにふさわしい物語です。

ふたりの愛の物語《ストーリー》を、どうかお楽しみください。

愛をこめて
コリーン・フーヴァー

1

アトラス

〈ビブズ〉の通用口のドアに赤いスプレーで殴り書きされたASS WHOLEという間違った綴《つづ》りに、母を思い出した。

母はいつも音節と音節の間をほんの少し離して発音していた。そのせいで一つの単語〈Asshole《くそったれ》〉が〈Ass Hole《ケツの穴》〉という二つの単語のようにきこえた。きくたびに笑いたくなったけど、その言葉をしょっちゅう浴びせられていた子どもの頃には、それをおもしろがる余裕もなかった。

「Ass……Wholeか」ダリンがつぶやく。「ガキのしわざだな。大人なら綴りを間違えるはずがない」

「子ども……とも限らない」ぼくは落書きに触れた。もう指にペンキはつかない。誰だか知らないが、犯人がこれを書いたのは、昨夜、閉店後すぐに違いない。

「綴りの間違いはわざと?」とダリン。「おまえの全部《whole》がくそだ《ass》って言いたいのかな?」

「ターゲットはぼくとは限らないだろ?　おまえやブラッドかも」

「だっておまえの店だろ」ダリンはジャケットを脱ぐと、それを手袋がわりにつかって、窓枠に挟《はさ》まった大きなガラスの破片をそっと取り除いた。「店に不満のある従業員かも」

「不満のある従業員がいるか？」こんなことをする奴は一人も思い浮かばない。最後に従業員が辞めたのは五カ月前だし、あの娘《こ》は大学を卒業するタイミングで円満に辞めたはずだ。

「ブラッドを雇う前に皿洗いをしていた男は？　なんて名前だっけ？　鉱物にちなんだ、めちゃ奇妙な名前だ」

「クォーツ、ニックネームだ」そう言えば、すっかり忘れていた。だがあれからずっと、あの男が恨《うら》みを抱き続けていたとは思えない。店をオープンして早々にクビにした従業員だ。男が食べ残しがのっている皿しか洗わないことに気づいたからだ。グラス、大皿、銀食器、テーブルから引いてきた食器はすべて洗えと指示しているのに、そいつはあまり汚れていないように見えるものは、そのまま乾燥用の棚につっこんでいた。

クビにしなけりゃ、保健所から営業停止命令を食らうはめになったかもしれない。

「警察に通報したほうがいい」ダリンが言った。「保険会社にも被害報告しなきゃ」

ぼくが反論する前に、ブラッドが裏口に現れた。あたりに彼の靴が割れたガラスを踏む音が響く。店の中で盗まれたものがないかチェックしていたらしい。

ブラッドは無精ひげの生えたあごをひっかいた。「盗まれたのはクルトンだ」

とまどったような沈黙が広がる。

「クルトン!?」ダリンが言った。

「ああ。作り置きのクルトンが全部なくなってる。ほかに被害はない」

予想外の報告だ。何者かがレストランに侵入して、食器や調理器具といった金になりそうなものを盗んでいかないとしたら、侵入の理由は空腹だ。腹がへったときの絶望感についてはぼくも覚えがある。「通報はしない」

ダリンがぼくを見た。「どうして？」

「通報したら、犯人が捕まるかもしれない」

「そりゃそうだ、そのために通報するんだから」

ぼくはダンプスター（大型のごみ容器）から空箱を取り出すと、集めたガラスの破片をその中に入れた。「ぼくも昔、レストランに忍び込んだことがある。ターキーサンドイッチを盗んだ」

ブラッドとダリンが一斉にぼくを見る。「酔っぱらって？」ダリンがたずねた。

「いや、腹がへってたからだ。クルトンを盗んだくらいで、誰かが逮捕されるのは嫌だ」

「なるほど。だが食べ物は始まりにすぎない。次は調理器具やなんかを盗みにきたらどうする？」ダリンが言った。「防犯カメラはまだ故障中だろ？」

ダリンからは、もう何カ月も前から早く直せと言われていた。「ああ、忙しくてね」

ぼくの持っていた箱を取りあげると、ダリンは残りのガラスの破片を拾いはじめた。「犯人が戻ってくる前にカメラを修理したほうがいい。ちくしょう、〈ビブズ〉が簡単に侵入できたら、今度は〈コリガンズ〉を襲うかもしれないぞ」

「〈コリガンズ〉はセキュリティのシステムが作動している。それに、犯人が誰か知らないが、ぼくの店を襲ったのはたまたま通りかかっただけだ。はじめからここを狙ったわけじゃない」

「そりゃ希望的観測だ」ダリンが言った。

反論しようと口をひらいた瞬間、着信音が響いた。史上最速でスマホに手を伸ばす。だが残念ながら、メッセージはリリーからじゃなかった。

今朝、慌《あわ》てて店に向かう途中、彼女にばったり会った。一年半ぶりの再会だ。だがぼくはダリンから何者かが店に侵入したという連絡を受けとったところで、彼女は彼女で仕事に遅刻しそうだった。店に着いたらメッセージを送る、彼女はそう約束して、お互いあたふたと別れた。

それからもう一時間半が経つのに、まだ連絡はこない。一時間半なんて、ばたばたしていればすぐに過ぎる。わかっているのに胸のざわつきは収まらない。もしかしたら歩道の五分間でぼくが言った言葉を、彼女は単なる社交辞令だと思ったのかもしれない。

だが、あれは社交辞令なんかじゃない。彼女が幸せそうで、離婚したことを知ったとき、どうしても言わずにいられなかった。口にした言葉はすべて本気だ。

いつでも準備ができてる。これ以上はないというほどに。

ぼくはスマホで彼女の連絡先をタップした。この一年半の間、何度、メッセージを送ろうと思っただろう。だが、最後に彼女と言葉を交わしたあのとき、ぼくは彼女にボールを投げたつもりだった。当時の彼女はいろいろ問題を抱えていて、彼女の人生をあれ以上複雑にはしたくなかった。

だが今、彼女は独身だ。それにもう一度、ぼくたちの関係を一歩進める心づもりがある……そんな口ぶりだった。でも、あれから一時間半も連絡がない。一時間半は、やっぱりむりと思い直すに十分な時間だ。メッセージの来ない一分は一日にも思える。

まだリリー・キンケイドで登録されている彼女の苗字《みようじ》を、編集画面から旧姓のブルームに戻す。

ふと気配を感じると、ダリンがぼくの肩越しに画面をのぞいていた。「それって、我らがリリーのことか？」

ブラッドもぱっと顔を上げた。「リリーと連絡してるのか？」

「我らがリリー？」ぼくは面食らった。「一度会っただけだろ」

「まだ離婚してないのか？」ダリンがたずねる。

ぼくは首を横に振った。

「そりゃよかった。たしか妊娠してたよな？　子どもは生まれた？　男の子？　女の子？」

リリーの話はしたくない。まだ話すようなこともないし、だからといって適当な話もしたくない。「女の子だ。質問タイムは終わりだ」ぼくはブラッドをちらりと見た。「今日、セオは来る？」

「木曜日だからな。来ると思う」

ぼくは店の中に入った。誰かとリリーについて話すとしたら、それはセオだ。

2

リリー

まだ手が震えている。アトラスとばったり再会してから、もうすぐ二時間がたつのに。この震えは感情が高ぶっているせい？　それとも店にきてからずっと忙しくて、何も口にしていないから？　わからない。家から持ってきた朝食を食べる時間はもちろん、今朝の出来事をゆっくり考える暇は五秒もなかった。

あれって、本当に起こったこと？　立て続けにあんな間抜けな質問をするなんて、穴があったら入りたい気分だ。

でも、彼のほうは堂々としていた。わたしに会えて嬉しそうだったし、ハグされた瞬間には、心の片隅で、突然、何か長い眠りから目を覚ましたような気がした。

でもようやくトイレに行く暇を見つけたとき、鏡に映った自分を見て、泣きたくなった。そこにいたのはまだらな赤ら顔のわたしだ。シャツにはすりおろしたニンジンのしみがついているし、一月から塗りなおしていないマニキュアもはげかけだ。

アトラスは完璧を求めたりしない。それはわかっている。でも、何度も彼と偶然再会する場面を想像していたけれど、まさかよりによって、疲れてヘロヘロの朝、十一カ月の娘にベビーフードを投げつけられた三十分後に再会するとは思わなかった。

彼はすごくステキで、すごくいい匂いがした。

わたしは……母乳の匂いがしたかも。

思わぬ再会に動揺しすぎて、今朝は配達をするドライバーへの指示に倍の時間がかかった。おまけに店のサイトに今日入った新しい注文もまだチェックできていない。最後にもう一度、ちらりと鏡を見る。映っているのはやっぱり、働きすぎで、疲れ果てたシングルマザーだった。

バスルームを出て、レジに戻ると、わたしはプリンターで打ち出した注文書をチェックしながら、花に添えるカードを作りはじめた。手を動かしていると気が紛《まぎ》れる。忙しい朝でよかった。

注文はジョナサンからグレタへのバラのブーケ。メッセージはこうだ。〈昨日の夜はごめん。許してくれる?〉

うーん、思わずうめき声がもれる。お詫《わ》びの花束をつくる仕事は好きじゃない。いったい何について謝っているのか、いつも気になってしょうがない。デートをすっぽかした? 家に帰るのが遅かった? ケンカでもしたの?

それとも……彼が彼女を殴った?

時には、近所にあるDVの被害にあった女性のためのシェルターの電話番号をカードに書きたくなる。でも、そのたびに自分に言いきかせる。謝罪の言葉を受けた女性が皆、かつてのわたしのようなひどい目にあっているとは限らない。ジョナサンはグレタの友だちで、彼女を励まそうとしているのかもしれない。もしかしたら彼は彼女の夫で、ちょっとはめをはずしすぎただけかもしれない。

なんであれ、花を贈る理由がよいことでありますように。わたしはそう願いながら、メッセージカードを封筒に入れて、バラの花束に差し込んだ。できあがった花束を配達待ちの棚にのせ、次の注文に取りかかろうとした瞬間、メッセージが着信した。

慌ててスマホに手を伸ばす。まるで三秒以内に読まないとメッセージが消えてしまうみたいに。でも画面を見て、一瞬、身がすくんだ。アトラスじゃない、それはライルからだった。

エマにフライドポテトを食べさせてもいい?

すばやく返信をする。**やわらかいものなら**

わたしはスマホをカウンターに投げ出した。フライドポテトはあまり頻繁《ひんぱん》に食べさせたくないけれど、ライルが娘に会うのは一週間のうち一、二日だけだ。わたしと一緒にいるときには、できるだけ栄養のあるものを食べさせるようにしよう。

すっかり忘れていたのに、今のメッセージでライルの存在を思い出した。彼がいる限り、アトラスとわたしの間には、どんな種類の関係、友だち関係さえ存在しえないのではと不安になる。わたしがアトラスと付き合うようになったら、ライルはどう思うだろう? もしアトラスと顔を合わすことになったら、ライルはどんな態度をとるだろう?

まあ、まだ付き合うことになったわけじゃないけど。

アトラスにどう言えば……わたしはスマホを見ながら考えた。店をあけたら連絡すると言ったけれど、店についたときにはすでに入口にお客が並んでいた。そしてライルがメッセージを送ってきた今、わたしはこのストーリーの中に、彼も存在することを思い出して、アトラスへの連絡をためらっている。

正面ドアがあいて、従業員のルーシーがようやく出社してきた。いかにも機嫌が悪そうだ。

「おはよう《グッドモーニング》、ルーシー」

彼女は目にかかった前髪を払うと、ため息をつきながらハンドバッグをカウンターに置いた。

「今日っていい朝《グッドモーニング》だっけ?」

朝のルーシーの愛想の悪さは半端ない。だからいつも少なくとも午前中の十一時までは、もう一人の従業員のセリーナか、わたしがレジを担当し、ルーシーには裏で花のアレンジを頼んでいる。コーヒーを一杯、いや五杯飲むと、嘘みたいに愛想がよくなる。

「座席カードが足りないの。生産中止だって。これから追加分を注文しても間に合わない。結婚式まであと一カ月もないのよ」

彼女の結婚式の準備はトラブル続きだ。結婚自体、考え直したほうが……つい、そう言いそうになる。でもわたしは迷信なんて信じない。彼女もそうだといいけど。

「手作りのカードが流行《はや》ってるみたいよ」わたしは提案した。

ルーシーはあきれたようにくるりと目を回した。「手作りなんてありえない」ぼそりとつぶやく。「結婚式なんてやめちゃいたい。これまでデートした時間を全部足しても、打ち合わせの時間のほうが長い気がするわ」たしかに、それはそうだ。「いっそ中止にしてベガスに行こうかな。リリーたちって駆け落ちしたんだっけ?　後悔してる?」

わたしは何をどう言おうか考えた。「なんで手作りが嫌いなの?　花屋で働いているのに。

それに、わたしは離婚したのよ。もちろん衝動的に結婚したことは後悔してる」彼女にまだ手つかずの注文書の束を渡す。「でも、楽しかった」それは認める。

ルーシーが店の裏へ行って、残りの注文のアレンジを始めると、わたしの思いはふたたびアトラスに戻った。そしてライル、それからハルマゲドン（世界終末の大決戦）のことも。二人のことを同時に考えると、いつもそんな気分になる。

これからどうなっていくのか見当もつかない。アトラスと偶然再会したとき、まわりのすべてが消え去った気がした。ライルまでも、だ。なのに、今、ライルの存在がまたじわじわと頭の中に戻ってきた。でも、かつて彼のことを考えて胸が一杯になったのとはまったく違う。バリケードに行く手を阻《はば》まれている気分だ。この一年半、わたしのラブライフはでこぼこもカーブもない、まっすぐで平坦な道だった。まったく何もなかったからだ。でも今は、急に山あり谷あり、おまけに崖《がけ》まである気がしてきた。

乗り越える価値はある？　もちろんある、相手がアトラスなら。

でも〈わたしたち〉にとってはどうだろう？　あえて茨《いばら》の道を歩むほど価値のあるものだろうか？　それがわたしの生活のほかの部分にも影響を及ぼすことは明らかなのに。

もうずいぶん、この手の葛藤《かっとう》とは無縁だった。アリッサに電話して、アトラスに会ったことを話したい。でも、それはできない。彼女はライルの思いがまだわたしにあると知っているし、わたしとアトラスの再会を知ったら、ライルがどう思うかもわかっている。

ママに話すこともできない。ママとは最近、よく会っているけれど、まだ恋愛についてなんでも話せるような仲じゃない。

アトラスについてありのままを話せるとしたら、たった一人しかいない。

「ねえ、ルーシー?」

イヤホンをはずしながら、ルーシーが裏から顔を出した。「呼んだ?」

「しばらくレジを頼める? ちょっと出かけたいの。一時間で戻るわ」

彼女がカウンターの後ろに来ると、わたしはバッグを手に取った。エマーソンが生まれて以来、一人の時間はほとんどない。だから留守を頼める人がいるときは、ときどき、こうしてしばらく店を抜け出すことがある。

わたしだって、時にはゆっくり座って物思いにふけりたい。だが子どもがそばにいると、それはできない。たとえエマが眠っていても、母親モードのスイッチはオフにならない。仕事中は、次から次へとやることがあって、誰にも邪魔されずに静かな時間を過ごせることはほとんどない。

車の中で一人音楽に耳を傾け、ときには〈チーズケーキ・ファクトリー〉のデザートを一切れ、それでこんがらがった頭を整理することができる。

わたしはボストン湾を見渡す場所に車を停めると、運転席のシートを少し倒して、ノートとペンを取り出した。これがチーズケーキと同じくらい効果があるかどうかはわからないけれど、昔のように自分の胸のうちを吐き出す必要がある。昔、頭の中を整理したいとき、この方法はとても役に立った。今回も、せめて頭の中がパニックにならないよう、多少の助けになってくれたらと思う。

大好きなエレンへ

戻ってきたわ。誰だかわかる？

わたし。

それからアトラス。

ふたりともよ。

今朝エミーと一緒にライルに会いに行く途中、偶然彼と再会したの。嬉しかった。でもお互い、手短に近況を伝えあっただけで、あわただしく別れた。彼はレストランでちょっとした事件があって急いでいたし、わたしは店の開店時間に遅れそうだったから。彼にメッセージをすると約束して、その場を後にした。

彼に連絡したい、ほんとに。彼に会ったことで、どれほど自分が彼のそばにいる感覚を恋しく思っているかに気づいた。

今朝、ほんの数分間、彼と一緒にいて、ようやく気づいたの。自分がずっとさびしさを感じていたんだってことに。でもライルと離婚してから……ああ、待って。

離婚のこと、話してなかったよね。

最後に手紙を書いてからもうずいぶん経つもの。さかのぼって話すわ。

エミーを産んだ直後、わたしはライルとの別居が一時的ではなく、永遠に続くべきだと思った。だから離婚してくれるよう彼に頼んだの。わざとそんな残酷なタイミングを選んだわけじゃない。実際に娘を腕に抱くまでは、自分がどちらの選択をするかがわからなかっただけ。

彼女を抱いたとたん、全身で、虐待の連鎖を断ち切るためなら、何でもするべきだと思ったの。

そう、離婚を切り出すのはつらかった。悲しくもあった。でも、後悔はしてない。そしてその選択をしてわかった。一番つらい決断が一番よい結果につながるときがあるってことを。

ライルがいたら……そう思うことがないと言えば嘘になる。二人で楽しく過ごした日々が懐かしい。エマーソンに両親のそろった家庭を用意したかった。でも、わたしは正しい決断をしたと思う。たとえ時にはその決断の重さに押しつぶされそうになることがあっても。むずかしいのは、ライルともまったく無関係になるわけじゃないところよ。わたしが好きになった彼のいい面はそのままで、でも夫婦でなくなれば、離婚の原因になった最悪の面を見ることはめったになくなった。たぶん彼もつねに言動に気をつけているからだと思う。彼は離婚のとき、反論もせず、争おうともしなかった。わたしがDVで彼を訴えることもできるとわかっていたから。そして、もしそうなったら妻だけじゃなく、ほかにも多くを失うってことも。だから親権の交渉は、想像していたよりずっとスムーズに進んだ。

彼以上に、わたしが争うポーズを見せなかったことも、交渉が円滑に進んだ理由だと思う。わたしの弁護士は率直な人で、単独の親権が欲しいと言うわたしに、夫婦のもっとも醜い部分を法廷でさらけ出さない限り、ライルからエマーソンに面会する権利を奪うことはできないと言った。それからたとえDVを持ち出したとしても、前科もなく、協力的で社会的地位があり、おまけに金銭的な援助もできる父親からは、いかなる権利も取りあげるのはむずかしい、と。

わたしは二つの選択肢について考えた。すべてを洗いざらい話して、この争いを法廷に持ち込んだあげく、しぶしぶ共同親権に合意するか、あるいは、ライルとお互いに納得できる取り決めをして、離婚後も子育てで協力するか。

たとえ取り決めをしたところで、怒りをコントロールできない人に安心して娘を預けられるのかと言われるだろうけど、妥協するしかなかった。親権に関してわたしにできるのは、二つの究極の選択のうち、まだましなほうを選んで、エミーが父の最悪な面を一度も見ることがないよう願うことだけだったの。

エミーには父親と絆《きずな》を感じてほしい。彼から引き離したいとは思わなかった。ただ娘の安全を確保したいだけ。だからライルに最初の数年は、面会は昼間だけにしてほしいと頼んだ。娘に手をあげないと信用できないからという、本当の理由は言わなかった。母乳をあげるタイミングとか、夜、彼に病院から緊急の呼び出しが多いとか、そんな理由をつけて。でもきっと彼も、わたしが娘をお泊まりで預けたがらない理由は察していると思う。

彼と過去の虐待について話すことはないわ。エミーとか、仕事の話をして、娘の前ではお互い笑顔を貼りつけている。少なくともわたしのほうは無理をしているし、自分の気持ちに嘘をついていると感じることもあるけど、彼を法廷に引っ張り出したあげく、すべて失うよりはましだから。娘が十八歳になって、親権を共同で持つ必要も、彼女を定期的に父親の最悪の部分を目撃する危険にさらす必要もなくなるまでは、作り笑顔でいるつもり。

今のところはうまくやってる。ときどき、彼が、わたしの決断が間違っていたのかもしれないと思わせるほど、優しく親しげに接してくる以外はね。わたしはもうとっくに気持ちにけりをつけたのに、彼のほうは未練があるみたい。二人の今後の関係について、まだ希望があるようなことを言うときがある。ライルが協力的なのは、充分な時間を与えて、暴力をふるわずにいれば、いずれわたしが戻ってくると考えているからじゃないかと思う。時間が経てば、こっちの態度もやわらぐんじゃないかって。

でもエレン、人生は彼の思いどおりにはならないわ。わたしはようやく進みはじめた。正直に言えば、アトラスに向かって。その可能性があるかどうか見極めるにはまだ早いけれど、どれほど時間が経っても、ライルへ戻ることはありえない。

ライルに離婚を切り出してからはもうすぐ一年だけど、別居のきっかけになった事件からはもうすぐ十九カ月、つまり、ひとりになってからもう一年半以上経っているの。

お互い思いを抱いているふたりが、一年半も会わないのは長すぎる。たぶん相手がアトラス以外の人だったら、そのとおりよね。でもどうすればいい？　こっちから連絡をして、ランチに誘われたら？　ランチが楽しく終わって（絶対そうなると思うけど）、次のランチがディナーになったら？　そしてディナーが、まだ若かったわたしたちが別れる原因になった次のステップになったら？　そしたらまた、ふたりとも幸せな気分になって、恋に落ちて、彼は永遠にわたしの人生の一部になるの？

まあ、これはちょっと先走りすぎ……あ、今、話してるのはアトラスのことね。とにかく人格の移植手術でも受けて、別人にでもなっていないかぎり、アトラスを大好きになるに決まってる。エレンもわかるでしょ？　だから躊躇《ちゅうちょ》してる。そうなってしまうのが怖いの。

もし、アトラスとうまくいったら、ライルがどう思うと思う？　エマーソンはもうすぐ一歳で、この一年は大きな波乱もなく過ごしてきた。でもそれは、さえぎるものは何もなく、うまく流れに乗ってこられたからよ。アトラスの名前がどんな津波を引き起こすかと思うと……。

この状況に対する心配の種はライルだけじゃない、アトラスと付き合いはじめたら、ライルがどんな暴挙に出るかわからない。ライル、ライル、とにかく、何をするにもライルのことが頭に浮かぶ。こんなふうにすてきなことが起こっても、よく考えると、結局は彼の反応をもとに判断せざるをえなくなってしまう。

彼がどんな反応を見せるのか、わたしが一番恐れているのはそこなの。嫉妬はしないでほしい。でもきっとすると思う。わたしがアトラスとデートしたら、腹を立てて、手がつけられなくなってしまうかもしれない。離婚は正しい選択だったと思うけど、その選択にはさまざまな結果が伴う。ライルは自分たちの結婚がダメになったのは、アトラスのせいだと考えているの。

ライルは娘の父親よ。この先、どんな男性がわたしの人生に現れるとしても、娘の穏やかな生活を望むなら、つねに彼をなだめ、ご機嫌を損なわないようにする必要がある。アトラス・コリガンがわたしの人生に戻ってきたら……ライルをなだめることはできない。

どうしたらいいか、あなたからアドバイスをもらえたらいいのにね。アトラスの存在が引き起こす破滅を避けるために、自分が幸せになるのをあきらめるべき？

わたしの胸にぽっかりとあいたアトラスの形の穴を、このまま埋めずにずっと抱えていくべきなの？

きっと彼はわたしの連絡を待っていると思う。でも、もう少し考える時間が必要なの。彼になんと言えばいい？　どうすればいい？

答えが見つかったら、また書くわね。

――リリー

アトラス

3

「ぼくたちはとうとう岸にたどり着いたんだ?」セオが言った。「本当にそんなこと言ったの?　口に出して?」

ぼくはソファの上で体をもぞもぞと動かした。「ぼくたちは若い頃、『ファインディング・ニモ』で結ばれていたのさ」

「で、アニメのセリフを持ち出した」セオはあきれたように頭をぐるっと回した。「でも、うまくいかなかった。ばったり会ってから八時間も経ってるのに、彼女はまだメッセージをよこさない」

「たぶん忙しいのかも」

「押しが強すぎたんじゃないの?」セオはぐっと身を乗りだした。ひざの間で両手を組んで考えている。「で、そのくさいセリフを言ったあとは?」

セオの追及は容赦《ようしゃ》ない。「何も。ふたりとも仕事に行かなきゃならなかったから。まだぼくの電話番号を持ってるかたずねたら、リリーは覚えてるって言った。だから、そこでじゃあねって――」

「ちょっと待った」セオがさえぎった。「番号を覚えてるって言ったの？」

「らしい」

「なるほど」セオはにやりと笑った。「そりゃ、いい兆候《ちょうこう》だね。今どき電話番号を覚えてる人なんていないない」

それはぼくもそう思う。だが、何か他の理由があって覚えたのかもしれない。彼女は以前にも、ぼくが番号をメモした紙をスマホケースに入れていた。緊急事態が起こったときのためだ。今回も同じ不安から記憶しただけで、相手がぼくである必然はなかったかもしれない。

「で、どうしたらいい？　こっちからメッセージを送る？　それとも電話？　むこうから連絡があるのを待ったほうがいいかな？」

「落ち着け、アトラス。まだ八時間だ」

ぼくはセオのアドバイスにさらに不安になった。「二分前、八時間もメッセージがこないなんて遅すぎるっていったばかりだろ？　なのに、今度は落ち着けだと？」

セオは肩をすくめると、デスクの脚を蹴って椅子をくるくると回した。「ぼくは十二歳だよ。まだ自分のスマホも持ってないのに、メッセージのやりとりについてきかれてもね」

まだセオがスマホを持っていないなんて驚きだ。ブラッドは特別厳しい父親には見えない。

「なぜ、まだ持ってない？」

「父さんが十三歳になったらって。あと二カ月だ」待ち遠しそうな声だ。

半年前、ブラッドが昇進してから、セオは週に何度が学校帰りにレストランに寄るようになった。大人になったらセラピストになりたいというので、セラピーの練習台になってやることにした。だが、初めはセオの役に立てばと始めたことなのに、最近は逆に、ぼくがアドバイスを頼りにしている。

息子を探して、ブラッドがオフィスに顔を出した。「さあ、行った。アトラスの仕事の邪魔をするな」ブラッドは立ちあがるよう手で促したが、セオはおかまいなしで、まだ椅子の上でくるくる回っている。「こっちは呼ばれたから来たんだ。アドバイスが欲しいんだって」

「いったいどういう？」ブラッドはぼくとセオを指差した。「おれの息子からどんなアドバイスをもらうつもりだ？　お手伝いのさぼり方とか、〈マインクラフト〉で勝つ方法でも？」

セオは立ちあがると、大きく伸びをした。「恋愛相談さ。それに言っとくけど、〈マインクラフト〉は勝ち負けを競うゲームじゃない。結末が決まっていないサンドボックス系のゲーム（勝ち負けを競わず、世界観の構築を楽しむゲーム）だ」オフィスから出るとき、セオは肩越しにぼくを振り返った。「メッセージを送りなよ」それしかないだろと言った口ぶりだ。たしかに、それはそうだ。

ブラッドがセオを連れて、オフィスから出ていった。

ぼくはデスクの椅子に座りなおし、スマホの真っ暗なスクリーンを見つめた。もしかしたら、リリーは番号を間違って覚えているのかもしれない。

彼女の連絡先を呼び出して、そこで手を止める。セオの言うとおりかもしれない。今朝は押しが強すぎたのかもしれない。ばったり会って、多くは話さなかったけれど、交わした言葉は意味深だ。それが彼女に連絡をためらわせているのかもしれない。

あるいは……やっぱり、彼女は間違った番号を覚えているのかもしれない。

指がスクリーンの上でさまよう。メッセージを送りたい。けれど、彼女にプレッシャーを与えるのは嫌だ。でも、もしぼくが一歩踏み込んでいれば、ふたりの人生が、今とはまったく違ったものになったかもしれない、そんな瞬間が過去にいくつもあったことをぼくたちは知っている。

ぼくは長い間、まだ自分の人生が彼女にふさわしいものにはなっていないと言い訳してきた。でもリリーはずっと、ぼくの人生にぽっかり空いた穴にぴったりの人だった。今度こそ、自分から一歩を踏み出すことなく、彼女を歩き去らせてしまうことはしたくない。まずは、彼女がぼくの正しい連絡先を知っているのを確認しよう。

リリー、会えてよかった

返信をじっと待つ。すぐにスクリーンに現れた三つのドットを、ぼくは息をつめて見守った。

わたしも

それからしばらく、ぼくはそのメッセージをじっと見つめていた。続きのメッセージを期待して。だが続きはなかった。それだけだった。

あまりに短いけれど、彼女の意図は伝わった。

ぼくは肩を落としてため息をつくと、スマホをデスクに置いた。

4

リリー

エマーソンが生まれてからのわたしとライルの関係は、他人からみれば奇妙なものだと思う。子どもの出生証明書と一緒に、離婚届を提出するカップルがそれほどたくさんいるとは思えない。

わたしに離婚の決断をさせる原因を作ったことに対して、ライルには失望していた。でも、彼が娘と絆を結ぶ邪魔はしたくない。だから恐ろしく多忙な彼に、できるだけ協力はしている。彼の昼休みにあわせて、病院まで娘を連れて行ったこともある。

エマーソンが生まれる前にも、彼はわたしの家の鍵《かぎ》を持っていた。陣痛が急に始まったときに備えて、彼に合鍵を渡していたからだ。わたしがそれとなく催促しても彼は鍵を返そうとしない。実際、夜、遅い時間に手術をして、午前中に時間の余裕があるときなど、わたしが仕事に出かけたあとにエミーと過ごすため、ごくたまにその鍵を使うことがある。だから面と向かって返してほしいと要求はしなかった。

今日も早めに店を閉めようとする直前に、彼からエミーが疲れたので、家に戻って寝かしつけるという連絡が来た。最近、彼は合鍵をよく使う。もしかしたら彼がもっと長く一緒に過ごしたい相手はエミーだけじゃないかもと思うようになっている。

　ようやく家に戻ったとき、玄関の鍵は開けっ放しで、ライルはキッチンにいた。ドアが閉まる音に、彼は顔を上げた。

「買っておいたよ」そう言って、わたしのお気に入りのタイ料理店の包みを持ちあげてみせる。「夕食、まだだろ?」

　こういうのがイラつく。彼はどんどんわたしの家でくつろぎはじめている。でも朝の一件から始まって、感情の起伏が激しい一日を過ごしてきたから、この問題はまた別の機会に考えることにした。「ええ、ありがと」わたしはバッグをテーブルに置いてキッチンを通りすぎ、エミーの部屋へ向かった。

「いま寝たばかりだ」彼が警告する。

　エミーの部屋の前で立ち止まり、ドアに耳を押し当てる。静かだ。彼女を起こさないまま、キッチンに戻った。

　少し前、アトラスにごく短い返信をしたことを思い悩んでいたけれど、こうしてライルを目の前にすると、わたしの不安は的中していると思う。新しい関係なんて、どうやって始められる?　別れた夫がアパートメントの合鍵を持っていて、夕食を買ってくるのに。

アトラスとのことで浮かれた気分になる前に、ライルとのことにけじめをつける必要がある。

ライルがワインラックから赤ワインのボトルを取り出した。「あけても?」

スプーンで皿にパッタイ（タイ風焼きそば）を取り分けながら、肩をすくめる。「どうぞ。わたしはやめておくわ」

彼はワインをラックに戻し、代わりにお茶をグラスに注いだ。わたしは冷蔵庫から水を取り出し、向かい合ってテーブルに座った。

「今日はどうだった？」わたしはたずねた。

「ちょっとご機嫌斜めだった。ぼくがあれこれ用事を済ませなきゃならなかったせいだ。何度もチャイルドシートに座っては降ろされて、疲れたんだと思う。アリッサのところに行ったときはいい子にしてたよ」

「次の休みはいつ？」

「いつだったかな。わかったら連絡する」彼は手を伸ばし、親指でわたしの頬から何かを払った。わたしが一瞬、身をすくめたのに、彼は気づかなかった。あるいは気づかないふりをしているのかもしれない。ライルの手がそばにくるたびに、わたしがちょっとしたパニックに襲われることを、彼は知っているのだろうか？　彼のことだから、びくっとするのは、自分にときめいているからとでも思っているのかもしれない。

正直に言えば、エミーが生まれたあとしばらくは、彼にときめきを覚えることもあった。優しい言葉やしぐさに触れたとき、彼がエミーを抱いて、歌を歌っているとき、体の中に、以前と変わらない熱い思いを感じた。でもそのたびに、すぐに我に返った。たった一つの出来事を思い出すだけで、ときめきは一瞬にして消えた。

長く、つらい道だったけれど、今はもう、そのときめきはまったくない。

その道のりを乗り越えられたのは、彼との離婚を決めたすべての理由を書き記したリストのおかげだ。わたしはときどき、彼が帰ったあと、寝室に行ってそのリストを読み、わたしたちにとって、これが一番いい暮らしの形であることを確認する。

まあ、今も最善ではないかもしれない。でも鍵は返してほしい。

焼きそばをもう一口食べようとした瞬間、テーブルの向こうに置いたバッグの中で、くぐもった着信音がきこえた。すばやくフォークを置き、スマホを取りに行く。ライルにメッセージを読まれるのはもちろん、スマホを手渡されるのも嫌だ。アトラスからと気づかれるかもしれないし、今のわたしはそれをきっかけに巻き起こる嵐に立ち向かう心の準備ができていない。

でも違った。メッセージはママからだ。今週初めに撮ったエミーの写真だ。スマホを置いてフォークを手に取ると、わたしをじっと見つめるライルと目があった。

「ママからよ」なぜそんなことを言ったのか、自分でもわからない。説明する必要もないけれど、彼のいぶかしげな眼差しが疎《うと》ましい。

「誰かからの電話を待っていたの？　すごい勢いでスマホをとったね」

「べつに」わたしは水を飲んだ。ライルはわたしを見つめたままだ。彼がどれほどわたしの心を読めるのかわからないけれど、嘘をついたのは見透かされているようだ。

彼はフォークに焼そばを巻きつけながら、固い表情で皿に目を落とした。「誰か付き合ってる人でも？」とげとげしい声だ。

「答えはノーよ。あなたには関係ないことだけど」

「ぼくに関係があるとは言ってない。ただの世間話さ」

わたしは答えなかった。嘘だ。別れたばかりの夫が、元妻に誰かと付き合っているのかとたずねるのがただの世間話のはずがない。

「そういうことも、いつかちゃんと話さなきゃね」彼が言った。「ぼくらのどちらかが、エマーソンのところへ他の人を連れてくる前に。基本的なルールを決めるのがいいかも」

わたしはうなずいた。「ほかにももっといろいろルールを決めなきゃね」

彼がいぶかしげに目を細めた。「たとえばどんな？」

「あなたがうちの家に入ることとか」ごくりと唾《つば》を飲む。「合鍵を返してほしいの」

ライルは怒りをこらえるかのように、じっと一点を見つめたあと、口もとを拭って言った。

「娘を寝かしつけるのもできないってわけか？」

「そんなこと言ってない」

「ぼくの仕事がどれだけ忙しいかわかってるだろう？　今だって、ほとんどエミーと会えてない」

「面会の時間を減らしてほしいなんて言ってない。鍵を返してほしいだけ。自分のプライバシーを尊重したいから」

ライルの表情が固くなった。腹を立てている。機嫌が悪くなるだろうと思っていたけれど、ここまで怒るのは意外だ。鍵は彼がエミーに会う頻度とはまったく関係がない。ただ、気安くわたしの家に入ってほしくないだけだ。離婚をし、引っ越したのには、ちゃんと理由がある。

鍵を返してもらって、何かが大きく変わるわけじゃない。でもそれは必要なことだ。そうしなければ、永遠にこの不健全なサイクルから抜け出せなくなる。

「じゃあ、せめてエミーがぼくの家に泊まるのを許してくれ」彼は力を込めてそう言うと、わたしの反応を伺った。突然の要求にわたしがとまどっているのを、彼も感じているはずだ。

わたしはつとめて平静を装った。「それはまだむりよ」

ライルは音を立ててフォークを皿に置いた。「共同親権の条件を修正すべきかもしれないな」

その言葉に頭にかっと血がのぼる。だが、どうにか怒りをこらえ、立ちあがって自分の皿を手に取った。「本気で言ってる？　合鍵を返してと言われたから、法廷を持ち出してわたしを脅《おど》すつもり？」

条件は二人で話し合って決めたことだ。なのに、彼は自分のためというより、わたしのためにそうしてやったと言わんばかりの態度だ。もしわたしが彼の仕打ちを洗いざらい話して訴えれば、単独の親権を求めることだってできた。それは彼にもわかっているはずだ。わたしは警察に通報もしなかった。彼には感謝こそされても、こんなふうに言われる筋合いはない。

わたしはキッチンへ行き、皿を置くと、カウンターの端を握りしめてうつむいた。落ち着いて、リリー。きっと彼も勢いで言っただけよ。

ライルが悲し気にため息をつきながら、キッチンに入ってきた。わたしが皿をすすぐ横で、カウンターに寄りかかる。「せめて今後の見通しを教えてくれない？」冷静な声だ。「いつになったら一晩預かれる？」

わたしはカウンターにもたれて、彼に向き直った。「エミーがしゃべることができるようになったら」

「なぜ？」

彼の鈍感さに腹が立つ。わざわざそんなことも言わせるつもりだろうか。「何かあったとき、あの子がわたしに言えるように」

ようやく意味が伝わったらしい。彼は下唇を噛《か》んで小さくうなずいた。首に浮いた静脈に彼のいら立ちが見てとれる。彼はポケットからキーホルダーを取り出すと、わたしのアパートメントの鍵をはずし、カウンターに置いて出ていった。

彼がジャケットをつかんで玄関から出ていくと、罪悪感という、お馴染《なじ》みの胸の痛みがやってきた。それから罪悪感のあとには、こんな疑問も浮かぶ。わたしは彼につらく当たりすぎ？もしも彼が本当に変わったのだとしたら？

答えはわかりきっている。でも、例のリストを読めば気持ちが落ち着く。わたしは自分の部屋へ行き、ジュエリーボックスから、彼がわたしにしたことのリストを取り出した。

1　彼はわたしが笑っただけで、わたしを殴った
2　彼はわたしを階段から突き落とした
3　彼はわたしを噛んだ
4　彼はわたしをレイプしようとした
5　彼のせいで、何針も縫うほどの怪我をした
6　彼は一度ならず暴力を振るった。これからも繰り返すかもしれない
7　彼は娘に、わたしと同じ思いを味わわせるかもしれない

肩のタトゥーをなでると、ライルに噛まれたときの小さな傷が指に触れた。わたしたちの関

係が最高に良かったときでさえ、ライルはこんなことをした。最低のときはいったい何をしでかすだろう？

わたしはリストの紙をたたむと、次にそれが必要になるときのために、ジュエリーボックスに戻した。

5

アトラス

「うちの店を狙った犯行だ」ブラッドが落書きを見て言った。

二日前の夜、〈ビブズ〉を襲撃した犯人は、昨日の夜、ぼくの新しい店を襲うことにした。

〈コリガンズ〉は窓を二枚割られ、裏口にまた別のメッセージが赤いスプレーで書かれていた。

Fuck u Atlass《アトラス、クソ野郎》

ぼくの名前に s をもう一つ加えて ass にしたうえ、ご丁寧にその部分にアンダーラインまで引いている。笑い飛ばしたいところだけれど、今朝はそんなユーモアを楽しむ余裕はなかった。

昨日は、店への破壊行為にも大してショックは覚えなかった。リリーに再会した後で、気持ちが高ぶっていたからかもしれない。でも今朝は目が覚めてからずっと、彼女が明らかにぼくを避けている様子に気持ちがふさいでいる。だから、オープンしたばかりのレストランへの攻撃にも、少しばかり深くショックを受けていた。

「防犯カメラをチェックする」それで何かわかるとも思えない。自分が警察に通報したいと思っているのかどうかもわからなかった。でも、もし犯人が知っている人間なら、警察沙汰にする前に腹を割って話ができるかもしれない。

ブラッドも後についてオフィスまでやってきた。コンピューターの電源を入れ、セキュリティのアプリをひらく。ブラッドはぼくのいら立ちをわかっているのか、動画を確認している間、ずっと無言のままだ。

「そこだ」ブラッドが画面の左下を指した。ぼくは人物がはっきり映っている部分まで、映像をスローで再生した。

再生ボタンを押し、画面を見つめて、ぼくらは困惑した。誰かが裏口の階段に、体を丸めてうずくまっている。たっぷり三十秒は動画を見てから、ぼくはもう一度、巻き戻して同じ部分を再生した。時間表示によると、そいつは階段の上に二時間以上もいたようだ。毛布の一枚もなく、十月のボストンの寒空の下で。

「ここで寝てたのか?」ブラッドが言った。「捕まると思わなかったのかな?」

ぼくは歩いてやってきた犯人が初めてカメラに映ったところ、明け方の少し前まで巻き戻した。薄暗く、顔の特徴まではっきりとわからないけれど、若そうだ。まだティーンエイジャーかもしれない。

男は数分間、あたりをうろついて、ダンプスターを漁《あさ》った。裏口の鍵をいじり、スプレー缶で例の洒落《しゃれ》たメッセージを殴り書きした。

次にスプレー缶で窓ガラスを割ろうとした。だが、〈コリガンズ〉の窓ガラスは三層構造だ。やがて疲れたのか、〈ビブズ〉のときのように中に忍び込めるほどの穴をあけるのはあきらめ、裏口の階段で横になると、眠ってしまった。

夜明け前、目を覚ました犯人は周囲を見回し、何事もなかったかのようにぶらぶらと歩き去っていった。

「こいつに見覚えは？」ブラッドがたずねる。

「ない。おまえは？」

「ないね」

その人物が一番はっきり映っている部分で一時停止にしてみたけれど、画像が粗《あら》くてはっきりしない。ジーンズと黒いフーディーを着ているけれど、かぶったフードの紐《ひも》をきつく縛《しば》っていて髪の毛は見えない。

これでは面と向かって顔を合わせても誰かわからない。画像ははっきりしないし、犯人は一度もカメラのほうに顔を向けていない。警察にこの映像を提出してもなんの役にも立たないだろう。

とりあえず映像のファイルを自分のメールアドレスに送る。送信ボタンを押した瞬間、メッセージの着信音がきこえた。はっとしてスマホを見たが、着信音はブラッドのスマホだった。

「ダリンが〈ビブズ〉は異常なしだって」彼はスマホをポケットにしまうと、ドアに向かった。

「片づけるよ」

ぼくは送信完了を確認してから、防犯カメラの映像をもう一度再生した。怒りより哀れみを感じる。リリーが彼女の寝室という避難所を提供してくれるまで、あの廃屋で過ごした寒い夜を思い出したからだ。そのことを考えるだけでも、今も凍《い》てつくような寒さが背筋にはいのぼってくる気がする。

犯人が誰なのか、心当たりはまったくない。でも、ぼくの名前をドアに書いたのが気になる。そしてもっと気になるのは、犯行から二時間も悠々と眠って、立ち去ったことだ。まるでぼくを挑発するみたいに。

デスクの上でスマホが震えた。手に取ったけれど、表示されているのは知らない番号だ。普段は知らない番号の電話には出ないけれど、リリーのことが心の片隅に引っかかっている。もしかしたら彼女が仕事用の電話からかけてきたのかもしれない。

まったく、どうかしてる。

ぼくはスマホを耳に当てた。「もしもし?」

ため息がきこえた。女性だ。ぼくが電話に出たのでほっとしているようだ。「アトラス?」

ぼくも思わずため息をもらした。ほっとしたからじゃない、相手がリリーじゃなかったからだ。誰だか知らないけれど、リリー以外の誰からでもがっかりだ。まったく。

オフィスの椅子に深く腰かける。「何でしょう?」

「あたしよ」

〈あたし〉が誰なのか見当もつかない。電話をかけてきそうな元カノを思い出しても、きき覚えのない声だ。それにそもそも、彼女たちの誰とも、〈あたし〉と言っただけでピンと来るような関係にはなっていない。

「どちらさまでしょう?」

「あ・た・し」女はもう一度、ゆっくりと言った。「サットンよ。あんたの母親」

スマホをさっと耳から離して、もう一度スクリーンを見る。これはたちの悪いいたずらか何かだ。どうやって母がぼくの電話番号を？　いったいなぜ？　ぼくの顔なんか、二度と見たくもない、そう言ってからもう何年もたつ。

ぼくは押し黙った。何も言うことはない。背筋を伸ばし、やや前のめりの姿勢のまま、なぜ母が今、わざわざぼくに連絡を取ろうとしてきたのか、その理由を白状するのを待った。

「ええと……実はね」しばしの沈黙があり、電話の向こうでテレビの音がきこえた。クイズ番組の『ザ・プライス・イズ・ライト』だろう。朝の十時に、片手にビール、もう片方の手にタバコを持ってソファに座る母の姿が目に浮かぶ。ぼくが子どもの頃、母は夜勤で働いていて、仕事から帰って、食事を食べると『ザ・プライス・イズ・ライト』を見てから眠った。

一日のうちで、ぼくが一番嫌いな時間だった。

「何か用？」そっけない声で言う。

母が喉の奥でくぐもった音を立てた。何年も会っていないけれど、いら立っているのがわかる。ため息からも、本当はぼくに電話などしたくないと思っていることが伝わってきた。謝罪とかじゃない、やむをえず連絡してきたのだ。

「余命宣告されたとか？」ぼくはたずねた。それ以外の理由ならすぐに電話を切るつもりだ。

「余命宣告？」母は声をあげて笑い、ぼくの質問を繰り返した。まるでその質問をしたこっちがばか〈ass hole〉だとでもいうように。「死ぬもんですか、ぴんぴんしてるわ」

「金が欲しいとか？」

「欲しくない人なんている？」

ほんの数分間、電話で話をしただけで、かつて母と暮らしていたときに感じた不安が一気にフラッシュバックする。次の瞬間、ぼくは電話を切った。話すことなど何もない。ほんの数分でも話をきいてしまったことを後悔しながら、母の番号をブロックする。相手が母だとわかった瞬間、即座に電話を切るべきだった。

ぼくは頭を抱えてデスクにつっぷした。思いがけない出来事に胃がむかむかする。

正直言って、自分で自分の反応に驚いている。いつかこんなこともあると予想はしていたけれど、ここまで動揺するとは思っていなかった。もし母がぼくの人生に再び現れても、家を出て行けと言われたときと同じように、何の感情も覚えず、平然と受け止められると思っていた。もっとも当時のぼくは、どんなことに対しても感情をシャットダウンしていたけれど。

今は自分の人生を気に入っている。自分が成し遂げたことに誇りを持っている。過去の誰かに、現在の人生を脅かされるのはごめんだ。

両手で顔をこすり、気持ちを落ち着かせると、デスクから立ちあがった。オフィスから出て、破損箇所の修理をするブラッドを手伝い、この瞬間から先へ進むためにベストを尽くす。だが、動揺は一向に収まらない。過去が全方位から突き刺さってくる気がする。こんなこと、誰にも相談できない。

無言のまま片づけをした後、ぼくはブラッドに言った。「セオに早くスマホを買ってやれよ。誕生日はもうすぐだろ」

ブラッドは声をあげて笑った。「おまえは自分の歳にふさわしいセラピストを見つけるんだな」

6

リリー

「エマーソンの誕生日をどうするか決めた?」アリッサがたずねた。

アリッサとマーシャルが二人の娘、ライリーの初めての誕生日のためにひらいたパーティーは盛大で、十六歳を祝うスウィート・シックスティーンにも匹敵するものだった。「ケーキを手づかみで食べさせて、いくつかプレゼントをあげる。うちには大きなパーティーをするスペースもないし」

「うちを使えばいいじゃない」アリッサが言った。

「誰を招待するの? エミーは一歳で、まだ友だちもいない。おしゃべりだってできないのよ」

アリッサはあきれたようにくるっと目を回した。「パーティーをひらくのは赤ん坊のためじゃないわ。友だちをあっと言わせるためよ」

「わたしの友だちはあなただけだし、あなたをあっと言わせる必要はないわ」プリンターから注文書を取ってアリッサに渡す。「今夜の夕食はどうする?」

わたしたちは少なくとも週に二回、彼女の家で夕食をともにしている。突然、ライルが立ち寄ることもあったけれど、彼が仕事の夜を注意深く選んで、訪れるようにしている。アリッサがそれに気づいているかどうかはわからない。気づいていたとしても、彼女がわたしを責めることはないだろう。わたしがそばにいるときのライルを見るのがつらい、彼女はそう話したことがある。ライルがまだ、復縁をあきらめていないのではと疑っているからだ。彼女にとっても、兄と過ごすときはわたしがいないほうがよかった。

「今日、マーシャルの両親が来るの、覚えてる？」

「もちろん。幸運を祈るわ」アリッサはマーシャルの両親が好きだ。でも義理の両親を一週間も家に泊めるのを心待ちにする人はいないだろう。

入口のドアのチャイムの音に、二人同時に顔を上げる。わたしは眩暈《めまい》を感じた。たぶんアリッサもわたしと同じように、くらくらしたはずだ。

アトラスだ。アトラスがこっちに向かって歩いてくる。

「これって……」

「ああ《Oh》、なんてこと《God》」わたしはつぶやいた。

「ほんと、彼ってまさに神《God》よね」アリッサもつぶやく。

いったいなぜアトラスがここに？

しかも、今のアトラスは神レベルのイケメンに見える。そのせいで、わたしが今日一日考えていた決断がもっとむずかしくなった。緊張しすぎて、挨拶する声も出ない。ただ笑みを浮かべて、彼がわたしたちのところまで歩いてくるのを待つ間、ドアからカウンターまでの距離が一マイルにも感じられた。

こちらに近づいてくる彼、その目はわたしだけを見つめている。カウンターまで来て初めて、彼はアリッサに気づいてにっこり微笑んだ。それからまたわたしを見て、蓋《ふた》のついたプラスチックのボウルをカウンターに置いた。「ランチの差し入れだ」まるで毎日わたしにランチを持って来て、わたしもいつもそれを待っているとでもいうような、さりげない口ぶりだ。

ああ、この声。どれほどよく響く声だったか忘れてた。

とりあえずボウルを受けとったものの、何をどう言えばいいのかわからない。アリッサが隣でそわそわしながら、わたしたちを見ている。ふたりにして、わたしはアリッサに目で訴えた。最初は気づかないふりをしていた彼女も、わたしの目力に負けて、とうとうあきらめた。

「オーケー。わたしは花……花、離《ハナ》れるわ」そう言うと、わたしたちを残してカウンターを離れた。

わたしはアトラスが持って来たランチに視線を戻した。「ありがとう。メニューは何？」

「うちの店の週末スペシャル」アトラスが言った。「『ボクヲサケテル？』って名前のパスタだ」

わたしは笑って、それから肩をすくめた。「別に避けてるわけじゃ……」首を横に振りながら、ため息をつく。彼に嘘はつけない。「たしかに避けてた」カウンターに肘をついて両手で顔を覆《おお》う。「ごめんなさい」

アトラスは黙ったままだ。わたしはついに顔を上げて、彼を見た。「帰ったほうがいい？」

真剣な顔だ。

わたしが首を振ると、そのとたん、彼の目の端にしわが寄った。笑みとも言えない、かすかな笑み、でもそれを見た途端、胸がふわりと温かくなった。

昨日の朝、ばったり出会ったときはしゃべりすぎた。なのに今は、なかなか言葉が出てこない。舌がこんがらがったみたいに、この二十四時間に心に浮かんださまざまな思いをどう話せばいいのかわからない。

アトラスとの再会には、十代の頃と同じようにうっとりした。でも当時のわたしは世間知らずで、アトラスのような男性がどれほど稀《まれ》な存在か知らなかった。だから彼が自分の人生に存在するのが、どれほど幸運なことかもよくわかっていなかった。

今はもう世間知らずじゃない。うかつに口をひらいて、この瞬間をダメにすることを恐れている。あるいはライルがこの瞬間をダメにすることを。

わたしはパスタのボウルを持ちあげた。「おいしそうな匂い」

「おいしいよ。ぼくが作ったんだから」

彼の言葉に笑う、それがむりなら、せめてほほ笑むくらいはすべきだ。でも、ぎこちない反応しかできない。わたしはボウルを脇に置いた。彼はわたしの葛藤を読みとったに違いない。何でも話して、そう言いたげに優しくわたしを見た。ほとんど言葉は交わさなくても、彼とは会話が成立する。わたしは目で、丸一日なんの連絡もしなかったことを謝り、彼も無言で、大丈夫と伝えてきた。それからお互い、次は何を言おうかとぎこちなく見つめあった。

アトラスはゆっくりとカウンターの上で手を滑らせ、わたしの手に近づけた。人差し指でわたしの小指にそっと触れる。ごくかすかな触れ方だったけれど、わたしの心臓はどきりと跳《は》ねあがった。
彼もどきりとしたに違いない。さっと手を引いて、こぶしをかたく握った。それから咳払《せき》い
をして言った。「今夜、電話しても？」
わたしがうなずこうとした瞬間、アリッサが裏口のドアから飛び込んできた。目を見開き、
わたしの耳もとでささやく。「ライルがすぐ近くにいるわ」
一瞬で体じゅうの血が凍りついた気がした。「なんですって？」きこえなかったわけじゃな
い。ショックのあまり出た言葉だ。だが、アリッサはもう一度言った。
「ライルがこっちに向かってるの。今、メッセージがきた」彼女は手振りでアトラスを示した。
「十秒で、彼を隠さなきゃ」
きっとアトラスもわたしの顔に浮かんだすさまじい恐怖を感じとったはずだ。だが、ひどく
落ち着いた声で言った。「どこに隠れてほしい？」
わたしはオフィスを指差し、彼を案内した。でもオフィスに入ったとたん、ふと気づいた。
「もしかしたら、彼がここに入ってくるかも」わたしは震える手で口を押さえながら考えて、
備品を入れておくクローゼットを指差した。「あの中に入れる？」
彼はクローゼットを見て、それからわたしを見た。扉を指差す。「この中に？」
入口のチャイムの音に、わたしはさらにパニックになった。「お願い」クローゼットの扉を
あける。人間が隠れるのにもってこいの場所とは言えないけれど、一応ウォークインタイプだ
し、入れなくはない。
自分の前を通って、クローゼットに向かう彼の目をまともに見れない。死にそうだ。アトラ

スにこんな仕打ちをするなんて……。わたしは消え入るような声で言った。「ごめんなさい」そして扉を閉めた。

なんとか気持ちを落ち着けようとしながら、オフィスから出ると、ライルがアリッサと話していた。彼はわたしに軽くうなずいただけで、すぐにアリッサに向き直った。アリッサはバッグに手をつっこんで何かを探している。

「たしか、さっきまでここに……」彼女はつぶやいた。

ライルは指でとんとんとカウンターを叩いている。

「何を探しているの?」わたしはたずねた。

「鍵。うっかり持ってきちゃった。マーシャルが空港に両親を迎えに行くのに、車のキーがいるの」

ライルはいら立った声を出した。「二人を空港に迎えに行くからって話したときに、どこかに置いたんじゃ?」

わたしは首をかしげ、アリッサを見た。「ライルが来るって知ってたの?」いったいなぜアトラスが現れたときに、ライルが店に向かっていることを教えてくれなかったんだろう?

アリッサは顔を真っ赤にした。「忘れてたの……だって、びっくりして」次の瞬間、勝ち誇ったように手を挙げた。「あった!」ライルの手のひらに鍵をのせる。「よかった、じゃ、またね」

急いで店を出ていこうとしながら、ライルはふと振り返って、鼻をひくつかせた。「すごくいい匂いがするけど、何?」

ライルとアリッサ、二人が同時にボウルを見る。アリッサはあわててボウルを抱えた。「ランチを作ってきたの。リリーとわたし、二人分の」嘘だ。

ライルがおどけて片眉を上げた。「アリッサが料理を？」ボウルに手を伸ばす。「それは見なくちゃ。何を作った？」

アリッサは一瞬ためらったのち、兄にボウルを渡した。「ええと、チキンの……バラバ・ドゥーラ……お肉よ」大きく目を見開いてわたしを見る。嘘がへたすぎる。

「チキン、何だって？」ライルはボウルの蓋をあけて中身を見た。「小エビのパスタに見えるけど」

アリッサはこほんと咳払いをした。「そうよ、小エビを……チキンのスープで料理したの。だからチキン・バラバ・ドゥーラよ」

ライルはボウルに蓋をすると、カウンターの上を滑らせてアリッサに返し、ちらりとわたしを見た。「ぼくがきみならピザを頼むね」

わたしが作り笑いで応じると、アリッサも笑った。二人そろって、おもしろくもない冗談に無理して笑っているみたいに見えるはずだ。

ライルは数歩うしろにさがると、いぶかしげにわたしを見た。だが、いつもわたしたちが自分にはわからない冗談で笑っていることに慣れているのか、何に笑っているのかはたずねず、マーシャルに鍵を届けるために急いで店を出ていった。アリッサとわたしはライルがわたしたちの声がきこえないところに行くまで、銅像みたいに固まっていた。わたしはあきれたようにアリッサを見た。

「チキン・バラバ……なんですって？　そんなのきいたことない」

「何か言わなきゃと思ったのよ」彼女がむきになって反論する。「そっちはぼうっと立ったままだしね。お互いさまよ」

わたしはライルが完全に店から離れるまでさらに数分待った。店の入口まで行って、ライルの車がいないことを確かめる。

それからオフィスに戻り、アトラスにもう大丈夫だと知らせた。ふぅーっと大きく息を吐いて、クローゼットの扉をあける。

アトラスはそこにいた。腕を胸の前で組んで、棚に背中をぴたりとくっつけている。まるでクローゼットに隠れるなんて朝飯前だとでも言うように。

「ごめんなさい」クローゼットにアトラスを押し込むなんて、何度謝れば許してもらえるかわからない。でも千回だって謝るつもりだ。

「彼は？　帰った？」

わたしがうなずいたのを見て、アトラスはクローゼットから出るどころか、わたしの手をつかんで引き寄せ、扉を閉めた。

二人してクローゼットの中だ。

クローゼットの中は暗い。でも何も見えないほどじゃない。きらきら輝く目で、彼が笑いをこらえているのがわかった。クローゼットに押し込まれたのに少しも気を悪くしていない。

彼が手を離した今も、ふたりの大人にクローゼットは狭すぎて、互いの体のあちこちが軽く触れあっている。みぞおちが締めつけられる感覚に、できるだけ密着しないよう、わたしは後ろの棚に背中を強く押しつけた。でも、あたたかな毛布に包まれているような心地よさだ。近すぎて、彼のシャンプーの香りが鼻をくすぐる。わたしはできるだけそっと静かに息をした。

「で？　大丈夫？」彼がささやく。

何が大丈夫なのかわからないけれど、今すぐ全力でイエスと答えたい。でもその代わりに黙ってゆっくり三つ数えた。「大丈夫って何が？」

「今夜、電話しても？」

ああ。彼はまるで何事もなかったかのように、ライルが来る前のカウンターでの会話に戻っていた。

わたしは下唇を噛んだ。大丈夫、そう言いたい。アトラスに電話してほしい。でも同時に知ってほしい。さっきライルに見られないよう、彼をこのクローゼットに押し込んだけれど、もしかしたらから今後も同じような事態が起こるかもしれないってことを。共同で子育てしている以上、ライルは今後も、折に触れて、わたしのそばに姿を見せることになる。

「アトラス……」そのあと続く言葉が自分にとって嬉しいことではないと察したのか、アトラスはわたしをさえぎった。

「リリー」何を言っても受け止めるよ、そう言いたげに微笑んでいる。

「わたしの人生は複雑に絡《から》まった糸みたいなの」わたしは言った。警告のつもりはない、でももしかしたら警告にきこえるかもしれない。

「手伝いたいんだ、そのもつれをほどくのを」

「あなたの登場で事態がもっと複雑になりそうで怖い」

彼は片方の眉を上げた。「ぼくが複雑にするのはきみの人生？　それともライルの人生？」

「彼の問題はわたしの問題になるのよ。わたしの子どもの父親だもの」

アトラスはかすかに首を傾げた。「たしかに。彼はあの子の父親だ。でももうきみの夫じゃない。彼がどう思うかを気にして、自分の人生に二番目にいいことが起きる可能性をあきらめる必要はない」

そのあまりに確信を持った言い方にわくわくして、心がプリンコチップ（『ザ・プライス・イズ・ライト』で、プリンコボードを滑り落ちていくチップ。落ちた場所によってもらえる金額が決まる）みたいに肋骨の間を転がり落ちていく気がした。わたしの人生に起こる二番目にいいこと？　彼の確信の欠片《かけら》でもわたしにあればいいのに。「わたしに起きた一番いいことは？」

彼はわたしをまっすぐ見た。「エマーソンだ」

娘を授かったことが、わたしに起きた一番いいことだと彼が言うのをきいて、とろけそうになった。自分で自分を抱きしめて笑みをこらえる。「わたしを厄介なことに巻き込むつもりね？」

アトラスはゆっくりと頭を振った。「きみを厄介なことに巻き込むなんて、ぼくが一番したくないことだ」彼が動いた拍子に、扉がひらき、クローゼットに光が差し込んだ。彼は片手を扉に、もう片方の手を壁について、わたしと向き合った。「今夜、何時に電話をしたらいい？」あまりにも落ち着いた口調に、彼をクローゼットに引っ張り戻してキスをしたくなる。そうすれば、彼の確信と落ち着きがわたしの体にも染み込んでくるかもしれない。

「いつでも」口のなかがからからだ。

彼のまなざしがわたしの唇に止まり、その衝撃に足先まで熱くなる。次の瞬間、アトラスは扉を閉め、わたしはたったひとり、暗いクローゼットに置き去りにされた。

まあ、仕方ない。

狼狽、緊張、ちょっぴりの欲望に、一気に頬が火照る。店のドアがひらいたことを知らせるかすかなチャイムの音がきこえるまで、わたしはクローゼットの中でじっとしていた。

しばらく両手で顔を仰いでいると、突然、クローゼットの扉があいて、アリッサが顔をのぞかせた。火照った顔に気づかれまいと、あわてて手をおろす。

アリッサは腕組みをしている。「彼をクローゼットに隠したのね？」

わたしは肩を落とし、うなだれた。「ひどいよね」

「リリー」アリッサは悲痛な声をだした。でもほかに方法があった？　二人を鉢合わせさせるわけにはいかない。「違うの、そうしてくれてよかった、ほんとよ。でないと、どうなったかわからない。でも……彼をクローゼットに隠すなんて。あのイケメンを古いコートみたいにここに押し込んだのね」

自分が何をしたのかを、もう一度、言葉で再現されたら、余計に落ち込んだ気分になる。わたしはアリッサのあとに続いて店に戻った。「仕方なかったの。アトラスは、ライルの考える、この世で一番わたしとデートしてほしくない相手だもの」

「言いたくないけど、兄さんがあなたのデート相手として認めるのはこの世でただ一人、自分だけよ」

そのとおりだと認めるのが怖くて、わたしは返事をしなかった。

「ちょっと待って」アリッサが言った。「アトラスとデートするの？」

「しないわよ」

「でも今、彼はライルがあなたのデート相手として許せない人って」

「もしライルがここでアトラスを見かけたら、絶対そう思うだろうってことよ」

アリッサはカウンターの向こうで、腕を組んで不服そうな顔だ。「なんだかのけものにされてる気分。わたしの知らないことがいろいろありそう」

「知らないこと？　どういう意味？」いかにも忙しそうに、花瓶を引き寄せ、アレンジの形を整える。アリッサはわたしから花瓶を取りあげた。

「ランチを持ってきたのよ。まったく連絡も取り合っていない相手にいきなりランチを持ってくる？　もしやりとりしているなら、なぜわたしに言ってくれなかったの？」

彼女から花瓶を取り返す。「昨日ばったり会ったの、それだけ。エミーが生まれる前から彼とは話もしていなかった」

アリッサが再び花瓶をうばった。「わたしは毎日、昔の友だちにばったり会うけど、誰もランチなんて持ってこない」花瓶をわたしのほうへ滑らせる。わたしたちは花瓶をほら貝（『ザ・プライス・イズ・ライト』でほら貝を持った人に発言が許される）がわりに使って、言い合った。

「あなたの友だちはシェフじゃないでしょ。料理はシェフの仕事だもの。皆にランチを作るのがね」花瓶を返したけれど、彼女は何も言わなかった。わたしの心の中を探って、どんな嘘をついているのかじっと考え込んでいるようだ。わたしは花瓶を取り戻した。「本当になんでもないの。今のところはね。何かあったら、ぜったい最初に言うから」

それをきいて、アリッサは一瞬ほっとしたような表情を見せ、すぐに目をそらした。心配？悲しみ？　どっちかわからない。わたしもきかなかった。でも彼女にとっては複雑に違いない。誰であろうと、ライル以外の男性がわたしにランチを持ってきたら、がっかりした気持ちにもなるだろう。

アリッサの考える完璧な世界には、二度とわたしを傷つけたりしない兄と義理の姉のままのわたしがいる。

7

アトラス

「カレイをさばくときには、まずナイフはこう持つ」ぼくがナイフの背を使って、鱗《うろこ》の落とし方をやってみせると、セオは顔をそむけた。

「気持ち悪い」ぼそりとつぶやいて、口もとを手で覆う。「むり」セオはカウンターの反対側に移動して、料理のレッスンから距離をとった。

「鱗を落としただけだ。まださばいてもいない」

セオはげっと吐く真似《まね》をした。「料理に興味ない。ぼくはセラピストとしてここにいるんだから」セオはカウンターに座った。「そういえば、リリーに連絡した?」

「した」

「返信は?　来た?」

「一応ね。短いメッセージだったから、彼女がどう思っているのか知りたくて、今日ランチを持って店に行った」

「そりゃ思い切ったね」

「彼女に関しては、今までずっと思い切った行動に出ずにいた。でも今回だけは、ぼくが今、どんな思いでいるかをちゃんと伝えたいと思ったんだ」

「まさか……」セオが言った。「例の岸とか、海とか、あのクサいセリフを言ったの？」

ったく、あのセリフをセオに教えるんじゃなかった。それ以上はききたくない。「黙れ。女の子を口説いたこともないくせに。まだ十二歳のガキだからな」

セオは笑った。だがどこかいつもと様子が違う。ぼくが見ていないと思った瞬間、沈んだ表情で黙り込んだ。厨房《ちゅうぼう》にはほかに五人が立ち働いていたけれど、それぞれ自分の仕事に集中していて、ぼくたちの話はきいていない。

「誰か好きな子がいるのか？」ぼくはたずねた。

セオは肩をすくめた。「まあね」

ぼくとセオの会話は、大抵の場合、ぼくがセオの質問に答える形で進む。セオに質問されるのは慣れているけれど、質問するのには慣れてない。ぼくは慎重に切り出した。「いるんだな？」さりげなく促してみる。「どんな女の子？」

セオはうつむいてじっと自分の手を見つめた。背中を丸め、肩を落として、親指に爪をいじっている。まるで答えたくない質問をされたときみたいに。

あるいは、何かまずい質問をしたのかもしれない。

「もしかして、男の子？」ぼくは彼にしかきこえない声でささやいた。

セオがはっとしたように顔を上げてぼくの目を見た。

セオは認めることも否定することもしなかった。だが彼の瞳の奥に宿る恐れが真実を示している。ぼくは下拵《ごしら》え中のカレイに視線を戻し、できるだけさりげない口調で言った。「彼は同じ学校の子？」

セオはすぐに返事をしなかった。もしかしたらぼくは、これまでセオが誰にも話したことのない事実をきこうとしているのかもしれない。彼の信頼に応えるためにも、無神経な対応はできない。ぼくが味方だと知ってほしいし、父親のブラッドも味方だと知ってほしい。

セオはあたりを見回し、自分たちが何を話しているのかわかるほど長く近くにいる人がいないか確認した。「数学クラブでいつも一緒なんだ」短く、そっけない返事だ。さっさと吐き出して、二度とその言葉は口にしたくないとでもいうように。

「ブラッドは知ってる？」

セオは首を横に振った。不安な気持ちを抑えるかのように、ごくりと唾を飲む音がきこえた。

鱗取りが終わるとぼくはナイフを置いて、セオのそばのシンクまで行き、両手を洗った。

「ぼくは本当に信頼できるいい奴としか付き合わない。ブラッドとは長い付き合いで、彼は一番の親友の一人だ」ぼくの言葉にセオがほっと息を吐いた。だが、まだ決まりが悪くて話題を変えたいのか、もじもじしている。「連絡しろってすすめたいけど、おまえはこの世でただ一人のスマホを持たない十二歳だもんな。このままじゃ誰とも付きあえない。一生、パートナーはなし、スマホもなしだ」

ぼくの冗談にセオは安心した表情になった。「アトラスがセラピストじゃなくてシェフでよかった。アドバイスが下手だもん」

「そりゃ違う！　すばらしいアドバイスだった」

「まあ、そういうことにしてあげる」いつもの調子が戻ってきたのか、セオは調理台に向かうぼくの後をついてきた。「リリーの店に行ったとき、デートしようって言った？」

「いや。今夜、言うつもりだ。家に帰ったら電話する」冷蔵庫に向かうついでに、ぼくはセオの髪をくしゃくしゃにした。

「あのさ、アトラス？」

ぼくは立ち止まった。セオの目に不安があふれている。だがウェイターの一人がそばを通ったせいで、何かを言おうとして口をつぐんだ。言葉にしなくても、セオの気持ちはわかった。

「わかってる。お互い守秘義務があるからな」

その言葉で、ふたたびセオは安心した表情になった。「オーケー、じゃ、もしパパに告げ口したら、こっちはあのダサいセリフをパパにばらす」セオは両手で自分の頬っぺたを挟み、口をとがらせて言った。「ぼくたちはとうとう岸にたどり着いたんだよ。ぼくの小さな鯨《くじら》ちゃん」

ぼくはセオをにらみつけた。「そんな言い方してないだろ」

セオは厨房の向こうを指差した。「ごらん！　砂浜だ、岸だ、岸についたぞ！」

「やめろって」

「リリー、大変だ《What the heck》！　ぼくらのボートが沈《wreck》みそうだ！」それから後もブラッドのシフトが終わるまで、セオは厨房であとをついてまわって、ぼくをからかっていた。セオが帰って、こんなにほっとしたのは初めてだ。

8

リリー

もうすぐ夜の九時半になるけれど、まだ電話はかかってこない。エマーソンは一時間半前に寝て、翌朝六時には目を覚ます。わたしが寝るのは十時頃だ。少なくとも八時間は眠らないと、次の日はゾンビ状態で頭が働かない。でもそうは言っても、十時までにアトラスから電話がなかったら、それはそれでぐっすり眠れる自信がない。やっぱり、彼を今日クローゼットに押し込めたことについて、あと七十回は謝るべきだったんじゃないかと悶々《もんもん》とするはずだ。

バスルームの洗面台に行き、夜のお肌の手入れをはじめる。もちろん、スマホをそばに置いて。ランチタイムに現れた彼に、夜、電話すると言われてからずっと、部屋の中の移動にもつねにスマホを持ち歩いている。今夜って何時？　それをはっきりさせるべきだった。

アトラスにとっての今夜は十一時かもしれない。

わたしにとっての今夜は八時だ。

わたしたちふたりにとっては、たぶん朝と夜の意味するところさえ違う。アトラスは真夜中過ぎに帰宅して、ようやく一息つく人気店のシェフで、わたしは午後七時には、もうパジャマに着替えている。

突然、スマホが音を立てた。でも電話の着信音じゃない、ビデオ通話の着信音だ。アトラスじゃありませんように。

ビデオ通話をする準備はできていない。ちょうど顔にスクラブ洗顔料を塗りたくったばかりだ。わたしはスマホを見つめた。やっぱり彼だ。

通話をオンにしてすぐ、彼に見られないよう画面を伏せ、スマホを洗面台に置いて、大慌てで泡を洗い流しにかかる。「電話って言ったでしょ。これはビデオ通話よ」

彼の笑い声がきこえる。「なんにも見えない」

「そうよ、洗顔して寝ようとしていたところなの。顔を見る必要はないでしょ」

「大ありだよ、リリー」

彼の声に肌がぞくぞくする。わたしはカメラを持ちあげ、ほらねとばかりに自分の顔を映した。祖母のおさがりのナイトガウンをはおり、濡れた髪をタオルで包んだまま、顔にはまだ緑色の泡がついている。

彼は優雅で、セクシーな笑みを浮かべていた。ベッドの上に座り、白いTシャツを着て、黒い木のヘッドボードに背中をもたせかけている。彼の家に行ったときも、彼の寝室には入らなかった。部屋の壁はデニムのようなブルーだ。

「その顔を見られただけで、ビデオ通話にしたかいがある」

わたしはスマホを洗面台に立てかけると、カメラを自分に向けたまま、泡をすっかり洗い流した。「今日はランチをありがとう」大げさに彼をほめることはしたくない。でも、今まで食べたパスタのなかで一番おいしかった。やっと昼休みがとれて、ランチにありつけたのは、二時間経ってからだったにもかかわらず。

「『ボクヲサケテル？』パスタ、どうだった？」

「最高においしかった。わかってるくせに？」洗顔を終えると、わたしはベッドに向かった。スマホを枕に立てかけ、カメラにむかって横向きに寝そべる。「今日はどうだった？」

「いい日だったよ」だが、全然〈いい〉とは思っていない言い方だ。

ほんとに？　わたしは顔をしかめてみせた。

彼は一瞬、ふと目をそらした。何をどう言おうか考えているようだ。「ちょっといろいろあってね。まあ、よくある〈ついてない一日〉ってやつさ。でも、もう大丈夫だ」彼の口角がほんの少し上がったのを見て、わたしもつられてにっこりした。

何も話さなくてもいい。ただ黙ったまま、一時間、彼の顔を見ているだけで幸せな気分になれる。

「二店目のレストランの名前は何て言うの？」知ってるけど、ググったことを気づかれたくない。

「〈コリガンズ〉だ」

「メニューは？〈ビブズ〉と同じ？」

「まあね。でもイタリアンの創作メニューもあって、〈ビブズ〉よりは高級感を前面に出した店だ」彼も横向きにごろりと寝転ぶと、電話を何かに立てかけ、わたしと同じ格好の自分を映した。わたしのベッドで、ふたり向かい合って横になりながら、遅くまでおしゃべりを楽しんだ昔に戻ったみたいだ。「ぼくのことはどうでもいいよ。きみはどう？　花屋はうまくいってる？　エマーソンはどんな子？」

「たくさんの質問ね」

「もっとあるよ、でもまずはさっきの質問から教えて」

「いいわ。ええと、わたしは元気よ。ほとんどの時間、疲れてへとへとになってるけど、経営者でシングルマザーだからしょうがないわよね」

「へとへとには見えない」

　わたしは笑った。「ライトのおかげね」

「エミーはいつ一歳になるの？」

「十一日よ。その日は泣いちゃいそう。この一年は怒濤《どとう》の日々だったから」

「びっくりするほど、きみにそっくりだ」

「ほんと？」

　アトラスはうなずいて、それから言った。「花屋は順調？　仕事は楽しい？」

　わたしは首を横に顔をしかめた。「まあまあね」

「まあまあって、その程度？」

「わからない。うんざり《tired》するときもあるけど、ただ疲れて《tired》るだけかも。忙しいし、面倒くさいことも多いのに、そんなには儲からない。店をオープンさせて、そこそこやっていけているのは、誇らしく思ってるけど、ときどき工場の流れ作業のラインで働くほうが楽かもって思うこともある」

「たしかに」彼は言った。「家に帰ったら、もう仕事のことを考えなくていいって、うらやましいよね」

「シェフの仕事に飽きたことはある？」

「しょっちゅう。本当のところ、だから〈コリガンズ〉をひらいたんだ。今後は経営者としての仕事を増やして、シェフの仕事は減らすつもりだ。週に何度かは、夜の厨房に立つけど、それ以外、ほとんどの時間は二つの店の経営に専念してる」

「忙しそうね」

「ああ、でもデートする時間はあるよ」

その言葉に思わず顔がほころぶ。きっと今、顔が真っ赤になっているに違いない。わたしはキルトの上掛けをいじり、彼と目を合わせまいとした。「それって誘ってる？」

「もちろん。イエスって言ってくれるよね？」

「夜なら時間があるわ」

今度はお互い、顔を見合わせてにっこりする。だが次の瞬間、アトラスは咳払いとともに、真顔になった。「立ち入ったことをきいてもいい？」

「いいわよ」わたしは動揺を隠して言った。

「今日の午前中、きみは自分の人生は複雑だと言ったね。それは、もしこの……ぼくらが……何らかの形で付き合うようになったら、それがライルにとって問題になるってこと？」

「そう」すぐに答える。

「なぜ？」

「彼はあなたを嫌ってるから」

「とくにぼくのことを？　それともきみとデートをする可能性のある男は皆嫌いなの？」

わたしは鼻にしわを寄せた。「あなたよ。あなたが嫌いなの」

「以前、レストランでぼくともめたから？」

「ほかにもいろいろな理由があるわ」スマホを持って、仰向けになる。「彼はわたしたちのケンカのほとんどが、あなたのせいだと思ってる」アトラスはとまどった表情だ。彼にしたら訳がわからない違いない。わたしはもう詳しく話すことにした。「十代の頃、わたしが日記を書いていたのを覚えてる？」

「覚えてる。一度も読ませてもらえなかったけど」

「ライルはその日記を見つけて、読んだ。そしてそこに書いてある内容に怒ってるの」

アトラスはため息をついた。「リリー、ぼくらはまだ子どもだったんだよ」

「嫉妬に時効はないみたい」

アトラスはいら立ちをこらえるかのように、きゅっと唇を結んだ。「きみがまだ何も起こってないのに、これから彼が見せるかもしれない反応に思い悩んでいるのは、すごく腹立たしい。でも、わかった。きみが何を心配しているのか」安心させるようにわたしを見る。「ぼくらは一歩、一歩、ゆっくり進もう、いいね？」

「ものすごくゆっくりな一歩よ」わたしは念を押した。

「いいとも。ゆっくりだ」アトラスは頭の下の枕の位置を調節した。「昔、よく日記を書くきみを眺めていた。ぼくのことはどう書くんだろうって思いながら。ぼくのことを書いていたなら……だけど」

「あなたのことばかりよ」

「まだ持ってる？」

「ええ、箱に入れてクローゼットにしまってる」

アトラスは体を起こした。「読んできかせてよ」

「まさか、やだ、だめ」

「リリー」

彼は自分の思いつきにわくわくしているみたいだけど、十代の頃の自分の気持ちを、ビデオ通話で彼に語ってきかせるなんてできるわけがない。考えただけで顔が赤くなる。

「頼むよ」

わたしは片手で顔を覆った。「だめ、頼まれても無理」でもこのまま子犬みたいなアイスブルーの瞳で見つめられ続けたら、きっと負けてしまう。

あともう一押しだと踏んだ彼が言った。「リリー、ぼくは十代の頃から、きみがぼくのことをどう思っているのか、知りたくてたまらなかった。段落一つでもいい。一つだけでいいから読んでみて」

こんなのノーだなんて言える？　わたしは根負けし、うめきながらスマホをベッドに投げだした。「二分待って」クローゼットに行って箱を降ろす。ベッドに持ってきた数冊の日記をめくりながら、読んでも恥ずかしすぎない部分を探した。「どこを読んでほしい？　初めてキスをしたところ？」

「いや、ぼくらはゆっくり進むと決めただろう?」おもしろがっている口調だ。「出会った頃の部分にしよう」

それなら簡単だ。わたしは一冊目の日記を手に取ってめくり、短くてしかもそれほど恥ずかしくない箇所を選んだ。「パパとママが喧嘩《けんか》して、わたしが泣きながらあなたに会いに行った夜を覚えてる?」

「覚えてる」彼は言った。今度はあおむけに寝そべって、片方の手を頭の下に回している。

わたしはくるりと目を回して、つぶやいた。「わたしが屈辱を味わっている間、どうぞリラックスして楽しんで」

「ぼくの話だ。ぼくたちの話だよ。恥ずかしがらなくても大丈夫」

今もやっぱり、彼の声をきくと、心が落ち着く。わたしはあぐらをかいて、スマホを左手で持ち、右手で持った日記を読みはじめた。


数秒後、ドアがあいた。アトラスはわたしの後ろを見て、左右も確認した。それからわたしの顔を見て、わたしが泣いていることに気づいた。

「大丈夫?」彼が外に出てきた。どうやらわたしを中に入れたくないらしい。ポーチの段に座ると、彼も隣に腰をおろした。

「大丈夫」わたしは言った。「腹が立ったの。腹が立つと涙が出るの」

アトラスは手を伸ばして、わたしの髪を耳にかけた。わたしの好きな彼の仕草だ。その瞬間、さっきまでの怒りは消えた。肩に腕を回され、抱き寄せられて、わたしは彼の肩に頭をのせた。

不思議だけれど、何を言われたわけでもないのに、彼といるだけで気持ちが穏やかになっていった。一緒にいるだけで心を癒してくれる人がいるけど、アトラスもその一人よ。パパとは大違いよね。

しばらくの間、そうして座っているとわたしの寝室の明かりがついた。

「帰ったほうがいい」アトラスが小さな声で言った。ママが寝室で、わたしを探している。そのとき初めて、わたしは彼から自分の部屋が丸見えだったことに気づいた。

歩いて家に戻りながら、アトラスがあの家に来てからのことを考えた。夜、暗くなってから、電気をつけて部屋を歩き回ったりしていなかったっけって。そういうとき、わたしが着ているのはいつもTシャツ一枚だけだから。

なんだか考えるとどきどきする。Tシャツだけでも、着ていたらいいけど。

――リリー

読み終わったとき、アトラスの顔に笑みはなかった。じっとわたしを見つめる複雑な表情に、こちらの胸まで苦しくなる。

「ぼくらは若かったね」つらそうな声だ。

「そうね。若すぎて、自分が直面している事態にうまく対処できなかった。とくにあなたは」

アトラスはもうカメラを見つめていない。でも、同意を示すようにこくりとうなずいてみせた。さっきまでとは少し様子が違う。どこか上の空だ。それを見て、わたしは彼がさっき言った〈ついてない一日〉は、何のことだろうと思った。

「何かあったの？」

彼がカメラを見た。どうしても何か気にかかることがあるらしい。やがてため息をつくと、体を起こしてヘッドボードにもたれた。「店が襲撃された」

「店って、二つとも？」

彼はうなずいた。「ああ、この二、三日のことだ」

「犯人は知っている人？」

「見覚えのない男だ。もっとも、防犯カメラにあまりはっきりとは映っていない。警察に通報しようかどうか迷ってる」

「なぜ、迷うの？」

彼は眉をひそめた。「すごく若く見えたんだ。たぶん、十代だ。もしかしたら昔のぼくと同じような状況にいるのかもしれないと心配になった。ホームレスじゃないかって」彼の目がふっと優しくなる。「もしそいつにリリーみたいな人が現れなかった、どうなる？」

数秒考えて、ようやく彼が何を言いたいのかわかった。わかったとたん、わたしの顔からも笑みが消えた。彼に気づかれないよう、喉にこみあげる塊《かたまり》を飲み下す。あのとき、きみはぼくを救ってくれた、彼からそう言われるのは初めてじゃない。でもそう言われるたびに反論したくなる。わたしはあなたを救ってなんかいない。あなたと恋に落ちたのよ。

なぜ彼と恋に落ちたか、その答えは簡単だ。店が受けた被害よりも、破壊行為の犯人の境遇を気にかける経営者がいるだろうか？「優しいアトラス」わたしはつぶやいた。

「なんて？」彼は言った。

まさかきこえているとは思わなかった。わたしは熱くなったうなじをなでた。「なんでもない」

アトラスは咳払いすると、画面に向かって身を乗り出した。かすかにほほ笑んでいる。「日記の話に戻ろう」彼は言った。「あの頃、ぼくから自分の寝室が窓から丸見えだってことに、きみは気がついているのかなと思っていた。だって、あの夜からあともずっと、電気はつけっぱなしだったし」

わたしは笑って、彼が重苦しい雰囲気を変えてくれたことに感謝した。「だって、あなたはテレビを持ってなかったでしょ。何か見るものがあったほうがいいと思って」

彼は言った。「リリー、残りも読んでよ」

「だめ」

「今日、きみはぼくをクローゼットに閉じ込めたよね。日記を読ませてくれたら許してあげる」

「別に怒ってなかったでしょ」

「今になって腹が立ってきた」彼はゆっくり何度かうなずいた。「ああ……感じる、感じる。すごく腹が立ってきた」

わたしが笑ったのと同時に、廊下の向かいの部屋でエミーの泣き声がきこえた。電話を切りたくない。思わずため息が出たけど、ほうっておくわけにはいかない。「切るわ、エミーが起きたみたい。日記を読んであげたんだから、デートに誘うのを忘れないで」

「いつがいい？」彼が言った。

「土曜日かな。日曜日は仕事が休みだから」

「明日は土曜日だ」彼は言った。「でも、ゆっくり進むんだっけ」

「まあ、でも……初めて会ったときから考えたら、わたしたち、ゆっくりしすぎよね。出会ってから初デートまで、もう何年も経ってる」

「六時？」

わたしはほほ笑んだ。「ばっちり」

その答えをきいた次の瞬間、アトラスはぎゅっと目をつぶった「待って。明日はだめだ。店主催のイベントがある。店に行かなきゃ。日曜日は？」

「日曜日はエミーと過ごすの。彼女を連れてあなたに会うのはもう少し先にしたいな」

「わかった」アトラスは言った。「じゃ、来週の土曜日は？」

「そうね。それならエミーを預ける先を探す時間もあるし」

アトラスはにやりとした。「よし、デートだ」立ちあがって寝室を歩きはじめる。「日曜は仕事が休みだよね？　あさっても電話していい？」

「電話って、ビデオ通話のこと？　今度はこんなみっともない恰好じゃなくて、準備しておきたいの」

「どんなにがんばっても、きみはみっともなくなんかなれない」彼は言った。「もちろん、ビデオ通話だ。声だけなんてもったいないだろ？」

こういう甘いやりとりができる、彼の茶目っ気も好きだ。わたしは笑いだすまいと、下唇をかみしめた。「おやすみなさい、アトラス」

「おやすみ、リリー」

おやすみ、そう言いながらアトラスに見つめられると、みぞおちがもぞもぞした。電話を切って、枕に顔をうずめる。それからまるで十六歳に戻ったみたいに、きゃあと叫んだ。

9

アトラス

「彼女の写真を見せて」セオが言った。セオは裏口の階段に座って、ぼくが割れたガラスや散らかったごみ袋を片づけるのを眺めている。これで襲撃事件の後始末は三度目だ。ブラッドが今朝、〈ビブズ〉がまた襲われたと電話してきて、来なくていいと言ったのに、セオを連れて手伝いに来てくれた。週に一度しかない休みの日に、店に来てもらうのは申し訳ない気持ちで一杯だ。

「写真は持ってない」ぼくは言った。

「なんで？　ブサイクだから？」

割れたガラスを入れた箱をダンプスターに入れる。「すごい美人で、ぼくには高嶺《たかね》の花だ」

「アトラスには誰だって高嶺の花だろ」さらりと言ってのける。「彼女、ＳＮＳはやってる？」

「やってるけど、限定公開だ」

「友だち登録は？　フェイスブック？　インスタグラムは？　せめてスナップチャットは？」

「スナップチャットの何を知っているんだ？　スマホも持ってないくせに」

「奥の手があるのさ」セオは言った。

ブラッドがごみ袋を持って外から戻ってきた。彼が広げて持っているごみ袋に、散乱したごみを拾っていれていく。セオは階段に座ったままだ。「手伝いたいけど、シャワーを浴びたばかりだからね」

「シャワーを浴びたのは昨日だろ」ブラッドが言った。

「そうだよ、だからまだきれいだ」セオはふたたびぼくに注意を向けた。「アトラスはSNSをやってる？」

「まさか。そんな時間はない」

「じゃ、どうしてリリーのアカウントが限定公開だって知ってるの？」

実は何度か彼女をネットで検索している。認めたくないけれど、過去に自分と関わりのあった誰かを一度も検索したことがない人間はいないはずだ。「以前彼女を検索した。中身を見るには、自分のプロフィールを登録して、彼女をフォローする必要があった」

「だったらプロフィールを登録して、彼女をフォローしなよ」セオは言った。「思うけどさ、いろいろこじらせてるよね」

「複雑なんだ。彼女の別れた夫はぼくが大嫌いだ。もし、彼女とSNSでつながってるってわかったら、彼女が困ったことになる」

「なんで嫌われてるの？」セオがたずねる。

「昔、とっくみあいの喧嘩になったんだ。まさに、このレストランで」ぼくはそう言って、店の建物を見た。

セオは驚きに目を見張った。「まじで？　殴り合いの喧嘩？」

ブラッドも顔を上げた。「ちょっと待てよ。あいつがリリーの旦那だったのか？」

「知ってると思ってた」ぼくは言った。

「皆、あいつが何者なのかも、おまえがなぜあいつを殴ったのかも知らなかった。だがおまえが誰かをレストランから叩き出すのを見たのはあのときだけだ。なるほど、そういうわけか」

喧嘩のことを話したのは、たしかに今日が初めてだ。ライルと殴りあった後、すぐに店を出て、その夜は戻らなかったから、誰も理由をたずねるチャンスがなかった。次の週の月曜日に店に出たときも、ぼくを気遣《きづか》って、誰も何もきかなかった。

「なんでまた喧嘩に？」セオがたずねた。

ぼくはブラッドをちらりと見た。ブラッドは事情を知っている。リリーが自ら、ぼくの家でブラッドとダリンに話したからだ。彼の表情からすると、それをセオに正直に話すかどうかはぼくに任せるようだ。普通ならほとんどの場合、正直に話すけれど、これはリリーのことだ。

「忘れちゃったな」ぼくは小さな声ではぐらかした。

パートナーとの付き合い方について、セオに教えるいいチャンスかもしれないと思ったけれど、リリーの人生に起きた出来事を、彼女がいないところで誰かに話すのは気がひける。それに夫婦の問題にはぼくが立ち入るべきじゃない。ただし、もしふたたび同じ状況になったとしても、あのとき、奴に言ったことを撤回するつもりはないけれど。あの夜、ライルを殴ったのは若さゆえの勢いだったかもしれない。でもかなり抑えたつもりだ。本当は殴るくらいではすまない、もっとひどい目にあわせてやりたかった。誰かにあれほど腹を立てたことはない、母親にも、義理の父親にも。リリーの父親にも。

自分にひどい仕打ちをした相手に対する憎しみと、自分が世界でもっとも愛する人にひどい仕打ちをした相手に対する怒りは、まったくの別物だ。

ポケットの中で着信音が鳴った。慌てて取り出すと、リリーから、一時間前のビデオ通話への折り返しだ。さっきは運転中だから、家に着いたら電話すると言っていた。

金曜日の通話の後も、何度かメッセージをやりとりしているけれど、どうしても彼女の顔を見ながら話をしたくなった。

「リリー？」セオがたずねる。興味津々だ。

うなずき、そばをすり抜けて階段を上がったのに、セオも後をついて店に入ってきた。

「まじかよ？」振り返って、たずねる。

「どんな人か見たいんだ」

ぐずぐずしていると電話が切れる。ぼくはセオを外に追い出しながら、スクリーンをタップした。「スクショを撮っとく。ブラッドを手伝ってこい」でもビデオがつながったあとも、まだセオはまだ中に入ろうとしてくる。「やあ」ぼくは画面のリリーに微笑んだ。

「見せて～」セオが小さな声で言いながら、ドアの隙間から手を伸ばして、スマホを奪おうとする。

「リリー、ちょっと待って」ぼくは彼女に何も見えないよう、カメラを自分の胸に当てると、裏口のドアを大きくあけた。もう一方の手でセオの目を覆うと、そのまま階段の一番上まで連れていく。「ブラッド、息子を頼む」

「セオ、こっちに来い」ブラッドが言った。「手伝ってくれ」

セオはがっくりと肩を落とし、あきらめて父親のほうへ歩いていった。「せっかくシャワーも浴びたのに……」ぶつぶつ文句を言っている。

ドアを閉め、胸からスマホを離すと、リリーが笑っていた。「何の騒ぎ?」

「なんでもない」オフィスに入り、誰も入ってこないよう鍵をかける。「調子はどう?」ソファに腰を落ち着ける。

「いいわ。ママとママの彼氏と一緒にランチを食べて、帰って来たところよ。ボーデンにある、小さなサンドイッチの店。かわいい店だった」

「お母さんは元気?」彼女の両親についてはまったく話をしていない。ただ、父親が亡くなったことだけはきいた。

「ママはすごく元気」リリーは言った。「ロブって人と付き合ってるの。ママが恋に浮かれてるのを見るのは、ちょっと決まりが悪いけど、彼はママを幸せにしてくれる。わたしも彼が好きよ」

「お母さんは、今、ボストンに住んでるの?」

「そう、父が他界してから、わたしの近くに越してきたの」

「そりゃいい。家族がそばにいると安心だ」

「アトラスのほうは? 今もおじさんはボストンに住んでるの?」

おじさん?

そう言えば、そんな話をしたっけ。ぼくはうなじをさすり、顔をしかめた。「おじさんは……」当時どんな嘘をついたのか、詳しくは覚えてない——ずいぶん前のことだ。「おじさんは、ぼくが九歳のときに亡くなったんだ」

リリーが眉をしかめた。「えっ、でも……おじさんと暮らしたのは、あなたが十八歳のときでしょ？　おじさんと暮らすからボストンへ引っ越すって……」

ぼくはため息をついた。当時の日々をやり直せたらどんなにいいだろう。言ったこと、それから彼女の気持ちを考えて言えなかったことのすべてを。でも十代をやり直せたとしても、果たしてあの日々に戻りたいかどうかは疑問だ。「嘘をついたんだ。あの時点で、ボストンにおじさんはいなかった」

「どういうこと？」リリーは困惑して、首を横に振っている。だが、怒っているようには見えない。「じゃあ誰とボストンで？」

「誰もいない。あのままきみの寝室に忍び込みつづけることはできなかった。皆を、そして何よりきみを困らせることはできない。それにあの町には、きみ以外、ぼくに助けの手を差し伸べてくれる人は誰もいなかった。ボストンにはシェルターや支援の団体もある。だからきみを心配させないよう、おじさんがまだ生きていると嘘をついたんだ」

リリーはヘッドボードに頭をあずけ、しばらく目をつぶっていた。「アトラス」悲しげな声だ。再びあけた目からは、今にも涙がこぼれ落ちそうだ。「どう言えばいいのかわからない。おじさんがいるとばかり……」

「嘘をついてごめん。でも、悪気はなかったんだ、ただ、きみに……」

「謝らないで」彼女がぼくの言葉をさえぎった。「それしかなかったと思う。冬がやってくるところだったし、あのボロ家にいたら、凍《こご》えて死んでいたかも」涙を拭う。「でも、きっと苦労したでしょ。想像もできない。まだあの歳でなんのあてもなくボストンに来るなんて。知り合いもいないのに」

「でも、ボストンに来てよかったんだ」ぼくはにこりと笑ってみせた。「すべてがいいほうに回りはじめた」沈んだ彼女の気持ちを引き立たせたい。「昔いた場所のことじゃなく、今いる場所のことを考えよう」

彼女はにっこり笑った。「今、どこにいるの？　オフィス？」

「そう」ぼくは彼女に見えるよう、カメラでぐるりと部屋を映した。「小さいよ。ソファとパソコンがあるだけ。滅多に使わないからね。ほとんどの時間は厨房で過ごしてる」

「〈ビブズ〉？」

「うん、日曜日は定休日だから、ちょっとした片づけをしにきてる」

「新しい店に行くのが待ちきれないわ。来週の土曜日のデートは〈コリガンズ〉でしょ？」

ぼくは声をあげて笑った。「まさか、デートが自分の店だなんて。ぼくのプライベートに興味津々の同僚たちの恰好の餌食《えじき》だ」

リリーがにやにやした。「おもしろいわ、わたしもあなたのプライベートに興味があるし」

「きみには何でも話すよ。何が知りたい？」

彼女はほんの少し考え込み、それから言った。「あなたの人生に関わっている人たちについて教えて。十代のあなたには誰もいなかった。今、大人になったあなたの仕事仲間や友だちがどんな暮らしをしているのか、わたしはまだほとんど知らない。あなたのそばにはどんな人がいるの、アトラス・コリガン？」

その質問にぼくは笑った。

だが彼女は笑っていない。好奇心からではなく、本気でぼくを心配している。少しでも安心させたくて、ぼくはじっと彼女を見つめた。「友だちはいるよ」ぼくは言った。「何人かは、ぼくの家に来たときに会ったはずだ。家族はいないけど、充実してる。仕事も、プライベートも」ぼくは一瞬の間《ま》をおいて、心から言った。「今は幸せだ。それが、きみの知りたいことなら」

彼女の口もとがほころぶのが見えた。「よかった。ずっとあなたがどうしているか気にしていたの。ネットで探そうとしたけど、うまくいかなくて」

ぼくは愉快そうに笑った。さっきセオとその話をしたばかりだ。「ぼくもSNSは苦手だ」

彼女のアカウントが鍵付きじゃなかったら、きっと毎日、見ていたと思う。でも、そんなことを言えば、きっとセオに、そういうところが彼女にキモいと思われるんだ、そう言われるだろう。「店のアカウントはあるけど、スタッフが更新を担当している」ソファに深くもたれる。

「自分でやっている時間はないしね。数カ月前に一度、TikTokをダウンロードしたけど、大間違いだった。一晩見続けて、寝過ごし、翌朝のミーティングをすっぽかした。アプリはその日のうちに削除したよ」

リリーはおかしそうに笑った。「あなたがTikTokをやっているところが見られるなら、何でもするわ」

「まさか、絶対むりだ」

リリーが一瞬、カメラから視線をはずし、ベッドで体を起こした。「待って。ちょっとスマホを置くわね」彼女は画面を下にスマホを置いた。だが次の瞬間、何かの拍子にカメラがひっくり返った。今、カメラは彼女の姿を映している。スクリーンに左の胸に抱いたエマーソンを右へと移す彼女が映った。一瞬のことで、最初は何が起こったのかもわからなかった。彼女がわざと自分にカメラを向けるはずもない。

スクリーンに映った自分に気づくと、彼女はぎょっとしたように目を見開き、すぐに彼女の手が映って、画面が暗くなった。次に画面が明るくなったときには、彼女は両手で顔を覆っていた。「ごめんなさい」

「何？」

「見えちゃったでしょ」

「うん、でもきみが謝ることじゃない。お礼を言うのはこっちだ」

彼女は笑って、ほっとした顔になった。「昔も見たしね」照れて肩をすくめる。そして授乳中、エマーソンを支えるために使っている枕を抱え直した。「もうすぐ一歳だから、おっぱいは卒業させたいんだけど、日曜日はずっと一緒にいるからむずかしいの」彼女は鼻の上にしわを寄せた。「ごめんなさい。母乳の話なんてうんざりよね」

「きみが話すことで、ぼくがうんざりすることなんて一つも思いつかない」

「じゃ、デートまでには、絶対に一つ、何か考えておくわ」まるで挑戦を受けたみたいな口調だ。彼女の視線がちらりと画面の外に向いた。ぼくには見えないけれど、そのまなざしの先にはエマーソンがいるはずだ。彼女の顔に浮かんだ笑みは、まさしく娘のことを語り、見つめる母のそれだ。誇りに満ちた笑顔にぼくも幸せな気分になった。

「眠ったわ」リリーがささやいた。「もう切るわね」

「ああ、ぼくも仕事に戻る」ブラッドとセオだけに、被害の片づけをさせるわけにいかない。

「夜に電話するかも、もし迷惑じゃなければ」リリーが言った。

「もちろん」セオがリリーの写真を見たがっていたのを思い出して、彼女が電話を切る前に、すばやくスクリーンショットを撮る。大きなシャッター音にリリーは何か言いたげだ。

「今、シャッターの……」

「きみの写真が欲しかったんだ」できるだけさりげなく言う。「じゃあね、リリー」隠し撮りをしたことで気まずくなる前に、ぼくは電話を切った。あんなに大きな音がして、彼女にきこえるなんて思ってもいなかった。セオには感謝してもらわないと。

オフィスのドアをあけると、すぐそこでブラッドがキッチンの床を掃いていた。だが、被害は店の外だし、キッチンは昨日の閉店の際に掃除を済ませているはずだ。「床の掃除は昨日の夜にしただろ？」

「キッチンはぴかぴかだ。ただ掃除をするふりをしてる」いぶかしげな表情のぼくに、ブラッドは言った。「セオに外のごみの片づけをやらせたくてね。あいつはいつもその手のことを嫌がる。躾《しつけ》の一環だ」

「なるほど」でも、全然なるほどじゃない。だが、ぼくはブラッドに掃除のふりをさせたまま店の外へ出た。

外ではセオがしかめっ面で、ゴミをつまみあげていた。「汚ねぇ、最悪だ」ぶつぶつ言いながら袋に入れる。「セキュリティを雇いなよ。だんだん手に負えなくなってる」

悪くないアイデアだ。

ぼくはセオの目の前にスマホを差し出し、リリーのスクリーンショットを見せた。

セオが驚きに大きくのけぞった。「これが噂のリリー？」

「そう、噂のリリーだ」ぼくは電話をポケットに戻すとセオからごみ袋を受け取った。

「ようやくわかった」彼は階段の一番上の段にすとんと座った。

「何が？」

「彼女の話になると、アトラスがとたんに口数が少なくなって、マヌケなことを言っちゃう理由が」

マヌケなことを言うかどうかはともかく、たしかに口数は少なくなる。彼女の美しさに圧倒されて、ときどき何も言えなくなるからだ。「セオが誰かと付き合うのが待ちきれないな」ぼくは言った。「絶対、いろいろ言ってやる」

10

リリー

「大丈夫だってば、ママ」頬と首の間でスマホを挟みながら言う。「もうアリッサの家に着いたし。こっちでなんとかするから」

「本当？　ロブがエミーの世話は引き受けるって」

「だめよ、ロブにはママのお世話をしてもらわないと」

「わかったわ。エミーに『ばぁばがごめんね』って言ってると伝えて」

「ばぁば？　今度は〈ばぁば〉に変わったの？」

「ちょっと言ってみただけ」ママは言った。「おばあちゃんは嫌なの」

エミーの誕生以来、ママは孫に自分をどう呼ばせようか考えあぐねている。ばぁばで四つめだけれど、どれもしっくりこないらしい。「早くよくなってね、ママ。大好きよ」

「わたしもよ」

わたしは電話を切るとエミーをチャイルドシートから出した。ライルの契約しているスペースに、彼の車がないのを見て、ほっと胸をなでおろす。今日、彼とアリッサがそれぞれ部屋を持つ、このアパートメントに来るつもりはなかった。でも今週、エミーと母が同時に体調を崩したからしょうがない。

昨日、ママの家にエミーを迎えに行ったとき、ちょっとエミーの体が熱いような気がした。帰宅後、熱は夜中の二時にピークになって、ただ見守るしかなかった。さいわい、今朝、わたしが出勤する時間には熱は下がっていた。だけど、今度はママが今日の午後、同じ症状に見舞われて、仕事を抜け出して、エミーを母の家から引きとるはめになった。今夜はアトラスとのデートだ。わたしは少しパニックになった。キャンセルするしかないと思ったところ、アリッサが助け船を出してくれた。

どうしてベビーシッターが必要なのか、その理由は言わなかった。ただ、夕方から夜にかけて数時間エミーを預かってもらえないかたずねたら、アリッサから一言メッセージが来た。

任せて

昨夜、熱を出したことを伝えても、アリッサは気にしなかった。エミーとライリーはしょっちゅう一緒にいるから、すでに二人のどちらが病気になっても、どっちがどっちにうつしたかなんて気にするのはやめることにしている。そんなの一週間おきに起こるからだ。そもそもエミーの熱はライリーからもらったのかもしれない。

ドアをノックすると、出てきたアリッサがすぐにエミーに手を伸ばした。「おいで」エミーを受けとるが早いか、ぎゅっと抱きしめる。「この匂い、うっとりする。ライリーはもう赤ちゃんの匂いがしないの。寂しいわ」アリッサが大きくあけたドアから、おむつバッグを持って中に入ると、アリッサはようやくわたしの服装に気がついた。

「ちょっと待って」彼女は言った。人差し指を立て、ゆっくりとわたしの頭から足もとまでを指さす。「どういうこと？　なんでわたしがベビーシッターをするわけ？」

どこに行くのか言いたくないけれど、相手はアリッサだ。ごまかすのは無理だ。返事をためらうわたしを見て、彼女は事情を察した。「デート？」玄関ドアを閉めながら、ささやく。「もしかして、相手は例のギリシャ神？」

「そう、アトラスよ。ライルには言わないで」

次の瞬間、ふと気づくと、マーシャルがリビングのすぐそばに立っていた。マーシャルはすばやく両耳をふさぐと「何もキイテナ〜イ、何もミテナ〜イ、ラララ〜♪」とでたらめの歌を歌いながら、キッチンへと向かっていった。

アリッサはしっしっと夫を追い払った。「彼は中立の立場でいるのが得意なの。安心して」そう言うと手振りでわたしをリビングへ促す。アリッサはエミーを、ベビーサークルの中にいるライリーのところへ連れていった。「ライリー、だーれだ！」

エミーを見て、ライリーはにこにこ笑った。嬉しそうだ。二人の歳が近くて本当によかった。エミーが成長するにつれて、六カ月の差はどんどん縮まっている気がする。

「どこへ連れていってもらうの？」

わたしはさっと服のしわを伸ばし、糸屑を払った。「ディナーよ。初めて行く店なの。はりきりすぎで、浮かなきゃいいけど」

「初めてのデート？　緊張してる？」

「初めてのデートだし、すごく緊張してる。でも普通の緊張じゃない。いい緊張よ。彼のことはよく知ってるから、いわゆる初デートの緊張とは違う」

　アリッサは優しい目でしみじみとわたしを見た。「すごく生き生きしてる。そんなリリーを見たのは久しぶり」

「そうかも」わたしは屈んでエミーとライリーにキスをした。「そんなに遅くならないつもり。ルーシーの代わりに店を閉めるから、彼は店に迎えに来るの。九時半頃には帰ってくる。できればそれまでエミーを寝かせないで」

「そんなに早く帰ってくるの？　せっかくのデートなのに」

「昨日の夜はほとんど眠れなくてくたくたよ。でもデートもキャンセルしたくないから、なんとか乗り切る」

「ああ、母は強しね」アリッサは言った。「寝かせず起こしておくわ。楽しんできて。その前にコーヒーかエナジードリンクを飲んでいくのよ」

　今日一日だけでいったい何杯コーヒーを飲んだか覚えていない。「大好きよ。本当にありがとう」そう言いながら玄関を出る。

「こういうときのためにわたしがいるのよ」歌うような彼女の返事がきこえた。

11

アトラス

その晩、〈ビブズ〉ではスタッフ全員をシフトに入れた。だがじっとしていると時間の過ぎるのが遅すぎる。ぼくは厨房を手伝うことにした。その結果、手からはニンニクの匂いが漂っている。三度もごしごし洗ったけれど、むだだった。でもそろそろ出ないと、待ち合わせの時間に遅れてしまう。

ゆっくり進もう、ぼくらはそう決めた。だから彼女をアパートメントではなく、職場に迎えにいくことにした。彼女がどこに住んでいるのか、今も二年前、彼女のSOSでぼくが駆けつけたアパートメントに住んでいるのかも知らない。とくに理由はないけれど、お互いどこに住んでいるのかについてはまだ話したことはない。たぶん彼女は、今年の初め、ぼくが前の家を売って、市内に引っ越したことは知らないはずだ。お互い、どのくらい離れたところにいるのかは興味がある。

「オーデコロンの香りがするな」そばを通りすぎざま、ダリンがつぶやいた。冷凍庫に向かう足を止めて、ぼくを振り返る。「なんでコロンをつけてる？　やけにめかしこんでるじゃないか」

ぼくは自分の手の匂いをかいだ。「ニンニクの匂いはしない?」

「しない、デートの匂いだ。出かけるのか?」

「ああ。でも閉店の時間には戻るよ。今夜はここに泊まって、レストランを襲撃した犯人を待ち伏せするつもりだ」しばらくは何も起こらない日が続いたが、昨日の夜、四度目の襲撃があった。今回、被害額は大したことがないけれど、そこらじゅうにゴミをまき散らされた。壁を塗り直すより、ゴミの片づけは簡単だ。いつもブラッドがセオを連れて、手伝いに来てくれるおかげだ。嫌がれば嫌がるほど、父親から手伝いを命じられるはめになることを、セオに教えてやるべきかもしれない。

今夜、やりたい放題の犯人をとっつかまえて、目的をきき出し、警察沙汰になる前にやめるよう説得してみるつもりだ。大抵のことは、派手に騒ぎ立てるより、正々堂々と話をすることで解決できると思っている。だが、相手がどんな人物かは想像がつかない。

ダリンがすり寄ってきてささやく。「誰とデートだ?　リリー?」

ぼくはタオルで手を拭きながら一度だけうなずいた。

ダリンはにやりと笑って離れていった。仲間がリリーを好きで嬉しい。ポーカーナイト以降、連中が何度かリリーの話を持ち出すときがあったけれど、ぼくがそれを快く思っていないことは伝わっていたと思う。リリーが手の届かないところにいるのに、彼女のことを話すのがどうしてもいやだった。

でも、今は彼女が戻ってくる可能性がある、たぶん。だからこそ、緊張せずにはいられない。

今夜、ぼくとデートをすることも、リリーには大きなリスクになるかもしれない。付き合うことになればなおさら、彼女の人生によからぬ影響が及ぶ可能性もある。二時間前から、このデートが彼女にとって危険を冒す価値があるものかどうか考えて、ずっとプレッシャーを感じている。

その結果、吸血鬼も恐れおののくほどのニンニクの匂いを漂わせることになった。もうすでに思いどおりの展開にはなっていない。

＊　＊　＊

駐車場に車を停めたのは、約束した六時の五分前だ。リリーはぼくを待っていたに違いない。ぼくが車から降りる前に店から出てきて、ドアに鍵をかけた。

彼女の姿を目にしたとたん、一気に心拍数がはね上がった。すばらしくステキだ。黒のジャンプスーツにハイヒールというといういでたちで、ジャケットをはおりながら、駐車場の真ん中まで歩いてきた。

軽く、彼女の頬にキスをする。「きれいだ」ぼくの言葉に彼女の頬が赤くなる。「ほんと？昨日の夜、眠れなくて。九十歳に見えるかも」

「不眠の原因は何？」

「エミーが一晩中熱を出したの。今はもう良くなったけど……」リリーはあくびをした。「ごめんなさい。コーヒーを飲んだのに一分ももたない」

「気にしないで。ぼくは疲れてないけど、ニンニクくさい」

「ニンニク大好き」

「そりゃよかった」

リリーは軽くあごを引いて、自分の服を見おろした。「今夜のレストランには一度も行ったことがないから、何を着ればいいのかわからなくて」

「ぼくも初めて行く店だ。でも、十分ステキだと思うよ」選んだのは、一度行ってみたいと思っていた開店したばかりのレストランだ。車で四十五分ほどかかるけど、道中、近況を話し合うのにちょうどいい。

「プレゼントがあるの」彼女は言った。「わたしの車にあるから、取って来るわね」

後をついて車まで行くと、彼女がコンソールから何かを取り出した。受けとった瞬間、ぼくは笑みをこらえきれなかった。「これって、きみの日記?」昨晩も、ほんの一節を読んでくれた。でも声に出して読むのが恥ずかしいと言って、すぐにやめてしまった。

「何冊かあるうちの一冊よ。今夜のデートが楽しかったら、続きも渡すわ」

「これ以上、緊張させないでくれ」彼女をぼくの車までエスコートして、助手席のドアをあける。ドアを閉めたとき、彼女がまた一つあくびをした。

ぼくは申し訳ない気持ちになった。たぶんひどく疲れているに違いない。子育てがどれほど大変か想像もつかない。彼女のことを考えれば、デートはまた別の日にするほうがいいかもしれない。ぼくは駐車場から車をバックで出す前に言った。「家に帰って寝たいなら、デートは次の週末にする?」

「今、デートよりほかにしたいことなんてない。死んだら、いやというほど眠れるしね」かちりと音を立て、彼女はシートベルトを締めた。「たしかに、ニンニクくさいかも」

からかっているらしい。リリーは昔もよく冗談を言った。彼女の長所は、どんな苦境に置かれても、冷静で取り乱したりしないところだ。救急処置室で思いもかけず、妊娠を知らされたときにも、彼女はその強さで切り抜けた。ぼくは彼女の強さを心から尊敬している。間違いなく、あれは人生どん底の瞬間だったに違いない。でも、病院から戻った後も、自らの悲運を笑いとばして、ぼくの友だちと、夜通しポーカーを楽しんで、連中をユーモアで魅了した。

ストレスの対処法は人によって違う。そこには間違いも正解もない。でも、リリーはいつだって理性と品性を失わない。そして、それはぼくが考える人間としての一番の美点だ。

「忙しい土曜日の夜に、どうやって店を抜け出して来たの？」リリーが言った。

運転中で、返事をするときに彼女を見られないのが残念だ。それにしても、彼女はこんなに……大人っぽかったっけ？　でも、そもそも大人にむかって〈大人っぽい〉は誉《ほ》め言葉だろうか？　自信がない。自信がないときは、口に出さないに限る。でも初めて恋に落ちたとき、リリーもぼくも、今の自分たちが思うような大人じゃなかった。でも、今夜は違う。ふたりとも立派な大人で、彼女は母親で、経営者で、そしてたまらなくセクシーだ。

大人になって初めて彼女に会ったとき、彼女はまだ法的にはライルの妻で、今、ぼくがひそかに考えているような感情を持つことは許されない相手だった。彼女が欲しい。

運転に集中しながら、会話が途切れないよう心がける。でも、いつになく緊張している。自分でもびっくりだ。

「どうして抜け出してこれたかって？」彼女を見たい気持ちに抗《あらが》いながら、質問の答えを考えるふりをする。「信頼して店を任せられる仲間がいるからね」

リリーは答えをきいて、にっこり笑った。「週末はいつも仕事？」

ぼくはうなずいた。「休むのは日曜だけだ。たまに月曜日も」

「仕事で何をしているときが一番楽しい？」

今日の彼女は質問モンスターだ。ぼくはちらりと横を見て笑った。「店のレビューを読んでいるとき」

彼女が驚いたように息をのむ。「ごめんなさい、つい」彼女は言った。「レビュー？　自分の店のレビューを読んでるの？」

「一つ残らず」

「嘘でしょ？　驚いた、鋼《はがね》のメンタルね。わたしはレビューを見ないで済むように、ＳＮＳは全部セリーナにまかせてる」

「きみの店のレビューは高評価ばかりだよ」

彼女は助手席で、ぼくに向き直った。「うちの店のレビューも読んだの？」

「友人が経営する店のレビューは全部読んでる。変？」

「変じゃないけど」

ウインカーを出す。「レビューを読むのが好きなんだ。それで経営者の人となりがわかる。それにぼくの店がどう思われているのか知りたい。建設的な批判は役に立つよ。ぼくは他のシェフみたいに厨房での経験が豊富じゃないし、批判的なコメントは何よりの先生だ」

「他の店のレビューからは何を学ぶの？」

「とくに何も。ただおもしろい読み物として楽しんでいるだけ」

「わたしの店に悪いレビューはあった？」リリーはぼくから視線をはずし、体を斜めにして前を見つめた。「やっぱりいい、言わないで。高評価ばかりで、みんながうちの花が好きってことにしておく」

「みんな本当にきみの花が好きだ」

笑みをこらえているのか、彼女はきゅっと唇を引き結んでいる。「自分の仕事で、ストレスがたまると思うことは？」

あれこれ質問されるのが嬉しい。昔、ふたりでいるとき、彼女は夜が更けるまで、ぼくに質問を浴びせた。「保健所の立ち入り検査かな、先週までは」ぼくは認めた。「検査官への応対は厄介だ」

「先週までって？　今週は？　何かあったの？」

「店への襲撃」

「また？」

「ああ、今週に入ってもう二回めだ」

「まだ犯人はわからないの？」

ぼくは首を横に振った。「手がかりなし」

「あなたをうらんでる元カノとか？」

「まさか。そんな人とは付き合ってない」

リリーはヒールを脱ぐと、片足をシートにのせてくつろいだ。「今まで何人と真剣に付き合ったの？」

なるほど、そうきたか。「真剣って？」

「うーん、二カ月以上続いた関係？」

「一人だ」ぼくは答えた。

「どのくらい続いたの？」

「一年ちょっとかな。軍にいたときに知り合った」

「どうして別れたの？」

「一緒に暮らした」

「それが別れた理由？」

「一緒に暮らしてみたら、お互いあわないってことがよくわかった。たぶん、はじめから人生で目指すところが違ってたんだ。ぼくにとっては仕事が大事だけれど、彼女にとって大事なのはクラブに何を着ていくかってことで、ぼくはと言えば一緒にクラブに行くことにもうんざりしてた。ぼくは軍を除隊して、ボストンに引っ越すことを決め、彼女は友だち二人とルームシェアをすると言って出ていった」

リリーは笑った。「クラブにいるアトラスなんて、想像できない」

「ああ、だから今もシングルなんだ。たぶんね」ぼくのスマホが鳴った。〈コリガンズ〉からの着信だ。おかげで彼女に同じ質問を返すことができなかった。「出ないと」。

「出て」

ぼくはハンズフリーで電話に出た。用件は冷凍庫の故障で、修理を手配するまであと二本電話をいれる必要があった。ようやく話が終わって、ふとリリーを見ると、ぐっすりと眠っている。小さないびきまできこえた。

コーヒーは効かなかったらしい。

残りのドライブの間、ぼくは彼女を寝かせたままにしておいた。レストランについたのは七時十分前だ。もう日は暮れて、店内は混み合っている。予約の時間まであと数分、ぎりぎりまで彼女を休ませることにした。

彼女のいびきに、愛おしさに胸が締めつけられる。慎み深く、かすかないびきだ。あとで見せてからかうために、短いビデオをとり、それから後部座席に手を伸ばして、彼女の日記を取る。わたしの前では読まないでと言われたけれど、厳密には約束を守っている。彼女は眠っているから。

ぼくは最初のページをひらいた。

最初の日の記述を読んで、ぼくは一気に心を奪われた。誰かの日記を読むなんて、普通は少し後ろめたい気もするけれど、これは彼女自身がぼくにくれたものだ。

次、そして次の日も読む。ぼくは予約アプリをひらいて、レストランの予約をキャンセルした。そろそろ彼女を起こさないと時間に遅れる。でもそれより、誰かにテーブルを譲ったほうがいい。リリーもまだもう少し眠る必要がありそうだ。

それに何より続きが読みたかった。彼女が目を覚ましてから、どこか他の店に行くことにしよう。

彼女が綴る文章に、ぼくの心は十代だったあの頃にすっかり引き戻されていた。当時の彼女の言葉や口調に声をあげて笑いたくなったけれど、びっくりさせて彼女を起こさないよう我慢した。

やがて、日記はファーストキスのくだりになった。時計を見ると、ここに着いてからもう三十分が経っている。だがリリーはまだぐっすり眠っているし、途中で読むのをやめたくない。この日の日記が終わるまで、リリーが起きませんように、ぼくはそう願いながら読み続けた。


「言わなきゃならないことがあるんだ」

アトラスの言葉に、わたしは息をのんだ。いったい何を言うつもり？

「今日、おじさんに連絡した。ボストンにいた頃、母さんとぼくは、おじさんと一緒に暮らしていたんだ。おじさんは出張から戻ったら、家にきてもいいって」

その瞬間、喜ぶべきだと思った。にっこり笑って、よかったねって。でも目を伏せてしまった自己中で子どもっぽい自分に心底がっかりした。

「行っちゃうの？」わたしはきいた。

彼は肩をすくめた。

「さあね。まずきみに話そうと思って」

ベッドの上で、アトラスはわたしのすぐそば、吐息のあたたかさが感じられる距離にいる。わたしはミントの香りが漂っていることに気づいた。うちにくる前に歯磨きをしたみたい。わたしはいつも、彼が家に戻るたびにボトルの水を何本も持たせていたから。

わたしは枕に片手をのせ、縫い目から飛び出している羽根を引き抜きはじめた。引き抜いては、その羽根を指の間でよりあわせる。

「どう言えばいいのかわからない。アトラスに居場所ができたのはよかったと思う。でも、学校はどうするの？」

「ボストンで卒業するよ」

わたしはうなずいた。もう心が決まっているみたいな言い方だった。「いつ向こうに行くの？」

ボストンって、どのくらい遠いんだろう？　たぶん、ここから二、三時間？　でも車を持っていないわたしには、世界の果てに思える。

「まだはっきりとは……」

わたしは羽根を枕の上に戻し、手を体の脇に置いた。「行かない理由がある？　おじさんが家に置いてくれるんでしょ？　よかったじゃない、ね？」

彼は唇をきゅっと結んでうなずいた。それからわたしがいじっていた羽根をつまみあげ、指の間でそれをひねって枕に置くと、思いがけない行動に出た。アトラスは指でわたしの唇に触れたの。

ねえ、エレン。そのとき、その場で死んじゃうかもと思った。一度にあれほどいろいろな感情を覚えたのは初めてよ。彼はじっと指をわたしの唇に置いたままで言った。「ありがとう、リリー。何もかも」アトラスはその指を上に移動させ、わたしの髪をなでた。そして体を前に倒して、おでこにそっとキスをしたの。息ができない。わたしは口をあけ、大きく息を吸おうとした。アトラスの胸も、わたしの胸と同じくらい激しい動きを繰り返していた。彼の目は、わたしの唇をじっと見つめていた。「リリー、キスされたことある？」

　わたしは首を振り、彼の目を見て、かすかにあごを上げた。なぜならその事実を彼に変えてほしかったから。でなきゃ、息が詰まってしまいそうだった。

　次の瞬間――まるで壊れ物を扱うように――アトラスはそっとわたしにキスをした。次にどうすればいいのかわからないけれど、そんなのどうでもいい。一晩じゅう、唇が触れあっているのを感じられたら、それだけで十分だと思った。

　唇を閉じたまま、彼の手がかすかに震えている。何をしようとしているのかを知って、わたしはかすかに口をひらいた。舌の先が唇に軽く触れた。目がでんぐり返って裏側に行ってしまいそうだった。アトラスはもう一度、それからもう一度、同じことをした。わたしもまねをした。初めて舌が触れあったとき、わたしはちょっぴり笑っちゃったの。ファーストキスについてはいつも考えていた。どこで、誰とするんだろうって。でも、こんな感触だなんて想像もしなかった。

　アトラスはわたしをあおむけにし、頬に手を添えてキスを続けた。緊張が解けるにしたがって、どんどん気持ちがよくなっていった。わたしが大好きなのは、一瞬、彼が体を引いて、わたしを見つめたあと、よりいっそう激しく求めてくる瞬間よ。

　どれだけキスをしていたのかわからない。長い時間だった。あまりにも長くて、唇がひりひりして、目もあけていられなくなった。眠りに落ちた瞬間も、まだわたしたちの唇は重なっていたと思う。

　アトラスもわたしも、もう二度とボストンについて話さなかった。

彼がこの街を出ていくのかどうか、まだわからない。

――リリー

ワオ！

まいった。

ぼくは日記を閉じるとリリーを見つめた。事細かに綴られたぼくたちのファーストキスの様子、これを読む限り、男として十代の自分に負けている気がする。

本当にこんなだったろうか？

あの夜のことは覚えているけれど、実際のぼくは、もっとずっとおどおどしていたと思う。おかしなことに、十代の頃は皆誰でも、この地球上で自分だけが未熟な人間だと思っている。他のティーンエイジャーは皆、自分よりはるかに充実した人生を送っている、と。でもそんなことはない。ぼくとリリーはふたりともおびえていた。そして互いに夢中で、恋をしていた。

ぼくがリリーに恋をしたのは、ファーストキスよりずっと前だ。あの瞬間のずっと前から、ほかの誰より彼女を愛していた。あの瞬間のあとも、彼女より愛した人はいない。

これからもそれは変わらないと思う。

ぼくの人生にはリリーが知らない部分がある。ぼくらが一緒に過ごした時間についての〈彼女バージョン〉を読んだ今、今度は〈ぼくバージョン〉を知ってもらいたいと思った。当時のぼくにとって、彼女の存在がどれほど救いになったか、彼女は知る由もない。あのとき、誰もが背を向けたぼくに、リリーだけが歩み寄ってきてくれた。

まだ当分目を覚ましそうにないリリーの横で、ぼくはスマホのメモをひらいた。彼女が現れるまでのぼくの人生について詳しく打ち込んでいく。彼女ほどたくさん書けるとは思わないけれど、それでも伝えたいことはいろいろある。

二十分かかってすべてを打ち込むと、それからさらに五分たったところで、ようやくリリーが目を覚ます気配を見せた。

書いたばかりの内容を、本当に彼女に読ませたいのか自分でもわからないまま、ぼくはカップホルダーにスマホを置いた。待ったほうがいいかもしれない、そう思った。二、三日、いや数週間。彼女はふたりの関係をゆっくりと進めたがっていたし、この手紙の最後に書いたことが、彼女の考える〈ゆっくり〉に見合ったものかわからなかった。

リリーが片手をあげ、頭を掻いた。顔を窓のほうに向けているせいで、目をあけているかどうかは見えない。まっすぐに座り直したところで、ようやく目を覚ましたとわかった。彼女は窓の外をちらりと見て、それからぼくのほうを向いた。髪の毛が幾筋か頬にはりついている。

ぼくは運転席のドアにもたれ、初めてのデートで居眠りするのはよくあることだと言わんばかりに彼女を見つめた。

「アトラス」彼女が申し訳なさそうに言った。

「気にしないで。疲れてたんだろ」

彼女ははっとしたようにスマホをつかむと、時間を確認した。「やっちゃった」うつむき、膝に両肘をついて顔を手で覆う。「信じられない」

「リリー、いいんだ。本当に」ぼくは日記を持ちあげた。「おかげでこれが読めた」

彼女は日記を見て小さくうめいた。「恥ずかしすぎる」

ぼくは日記を後部座席に戻した。「ぼくとしては、いろいろためになった」

リリーはおどけてぼくの肩を叩いた。「笑わないで。他人の日記をおもしろがるなんて最低よ」

「気にするなって。くたくたに疲れてたんだ。おまけにたぶん空腹だ。帰り道にハンバーガーでもテイクアウトしよう」

リリーは芝居がかったしぐさでシートに倒れこんだ。「一流店のシェフとデート中に眠りこけるなんて、そりゃファストフードに連れていかれるわけよね？」それからサンバイザーをおろすと、鏡を見て、頬にはりついた髪の毛に気づいた。「やだ、ザ・お疲れママもいいところね。これってわたしたちの最後のデートになる？ きっとなるわよね。わたしのせいよね？ ふられて当然だわ」

ぼくは車のギアをリバースに入れた。「あの日記を読んだ後で、これを最後のデートになんかできるわけがない。これ以上最高のデートはないよ」

「アトラス、どれだけ優しいの？」

自分のへまを嘆く彼女は、とても愛らしくて魅力的だ。「日記の内容で、ひとつ質問があるんだ」

「何？」彼女はにじんだマスカラを拭いた。デートを台無しにしたと思って、すっかりしょげている。ぼくはにやにや笑いをこらえきれなかった。

「ファーストキスの夜……わざとブランケットを洗濯機に入れたの？ ぼくをきみのベッドで

眠らせるために？」

彼女は鼻の上にしわを寄せた。「もうそこまで読んじゃったの？」

「きみがずっと寝てたから」

彼女はしばらく考えこんで、それからこくりとうなずいた。「そう、そしたらあなたとキスができるかもしれないと思ったの」

たしかに、それはそうだ。そして作戦はうまくいった。

その効果は今も続いている。彼女がファーストキスについて書いた部分を読んで、あの夜、彼女がぼくから引き出したさまざまな感情を思い出した。帰り道の間、彼女がずっと寝ていてもかまわない。それでもこれは間違いなく、今までで最高のデートだ。

12

リリー

「あんなに長く眠らせておくなんて信じられない」十分経っても、わたしはまだ、恥ずかしさのあまり憤慨《ふんがい》していた。「日記を最後まで読んだの？」

「ファーストキスのところでやめた」

よかった。それならまだ我慢できる。でももしわたしが隣で眠りこけている間に、初めてセックスしたくだりまで読まれていたら、恥ずかしすぎてきっと立ち直れない。

「これってフェアじゃないよね」わたしはつぶやいた。「アトラスも何か恥ずかしいことをしてくれないとバランスがとれない。自分一人が今夜のデートを台無しにした気がするから」

アトラスは笑った。「きみの良心の呵責《かしやく》を軽減するために、ぼくにも何か屈辱的な思いをしろって？」

わたしはうなずいた。「そう、それが自然の摂理《せつり》ってものよ。目には目を、屈辱には屈辱を」

アトラスは親指でハンドルを小さく叩き、もう片方の手であごをさすると、ドリンクホルダーに置いてあるスマホをちらりと見た。「スマホのノートアプリをひらいて、一番上のメモを読んでみて」

ちょっと彼をからかってみただけだ。でもとにかく大急ぎでスマホを手に取る。「パスワードは？」

「９５９５」

わたしは数字を打ち込み、アプリをひらくついでに、ホーム画面を見つめた。アプリはすべて一つのフォルダーにまとめられている。ショートメールの未読はゼロ、メールの未読が一件のみだ。「もしかして潔癖症？　未読メールが一件の人って初めて見た」

「散らかっているのが嫌いなんだ。軍にいた副作用だよ。きみの未読は何件？」

「何千件よ」ノートアプリをひらいて一番新しいノートをクリックする。一行目の二つのワードを見たとたん、わたしはスマホをぱっとおろして、画面を膝に押しつけた。「アトラス」

「リリー」期待の温かな波に、恥ずかしさはどこかへ行ってしまった。「これ……〈大好きな《Dear》リリー《Lily》へ〉の手紙を書いてくれたの？」

彼はゆっくりうなずいた。「ずいぶん長い時間眠っていたから」ちらりとこちらを見て、弱々しくほほ笑む。何を書いたのか知らないけれど、自分が書いたことでわたしが気を悪くしないかとどぎまぎしているかのように。彼が前を向いた瞬間、ごくりと唾を飲んだのがわかった。

大好きなリリーへ

わたしは助手席の窓にもたれ、静かに手紙を読んだ。

目を覚まして、初めてのデートで眠ってしまったと気づいたら、きっと悔しがるだろうね。きみの反応が楽しみだ。でも、迎えに行ったときから、かなり疲れている様子だったし、休んでいるきみを見ることができて、すごくほっとしている。

この一週間は夢みたい……だったよね？ もうきみの人生に関わることはないだろうと思いはじめていたのに、ある日突然、きみが現れた。

この偶然の再会がぼくにどれほどの意味があるか、一晩中だって語ることができる。でもやめておくよ。セラピストと約束したんだ。ダサいセリフを言うのはやめるって。でも心配しないで。そんな約束は何度だって破ってみせる。でも、ゆっくり進もうときみに言われたから、もう数回デートをしてからにするつもりだ。

その代わり、きみの日記をこっそり見せてもらったから、ぼくたちの過去について話をしようと思う。それがフェアってものだ。きみは人生でもっとも感受性豊かな時期の心の内をすべて包み隠さず話してくれた。そのお返しとして、ぼくにできるのは、同じ時期、ぼくがどこで何をしていたかを話すことだけだ。

ぼくの過去には読むのがつらい部分もある。最悪の部分は言わずにいようかと考えたけど、きみの友情がぼくにとってどれほど大切なものだったかをわかってもらうには、きみが現れる以前のぼくの人生について話す必要がある。

そのうちのいくつか——なぜぼくがホームレスになって、あの廃屋に住んでいたか——は話したよね。でもあそこに行く前から、ぼくには家庭《ホーム》というものがなかった。生まれてからずっとだ。たとえ家《ホーム》はあって、母親と、そして時には継父もいたとしてもね。

幼い頃のことは記憶にない。もしかしたら、母も昔は良い母親だったのかもしれないという妄想にふけることもある。でも、一つだけ覚えているのは、母と出かけたときのことだ。母はぼくをケープコッドに連れて行って、初めてココナッツシュリンプを食べさせてくれた。もし母がいつもいい母親だったら、あの一度の食事、あの日が、ぼくの唯一の母との思い出のはずがない。

ぼくの記憶には、ずっとひとりで過ごしているか、母に近寄らないようにしているか、二つの時間しかない。母はすぐに癇癪《かんしやく》を起すし、手も早い。十歳かそこらになるまでは、母のほうが力は強いし、足も速かった。だから、十年のほとんどの時間を、彼女の手やタバコや口汚い罵《のの》り言葉を避けるのに費やしていた。

たぶん母も疲れていたんだと思う。ぼくを養うために、夜中に働くシングルマザーだった。でもそういった事情を差し引いても、当時の母のふるまいが許されるとは思えない。立派にやっているシングルマザーはたくさんいる。

ぼくの傷を見たことがあるよね。詳しくは話さないけれど、もともとひどかった虐待が、母が三度目の結婚をしてから、さらにひどくなった。母と継父が出会ったのは、ぼくが十二歳のときだ。

子ども時代、心穏やかに過ごせた時期はほとんどなかったけれど、十二歳は唯一、比較的穏やかな一年だった。母は彼のところに入りびたりで、家にいるときもまともだった。恋をしていたからだ。恋人との関係がうまくいくかいかないかによって、子どもに接する態度が左右されるって変だよね。

でもぼくが十二歳から十三歳になり、ティムが引っ越してくると、それから四年間は地獄だった。母を怒らせない日は、ティムを怒らせた。家にいればどなられるし、学校に行けば、その間に二人の喧嘩で家の中がしっちゃかめっちゃかになって、帰るなり、後片づけをさせられた。

毎日が悪夢だった。やがてぼくが力でねじふせられない年齢になると、ティムはもうぼくとは暮さないと決めた。

母は彼を選び、ぼくは追い出された。願ったりかなったりだ。こっちから出ていってやる、ぼくは思った。そのときには身を寄せる先にあてがあったからだ。

でも、三カ月後、ぼくを居候《いそうろう》させてくれていた友だちの家族がコロラドに引っ越すことになった。

そうなると、行くあてもなく頼れる人もいなくなった。あったとしても、助けを求めて、そこへ行くまでのお金もなかった。ぼくはしかたなく、戻ってきてもいいかと母にたずねようと家に戻った。

その日のことは、今も忘れない。ぼくがいないたった三カ月の間に、家は倒壊寸前の廃屋のような状態になっていた。追い出される前に刈った芝生には、雑草が生え放題で、網戸はすべてなくなって、ドアノブがあった場所にはぽっかりと穴があいていた。三カ月どころか、何年も留守にしていたみたいだった。

母の車は私道に停まっていたけれど、ティムの車はなかった。母の車は、しばらく動かした形跡もない。ボンネットが開けっ放しで、そばに工具が散らばり、少なくとも三十はあるビールの空き缶を、誰かがガレージのドアの前でピラミッドの形に積みあげていた。

玄関前のひびの入ったコンクリートの道では新聞が山になっていた。ドアをノックする前に、その新聞を拾いあげて、古い鉄の椅子のひとつに置いて乾かそうとしたのを覚えている。

何年も住んでいた自分の家のドアをノックするのは妙な気分だった。だがティムが家にいないとわかっていても、いきなりドアをあけようとは思わなかった。まだ家の鍵は持っていたけれど、もし鍵を使ったら、不法侵入で警察につき出すと言われていたからだ。

そもそも使いたくても使えなかった。ドアノブがないんだから。

誰かがリビングを通り、歩いて来る音がして、玄関ドアの上のほうにある小窓のカーテンが動き、そこに立ったまま、外をじっとのぞく母が見えた。

やがてドアがかすかにひらくと、隙間から、午後の二時だというのに、まだパジャマ、以前、一緒に暮らしていた男が置いて行った、ウィーザーのぶかぶかのTシャツを着ている母が見えた。ぼくの大嫌いなTシャツだ。ぼくはそのバンドが大好きで、母がそれを着るたびに、ぼくの代わりにバンドのメンバーが汚されている気がした。

「何しに来たの?」母にたずねられたけど、理由は言いたくなかった。代わりに、ティムは家にいるかとたずねた。

母がさらに少し、ドアをあけた。腕組みをしているせいで、シャツに描かれたメンバーの一人は、頭が隠れて、まるで首をはねられたみたいに見える。母はティムは仕事だと言い、もう一度ぼくに何の用だとたずねた。

中に入ってもいいかとたずねると、母は少し考え、ぼくの肩越しに外を見た。通りの様子を確認しているようだ。何を確認したのかわからなかったけれど、近所の人に息子を家に入れるのを見られるのがまずいと思ったのかもしれない。

返事の代わりに、母はドアをあけたまま着替えをしに寝室へ行った。家は不気味なほど暗かった。カーテンが全部閉まっているせいで、時間もわからない。レンジの上にかかっている時計を見ても、数字は点滅していて、早朝の時間を示している。ぼくがいれば、直していたと思う。

ぼくがまだ住んでいたら、カーテンをあけ、キッチンカウンターに散乱する汚れた皿を片づけていたはずだ。ドアノブがなくなったり、芝生が伸び放題になったり、数日分の新聞を湿ったまま放置することもなかっただろう。そのとき、はっと気がついた。家を出るまでの間ずっと、この家を守っていたのは自分だって。

ぼくは希望を感じた。もしかしたら、二人はぼくが邪魔ものではなく、役に立っていたと気づいたかもしれない。高校を卒業するまで家に戻るのを許してくれるかもしれない。

ぼくはキッチンテーブルに置かれていた新しいドアノブを手に取った。箱の下にレシートがあった。購入の日付は二週間前だ。

ノブは玄関ドアにぴったりだった。二週間前に買ったノブを、ティムがなぜすぐに取り付けなかったのかわからなかったけれど、キッチンの引き出しに工具を見つけて、箱をあけた。数分後、母が寝室から戻ってきたときには、ぼくは新しいノブをつけ終わっていた。

何をしているのかと母に問われ、ぼくはノブを回してドアを少しあけ、うまく取り付けられたことを見せた。

そのときの母の反応は忘れられない。母はため息をついて言った。「どうしていつも余計なことをするの？　またティムを怒らせたわね」母はぼくの手からドライバーを引ったくった。「ここに来たと彼に知られる前に、出て行ったほうが身のためよ」

あの家でうまくいかなかったのは、二人の反応がいつもぼくの思いとはちぐはぐだったからだ。ぼくが頼まれなくても家の手伝いをすると、ティムは嫌味だと腹を立てた。でも何の手伝いもしないと、恩知らずの怠け者と罵った。

「ティムを怒らせるつもりはない」ぼくは言った。「ドアノブをつけただけだ。手伝おうとしたんだよ」

「ティムは時間ができたら、すぐにやるつもりだったのよ」

ティムの問題の一部は時間がありすぎることだ。仕事は六カ月以上続いたことがなく、母と過ごす以上の時間をギャンブルに費やしていた。

「仕事が見つかったの？」ぼくは母にたずねた。

「今、探してるところ」

「で、今はどこにいるのさ？」

母の表情を見れば、ティムが職探しに出かけてるわけじゃないのは明らかだ。どこにいるにしても、そのせいで母はこれまで以上に借金を抱えているのだろう、ぼくは確信した。限度を超えた借金も、ぼくを追い出すきっかけの一つだった。母名義のクレジットカードの限度額超過や滞納の知らせを隠してあるのを見つけたとき、ぼくはティムを問い詰めた。

ティムは問い詰められるのが嫌いだ。彼にとっては、大人になりつつあるぼくよりも、出会った当時の十一、二歳のぼくのほうが都合がよかった。子どもなら押しても押し返してこないし、反論されることもない。

十五、六歳になったぼくを、もはや力でねじ伏せられないと気づくと、ティムは別の方法でぼくの人生を破壊すると決めた。その一つが、行く当てのないままに、ぼくを追い出すことだ。

ぼくはどうにかプライドを飲み込み、家に戻りたいと母に打ち明けた。

母はそれがどうしたと言わんばかりに、迷惑そうな顔で言った。「あんなことをしておいて、よくも戻って来たいなんて言えるね」

「あんなこと？　ティムが賭け事に狂って、母さんに借金を負わせているのを問い詰めたこと？」

次の瞬間、母はぼくをくそったれ《Asshole》と罵った。もちろんそのときも、ケツの穴《Ass Hole》ときこえた。いつもどおりの癖だ。

ぼくはなんとか母の情に訴えようとしたけれど、やっぱり母は母だ。ぼくにドライバーを投げつけた。その時点では、まだ口論にもなっていなかったのに、あまりのことに、ぼくはよけることもできなかった。ドライバーはぼくの左目のすぐ上、眉毛の真ん中に当たった。

傷に触れた指に、血がついた。

家に戻っていいかきいただけだ。文句を言ったわけでも、暴力をふるったわけでもない。会いに行って、ドアノブを直して、ここに置いてくれと頼もうとしただけなのに、血が出るけがで終わった。

ぼくは自分の指を見ながら思った。ティムのせいじゃない。母のせいだ。長い間、ぼくはこの家がめちゃくちゃなのはティムのせいだと思っていた。でも、違う。母のせいだ。ティムはただ、その状況をさらに悪くしただけだ。

母のもとに戻るなら死んだほうがましだ、そう思ったのを覚えている。その瞬間まで、どこかでまだ母に期待をしていた。それがかすかな親への敬意なのかどうかはわからない。でも、少なくとも母がぼくを育ててくれたことには感謝していた。でも、それは子どもを持とうと決めた親なら、当たり前のことだよね。

ようやく、母という人間の正体がわかった。いつも母との間にうまく絆を築けないのは、母がシングルマザーのせいなのではと思っていた。でも、世の中には子どもと固い絆で結ばれた、忙しいシングルマザーがたくさんいる。自分の子どもが虐待されたら、立ち上がって戦う。十三歳の子どもが目のまわりにあざを作り、唇をはらして、戻ってきたら、何があったのかをたずねる。夫がまだ高校も卒業していない子どもをホームレスにしようとしたら、阻止する母親はたくさんいる。子どもの頭に向かって、ドライバーを投げない母親もたくさんいる。

母が心底、冷酷な人間だということに気づいても、ぼくはまだ最後に母の情けにすがろうとした。「せめて出ていく前に、荷物を取りに部屋に行ってもいい？」

「あんたの部屋なんかないわ」母は言った。「スペースが必要だったの」

その後は、母の顔を見ることもできなかった。あんたの存在なんかわたしの人生から消し去ってしまいたい、そう言われているみたいで。そしてそれなら母の望みをかなえてやると思った。

家を出て歩いていると、傷から流れた血が目に入った。

そのあと、その日がどんなだったかは話せない。誰にも必要とされず、愛されもせず、ひとりぼっちがどんな気分か。ぼくには何もなかった。お金も、所持品も、家族も。あるのは傷だけだった。

若い頃は感受性が強い。だからずっとまわりから、おまえはどうでもいいつまらない人間だと言われ続けると、最後にはそうだと信じてしまう。そしてゆっくりと、本当にどうでもいいつまらない人間になってしまう。

でも、リリー、ぼくはきみと出会った。きみはぼくを見つめ、そこに何かを見出そうとしてくれた。ぼくには見えない何かを。きみは、ひとりの人間としてぼくに興味を持ってくれた初めての人だ。誰もきみみたいに、ぼくの言葉に耳を傾けてはくれなかった。

きみとともに数カ月を過ごした後には、ぼくはもう、自分がつまらない人間だとは思わなくなった。きみはぼくに、自分が唯一無二の存在だと思わせてくれた。きみの友情がぼくという存在に価値を与えてくれたんだ。

きみには感謝している。このデートがうまくいかなくて、もう二度と話をすることがないとしても。ありがとう。母親さえ気づかなかった何かを、ぼくの中に見つけてくれて。

きみはぼくの大好きな人だ、リリー。これでその理由をわかってくれたよね。

アトラス

涙がこみあげ、胸がつまる。言葉がでてこない。わたしはスマホを膝に置き、涙を拭った。なんで今、アトラスは運転してるの？　どこかに車を停めていたら、今すぐ、彼を抱きしめて、彼が経験したことのないくらい、ぎゅっと強くハグするのに。キスもするかも。それから彼をバックシートに連れていくかも。こんなにも悲しく、胸が張り裂けそうな話をきかされたのは初めてだ。

アトラスは手を伸ばしてわたしの膝からスマホを取ると、カップホルダーに戻し、その手をふたたびわたしに伸ばした。まっすぐに前を向いたまま、わたしの指に指を絡め、ぐっと握る。その瞬間、あふれる思いに胸が熱くなった。もう片方の手で彼の手を上から包みこむ。こうして手をつないでいるとスクールバスの記憶が次々とよみがえってくる。あのときのわたしたちも、ただ黙ってシートに座って、悲しくて、寒くて、身を寄せ合っていた。

わたしは窓の外を見つめ、彼はまっすぐ前を見つめて、ボストン市内に戻るまでふたりとも何も言わなかった。

＊＊＊

花屋からほんの二マイルほどのところにある店で、わたしたちはハンバーガーをテイクアウトした。アトラスは、わたしがエマーソンをいつもより大幅に夜更かしさせたくないことをわかっていて、店の駐車場で食べることにした。その頃にはもう、会話は少し明るいものになっていた。

さっきまでのきまり悪さはすっかりない。彼がわたしにすべてさらけ出してくれたことが、デートをもとの軌道に戻すためのリセットボタンになったようだ。

わたしたちはそれぞれ、これまで訪れた国の話をした。圧倒的にアトラスの勝ちだ。彼は海軍にいたときに、五カ国を訪れている。一方、わたしは国外に出たのはカナダだけだ。

「メキシコにも行ったことがないの？」

わたしはナプキンで口を拭った。「ないわ」

「ライルとハネムーンには行かなかったの？」

うわっ。デートの途中で、彼の名前はききたくなかった。「行ってないわ。わたしたちはベガスで電撃結婚したの。ハネムーンをする時間もなかった」

アトラスは一口、ごくりと飲み物を飲むと、それからこちらを探るような目で見た。まるでわたしがけっして言おうとしない何かを白状させようとするかのように。「結婚式をしたくなかったの？」

わたしは肩をすくめた。「さあね。ライルは結婚しない主義だと思っていたから、彼がベガスに行って結婚しようって言ったとき、今を逃したらチャンスはないと思ったの。電撃でもなんでも、彼と結婚できないよりいいって」

「また結婚するとしたら？　今度は違うやり方にする？」

その質問に声をあげて笑い、すぐさまうなずく。「もちろん。全部やりたい。フラワーアレンジにブライズメイド、ほかのことも」ポテトを口に放り込んだ。「ロマンチックな誓いの言葉に、さらにロマンチックなハネムーンも」

「どこに行きたい？」

「パリ、ローマ、ロンドン。熱いビーチに座るのはいや。ヨーロッパのロマンチックな場所に行って、訪れたどの街でも愛し合って、エッフェル塔の前で写真を撮りたい。クロワッサンを食べて、手をつないで電車に乗りたい」ポテトの空箱を紙袋に戻す。「アトラスは?」

アトラスはそれには答えず、わたしの何も持ってないほうの手をとり、ただ微笑んで、その手をぎゅっと握った。まだ秘密、そう言わんばかりに。

彼と手をつなぐのはとても自然な行為に思えた。十代のときに、いつもそうしていたからだと思う。車の中で彼と並んで座っているのに手をつながずにいるほうが不自然だ。

デート中に居眠りするというへまはしたけれど、くつろいで居心地のいい夜だ。彼のそばにいるのがごく自然に思える。わたしは指でさっと彼の手首をなぞった。「もう行かなくちゃ」

「だね」彼が親指でわたしの親指に触れる。アトラスのスマホの着信音が鳴り、彼は片手で着信したメッセージを読んだ。静かなため息とともに、投げ出すようにスマホをドリンクホルダーに戻す。どこかいら立った様子だ。

「大丈夫?」

アトラスは微笑もうとしたが、できなかった。わたしは何も言わなかったし、彼も同じだ。ただ視線を落とし、つないだ手を見つめる。そしてわたしの手をひっくり返すと、手のひらの線をなぞった。まるで彼の指から電流が放たれたように、手のひらから全身にしびれが広がる。

「先週、母から電話があったんだ」

わたしはあっけにとられた。「何のために?」

「わからない。母が用件を言う前に、こっちから電話を切った。でもおそらく金の無心だ」

ふたたび彼の指に指を絡める。なんと言えばいいのかわからない。きっとつらいはずだ。十年以上も何の連絡もなかった実の母親から連絡があったかと思えば、お金の無心だなんて。

わたしはママが自分の人生で、かけがえのないな存在でいてくれることに心から感謝した。

「ごめん。急いでるのに、こんなこと打ち明けるつもりはなかったんだけど。次のデートのために話題は取っておかないとね」彼の笑顔にたちまちわたしも幸せな気分になる。自分でもびっくりだ。笑顔一つで、こんなにも感情をかき乱されるなんて。「さあ、車まで送るよ」

わたしははしゃいだ笑い声をあげた。車はすぐそこ、一メートルもない場所に停めてあるからだ。でも、アトラスは急いで車の前を回ると、助手席のドアをあけ、車から降りるわたしに手を差し伸べた。それから、ふたりで仲良く一歩ずつ移動して、わたしの車に到着した。

「楽しいお散歩だったわ」わたしはからかった。

彼が一瞬、はにかんだ笑みを浮かべる。そのとき、自分がどれほどセクシーに見えたか、きっと本人はまったく気づいていないだろう。夜の冷気で冷えた体が一気に熱くなった。アトラスはわたしの背後をちらりと見て、あごでわたしの車を示した。「車の中に、残りの日記はある？」

「持ってきたのはさっきの一冊だけよ」

「残念」彼がわたしの車に寄りかかるようにして立つ。わたしも同じ姿勢になって、彼と向かい合った。

キスしようとしてる？　拒むつもりはないけれど、一時間以上うたた寝したうえに、さっき玉ねぎを食べたばかりだ。とてもキスに最適なタイミングだとは思えない。

「一からやり直せる？」わたしはたずねた。

「何を？」

「このデート。次は寝ないで起きていたいの」

アトラスは声をあげて笑い、すぐに真顔になった。「思い出した。きみといるとどんなに楽しいか」

わたしは返事につまった。かつて一緒に過ごした時間はけっして楽しいとは言えない。切ないがせいぜいだ。「あの頃が楽しかったと思うの？」

彼は軽く肩をすくめた。「たしかに、あの頃はぼくの人生のどん底だ。でもきみと過ごした時間は今もいい思い出だよ」

今、わたしの頬はきっと真っ赤だ。暗くてよかった。

でも彼の言うとおりかもしれない。わたしたちはふたりとも人生のどん底にいたけれど、彼と過ごした時間は今でもわたしの十代のハイライトだ。楽しいという言葉は、たしかにあの頃を表現するのにぴったりかもしれない。あのつらい時期をふたりで楽しく過ごせたなら、幸せ絶好調のときにはどんなふうになるんだろう。

それは先週、わたしがライルについて考えたこととは正反対だ。アトラスとはどん底のどん底を経験したけれど、彼への信頼と尊敬はいつだって揺るがなかった。でも、わたしが最初の夫に選んだ相手は、わたしに許されない仕打ちをした……幸せの絶頂にいたのに。

アトラスには感謝している。彼の存在のおかげで、わたしは人がこうあるべきという基準を知っている。そもそもはじめから、ライルをその基準に照らしてみるべきだった。

ちょうどいいタイミングで、わたしたちの間を一陣《いちじん》の冷たい風が通り過ぎた。アトラスがわたしを抱き寄せるもってこいの言い訳になる。だが、彼はそうしなかった。代わりに、ただ沈黙に沈黙が重なって、あとはたった一つの選択をするだけという空気になった。キスをするか、おやすみと言うかだ。

アトラスはわたしの額にかかった髪をそっとなでつけた。「まだキスはしないよ」

今、がっかりしたことが知られませんように、そう願ったけれど、うまくいかなかった。わたしは思わずうなだれた。「わたしが眠りこけたせい？」

「まさか。きみの日記のファーストキスのくだりを読んで、劣等感を覚えたから」

わたしは思わず笑った。「劣等感を？　誰に？　自分自身に？」

アトラスはうなずいた。「十代のぼくに。きみの目を通して見た十代の彼はすごく魅力的だ」

「大人のアトラスも魅力的よ」

彼は小さくうめいた。早くもキスについて気が変わったらしい。そのうめき声で、お互いの緊張が高まった。彼がごく自然に車から体を離し、わたしの正面に立った。わたしは背中を車のドアに預けて彼を見上げ、熱いキスが降ってくるのを待った。

「それに、ふたりの関係はゆっくり進めようって、だから……」

まいった。たしかに言った。しかもわたしの記憶が確かなら、すごくゆっくりって言った気がする。そんなの言わなきゃよかった。

アトラスが体をかがめ、わたしは目を閉じた。彼の息が頬にかかったと思った瞬間、右、左、彼はわたしの頭の脇にキスをした。「おやすみ、リリー」

「オーケイ」

オーケイ？　なんでまた〈オーケイ〉なんて言ったんだろ？　わたしは慌てふためいた。アトラスがくすりと笑った。目をあけると、彼はもう、彼はもうわたしから離れて、自分の車に乗り込もうとしていた。別れる前に、彼は車のルーフに腕を置いて言った。「今夜は少し眠れるといいね」

うなずいたけれど、自信はない。今日摂取したカフェインが一気に効いてきた気がする。こんなデートをして、その後に眠れるはずがない。彼が読ませてくれた手紙について考えよう。そうでもしなきゃ、一晩中、ファーストキスの場面を頭の中で再生するはめになる。二度目のファーストキスはどんなものになるだろうと思いながら。

＊　＊　＊

「泳いで、泳いで、ただ泳ぎ続けるの……」

アリッサとマーシャルのアパートメントのドアをあけると、リビングから『ファインディング・ニモ』の懐かしい声がきこえた。

キッチンを通りかかると、マーシャルが扉を全開にした冷蔵庫の前に立っていた。わたしにむかって軽くうなずく。わたしも手を振ったけれど、早くエマーソンを抱きしめたくて、立ち止まって話をすることはしなかった。

リビングに入ると、驚いたことにライルがソファに座っていた。今夜、仕事が休みだなんてきいてない。エミーは彼の胸に抱かれて眠っている。アリッサの姿はどこにもなかった。

「やあ」

顔を上げてこちらを見ようとしない。でも顔を見なくても、何か気に入らないことがあるのはわかった。ぐっと噛みしめたあごは彼が怒っている証拠だ。エミーを抱きとりたいけれど、よく眠っている。だからしばらくはそのままにすることにした。「どのくらい眠ってるの？」

ライルはテレビを見つめたままだ。何かからかばうように、片手をエミーの背中に置き、もう一方の手を自分の後頭部に添えている。「この映画が始まってからずっとだ」

映画のシーンからすると、一時間くらいだ。

アリッサがやって来て、ようやく息詰まる瞬間が終わった。「あら、リリー。寝かせちゃってごめんなさい。起こしておこうと、一生懸命がんばったんだけど……」わたしたちは二秒、視線を交わした。アリッサはライルがここにいることを無言で謝った。わたしも無言で大丈夫と答える。二人はきょうだいだ。妹が自分の娘を預かっていると知ったら、会いにくるに決まってる。

ライルはアリッサに向き直った。「エマーソンをお昼寝マットに寝かせてくれる？　リリーと話があるんだ」

ぶっきらぼうな彼の声に、わたしもアリッサも身構えた。アリッサがライルの胸からエマーソンを抱きあげた瞬間、もう一度すばやく視線を交わす。アリッサがエマーソンをマットに寝かせるのを見て、娘を抱きたい気持ちがさらに強くなった。

ライルが立ち上がり、わたしが居間に入ってきてから初めて、わたしの目を見た。わたしの服とヒールにすばやく目を走らせたライルの喉ぼとけが上下に動く。目顔でさっと上を示したのは、ルーフトップで話をしたいという意思表示らしい。

何を言うつもりか知らないけれど、二人きりで話をしたいようだ。

玄関で、一足先に屋上へ向かう彼の後ろ姿を見送りながら、わたしはアリッサをちらりと見た。ライルにきこえる心配がなくなると、彼女は言った。「兄さんにはイベントに出かけたと言ってあるから」

「ありがとう」デートのことはライルに一言も話していない、アリッサは言った。だとしたら、なぜライルはあんなに怒っているのか理由がわからない。「なぜ怒ってるの？」

アリッサは肩をすくめた。「わからない。一時間前に来たときは機嫌が良さそうだったのに」

ご機嫌のライルが、その一秒後に豹変《ひょうへん》する場面は何度も見ている。ただいつもは、何が彼の機嫌を損《そこ》ねたのか察しがついた。

わたしがデートに行ったって気づいた？　しかも相手がアトラスだと？

ルーフトップに出ると、ライルが防護塀に寄りかかるようにして地上を眺めていた。不安にみぞおちが締めつけられる。わたしはコツコツとヒールの音を響かせながら、彼に近づいた。

ライルがわたしをちらりと見る。「……きれいだな」誉め言葉にはきこえない。まるでさげすむような言い方だ。でも、後ろめたさから、そんなふうに思うのかもしれない。

「ありがとう」わたしは塀に背中を預け、彼が話し出すのを待った。

「デートの帰り？」

「イベントがあったの」わたしはアリッサの嘘に乗った。別に正直に話す必要もない。アトラスとの関係が今後どうなるかもわからないし、本当のことを言えば彼をもっと怒らせるだけだ。

わたしはぐっと背中を塀に押しつけ、胸の前で腕を組んだ。「話って何？」

彼はおもむろに口をひらいた。「今夜、初めてあのアニメをみた」

ちょっとした世間話をしたいだけ？　それともほかに何か腹を立てることが？　わたしはそのやりとりにすっかりとまどっていた。

だが、すぐに訳がわかった。

わたしは自分の鈍さに呆れた。もちろん、彼は怒っている。以前、彼はわたしの日記をすべて読んだ。だからあの映画が、わたしにとってどんな意味を持つのかを知っている。ついに自分の目であの映画を見た今、点と点がつながった。そして、どうやらそこに、彼自身の点もいくつか加えたらしい。

彼はわたしに向き直り、裏切られたという表情でわたしを見た。「きみはぼくたちの娘をドリーと名づけたよね？」わたしに向かってぐっと一歩踏み出す。「ぼくの娘のミドルネームを、あいつとの思い出にちなんで決めたのか？」

こめかみがどくどくと脈打つ。あの男だ、あの男が現れた。ライルから目をそらし、どう説明をしようか考える。エマーソンのミドルネームにドリーと名づけたのはアトラスのためじゃない。アトラスが現れる前から、あの映画はわたしにとって、特別なものだった。でも、彼女をドリーと名づける前に、もっとよく考えるべきだったかもしれない。

わたしは咳払いして、真実を話しだした。「わたしがあの名前を選んだのは、子どもの頃から、いつもあのキャラクターがわたしに元気をくれたからよ。ほかの誰とも関係ないわ」

ライルはわたしの答えを鼻で笑った。「きみは実に大したたまだ」

違う、そう言って、さらに説明を続けたい。でも、だんだん怖くなってきた。彼の態度に恐怖がよみがえる。とにかくこの緊迫した状況から逃れたい。

「帰らなきゃ」階段に向かおうとするわたしに、彼がすばやく追いついた。彼を避けて先へ行くと、今度は階段に続くドアの間に立ちはだかる。わたしはひるみ、一歩後ずさって、万が一のときのためにポケットの中のスマホを探った。

「ミドルネームを変えよう」ライルは言った。

わたしはしっかりと落ち着いた声で答えた。「あの子をエマーソンと名づけたのは、あなたのお兄さんにちなんだからよ。ファーストネームはあなたのつながりにちなんで、ミドルネームはわたしのつながりにちなんだ。すごく公平でしょ。考えすぎよ」

彼を避けて進もうとしたけれど、彼もさっと同じ方向へ動いた。

わたしは肩越しにちらりと後ろを見て、自分のいる場所から防護塀までの距離を測った。この距離があれば、彼がわたしを防護塀から突き落とすこともできないし、階段から突き落とされることもないだろう。

「あいつは知ってるの？」ライルがたずねた。

アトラスという名前は出さなくても、誰のことをきいているのかは明らかだ。罪の意識に飲み込まれそうになっているのを気づかれてしまうのではと心配になった。

アトラスはエマーソンのミドルネームがドリーだと知っている。わたしが教えたからだ。でも、アトラスのために娘にドリーと名づけたわけじゃない。それは本当だ。ドリーと名づけたのは自分のためだ。アトラス・コリガンという存在を知らない頃から、ドリーはわたしの一番のお気に入りのキャラクターだった。ドリーの強さを尊敬していて、娘にも何より強い子に育ってほしいと思っていたからだ。

でも今あらためてライルの反応を見ると、彼に謝りたくなる。たしかに『ファインディング・ニモ』はわたしとアトラスにとって特別なものだ。街でアトラスとばったり再会して、彼に娘のミドルネームを伝えたときにそれに気づいた。

ライルが怒るのももっともかもしれない。

だが、そこにわたしたちの問題がある。もちろんライルは腹を立ててもかまわない。でも、だからと言って、自分の怒りのすべてをわたしにぶつけていいことにはならない。またあの同じわなにはまって、わたしは何も悪くない。悪いのは過去の彼の極端な行為だというのを忘れてしまうところだった。

わたしだって完璧じゃない。でも何か過《あやま》ちを犯すたびに、命を脅かされていいわけがない。

この件に関してはさらに話し合いが必要だとしても、誰も見ている人のいないルーフトップで、ライルと二人きりで話をしたくない。

「あなたといると怖くなるの。下に戻って話をしない？」

わたしがそう言ったとたん、ライルの態度が変わった。まるで風船が、鋭い針で突かれて、一気に空気が抜けてしまったみたいに。「ねえ、リリー」彼はドアから離れ、防護塀に向かって後ずさった。「話をしているだけだ。こんなのごく普通だ。いったいどうすれば？」そう言うとくるりとわたしに背を向けた。

いつものガスライティング、自分を怖がるなんて、わたしのほうがどうかしていると思わせる論法だ。でも、わたしには彼を怖がるちゃんとした理由がある。この話はもう終わり？　それともまだ何かを言うつもり？　じっと彼を見つめる。でも、とにかくわたしはこの話を終わりにしたい。だからドアをあけて、階段に向かった。

「リリー、待ってくれ」

わたしは立ち止まった。彼の落ち着いた声に、今夜は彼も怒りを爆発させず、話ができるかもしれない、そう思ったからだ。ライルは悲痛の表情を浮かべて、わたしに近づいてきた。

「悪かった。とにかく彼のことを考えたら、つい……。わかるだろ？」

わかる。それこそがまさに、再びアトラスがわたしの人生に関わる可能性について、わたしが悩んでいる理由だ。そのことを知ったライルと対峙《たいじ》しなくちゃならないと考えるだけで吐き気がする。とくに今は。

「娘のミドルネームを、きみがわざとぼくを傷つけるために選んだのかもしれないと思ったら腹が立った。ぼくがどんな気持ちになったか、きみだってわかるだろう？」

わたしは塀にもたれ、胸の前で腕を組んだ。「ドリーって名前は、あなたにもアトラスにも関係ない。わたしに関係していることよ。本当に」アトラスという名前を声に出しただけで、彼の存在が、実際にライルが手を伸ばし、殴りつけることのできる現実のものとして、わたしたちの間に立ちはだかっている気がする。

ライルは固い表情でうなずいた。だが一応わたしの答えを受け入れてくれたようだ。正直に言えば、彼がそれを受け入れるべきかどうかはわからない。もしかしたら、わたしは無意識のうちに彼を傷つけようとしたのかもしれない。自分でもわからない。彼の怒りに触れて、わたし自身あらためて、それが故意のものだったのかを考えている。

あのお馴染みの胸の痛みだ。

わたしたちは二人ともしばらく無言だった。早くエマーソンのところへ行きたい。でもライルはまだ何か言いたいことがあるらしい。歩いてくると、わたしの頭の脇の塀に片手をついた。もう怒りが収まった様子に安心したけれど、代わりに彼の瞳に宿った感情は好きになれない。離婚して以来、彼がこんな目でわたしを見るのは、これが初めてじゃない。

ゆっくり変化していく彼の態度に、全身がこわばる。彼はわたしに近づくと（近すぎる距離だ）、顔を寄せた。

「リリー」かすれたささやき声だ。「ぼくたちは何をしているんだろう？」

彼がどんな答えを求めているのかがわからず、わたしはただ突っ立って、沈黙していた。わたしたちは今、話をしている。はじめたのは彼だ。

彼は手をあげると、コートの下からのぞくわたしのジャンプスーツの襟を弄《もてあそ》んだ。彼のため息にわたしの髪が揺れる。「もっと楽になれるのに、もしぼくたちが……」そのあとはしばらく無言になった。たぶん、なんと言おうか考えているのだろう。わたしがききたくない言葉を。

「やめて」最後まで言わせまいとして、わたしは小さな声で言った。

彼は自分の思いを言い切ることはしなかったが、後ずさることもしなかった。それどころかさらに距離を詰めてくる。離婚して以来、わたしは彼と一定の距離を保ってきたつもりだ。共同親権を持ち、協力しあって子育てする以上の関係に戻れる希望を与えるようなことはしなかった。なのに、彼はいつもわたしの境界線を押し戻し、越えてこようとする。正直言ってうんざりだ。

「ぼくが変わったら、どう？」彼はたずねた。「本当に変わったら？」彼の瞳の奥に悲しみと誠意がちらつく。

わたしの気持ちは変わらない。絶対に。「あなたが変わっても何も変わらないわ、ライル。あなたが変わってくれるのを願ってる。でもその変化を確かめるのは、もうわたしじゃない」

わたしの言葉に、彼はひどくショックを受けた様子だ。一瞬、押し黙り、どんなひどい言葉かはわからないけれど、今わたしに言うべきではない言葉を飲み込んだのがわかった。そして無言のまま、目をそらし、わたしから離れた。

彼ははっと大きく息を吐くと後ずさり、階段へ向かって歩いていく。このまま自分の部屋に帰ってくれますように、わたしは願った。ばたんと大きな音を立てて、ドアが閉まった。

わたしは呆然とそこで立ちつくしていた。しばらく一人で頭を冷やしたい。

「ぼくたちは何をしているんだろう？」彼がそうたずねたのは、これが初めてじゃない。まるで離婚が、わたしが始めた長いゲームだとでも言うように。何かの拍子に言うときもあれば、メッセージで伝えてくるときもあった。時には冗談めかして言うことも。ことあるごとに離婚は大間違いだとほのめかし、わたしにもそう信じさせようとする作戦、他者操作ってやつだ。離婚が愚かな間違いだと思わせれば、最後にはわたしが自分とよりを戻すと思っている。

わたしとよりを戻せば、彼の人生は楽になるだろう。アリッサとマーシャルの人生も楽になるかもしれない。別れたわたしたちに気を遣って、あたふたすることもなくなる。

でもわたしの人生は楽にはならない。いつ夫の地雷を踏むかとはらはらする日々が穏やかなはずはない。

エマーソンの人生も楽にはならない。わたしもそんな人生を生きてきた。父親が母親を虐げる、そんな家で育って幸せなはずがない。

わたしは階段を降りながら、怒りがおさまるのを待った。でもなかなか収まらない。それどころか階段を一段降りるたびに、怒りが募っていく。さっきの出来事に過剰に反応しすぎているかもしれない、ライルがそばにいるときには、条件反射的に過剰に反応してしまう気もする。あるいは睡眠不足や、自分で台無しにしかけたアトラスとのデートも関係しているのかも。とにかくいろいろあったせいで感情的になっている自分を持て余し、わたしはアリッサの家の前にたたずんでいた。

エマーソンを引き取りに行く前に気持ちを立て直す必要がある。わたしは通路の床に座り込み、高ぶる感情を涙で洗い流そうとした。たった一人で、誰にも知られずに泣けばすっきりする。残念ながら、泣きたいときはしょっちゅうあるけれど、今は心底疲れきっている。離婚に、一人の子育てに、店の経営に。そして今なお、自分に脅威をもたらす元夫の存在に。

ライルがわたしたちの離婚は間違いだったとほのめかすたびに、心にちくりと刺さるとげを感じる。自分でも、子育ての負担を分かち合える夫がそばにいたら、もっと人生が楽になったかもしれないと思うからだ。そして娘を父親の家に泊まりに行かせないのはやりすぎかも……とも。離婚後の関係も共同親権も、何一つ思い描いたとおりにはいかない。

わたしのくだした決断や行動の一つ一つが、すべて正しいものかどうかはわからない。でもベストは尽くしている。このうえ、彼の思惑やガスライティングに苦しめられるのはごめんだ。

家にいるならよかったのに。そうしたらジュエリーボックスに直行して、あのリストを取り出すことができた。これからはいつでもリストを見られるように、スマホで写真に撮って保存しておこう。ライルがどれほど手強《てごわ》い相手か、完全に見誤っていた。

わたしには収入もあるし、友人や家族のサポートもある。でも、それがない人たちは、どうやってこのサイクルから抜け出すのだろう？　どうやってへこたれず、毎日を切り抜けているのだろう？　ほんの数分、ライルのそばで不穏な時間を過ごしただけで、自分が間違った決断をしたと思い込みそうになった。

他者操作をしたり、虐待をする配偶者と別れようと頑張っている人にはメダルをあげたい。銅像を建てるとか、映画のスーパーヒーローにするべきだ。

世間は明らかにヒーローとして崇拝する相手を間違っている。ビルを持ち上げるより、虐待から永遠に抜け出すほうがはるかに強さが必要だ。

しばらく泣いていると、アリッサの部屋のドアがあいた。顔を上げると、そこにゴミ袋を両手に持ったマーシャルがいた。廊下にうずくまるわたしを見て、呆然としている。

「おっと」マーシャルはあたりをさっと見回した。まるでわたしを助けてくれる人がほかに誰かいないか探すみたいに。助けなんかいらない、ただ休息のひとときが必要なだけだ。

マーシャルは床にゴミ袋を置くと、両脚を投げ出してわたしの向かいに座った。居心地が悪そうに膝を掻いている。「何て言えば……。こういうの、苦手なんだ」

彼の困った顔の彼がおかしくて、わたしは泣き笑いになった。さっと力なく片手をあげる。

「大丈夫。ライルと喧嘩すると、ときどき泣きたくなるの」

それをきいたとたん、マーシャルはさっと片膝を立てた。まるで今にも立ち上がって、ライルを追いかけようとするかのように。「まさか、リリーにけがを？」

「違う、違うの。今日は落ち着いてた」

マーシャルはほっとしたように床に座り直した。なぜだかわたしは彼に心の中に抱えていた思いをすべてぶちまけることにした。たまたまわたしの前にいたのが運の尽きとあきらめてもらうしかない。

「問題なのは、今回、彼はわたしに腹を立てる理由があったのに、けっこう落ち着いていたことなの。最近は言い争いになっても、彼が手をあげることはない。そうなると、離婚を求めたのは間違いだったんじゃないかと思いはじめるの。つまり、わたしが騒ぎすぎなんじゃないかって。もちろん違う、違うのはわかっていても……。でも、そうやって彼はわたしの中に疑念の種を植えていく。そしてわたしが彼に時間をあげていれば、うまくいったのかもしれないと思わせる」そこまでぶっちゃけて、わたしは自己嫌悪に陥《おちい》った。彼はライルの親友なのに、こんなのフェアじゃない。「ごめんなさい。あなたには関係ない話よね」

「アリッサが浮気をしたことがあるんだ」

驚きの告白に、わたしはたっぷり五秒、言葉を失った。「う、嘘でしょ？」

「昔の話だよ。結局、乗り越えたけれど、ものすごくつらかった。彼女はぼくの心をずたずたにした」

信じられない。わたしは頭を振った。にわかには信じがたい。でもマーシャルは話を続けようとしている。とりあえず話に集中することにした。

「うまくいってない時期だった。それぞれ違う大学に行ってて、仕事を始めたら遠距離恋愛になるってところだった。若かったんだ。それに大騒ぎすることでもなかった。ぼくがどれほどすばらしい彼氏かを思い出す前に、アリッサが酔っぱらって、気がついたらパーティーでたまたま知り合った男とヤッちまったってだけだ。でも彼女にそれを打ち明けられたとき、人生で初めてってていうほど腹が立った。あんなに傷ついたことはない。だから仕返しをしてやろうと思ったんだ。自分も浮気をして、どれほど傷つくかを彼女に思い知らせてやろうと思った。彼女の車のタイヤをナイフで切って、クレジットカードを限度額まで使って、服を全部燃やしてやろうと思った。でもどれほど腹が立っても、目の前にいるアリッサを見たら、痛めつけたり、困らせてやろうという気はなくなった。ただハグして、彼女の肩に顔を埋めて泣きたかった」

マーシャルはまっすぐにわたしを見た。「ライルがきみを殴ったってきいたとき……自分でもどうかしてると思うほど腹が立った。あいつのことが好きだからだ。すごくね。子どものころから大親友だったし。でも、だからこそ、そんなひどいことをするなんて許せないと思ったんだ。きみが何をして、何ができたのか、詳しくは知らない。でも、何をしたとしても、奴が怒りに任せてきみに手をあげる理由にはならない。それを忘れないで、リリー。その状況から離れようとしたきみの決断は正しい。罪の意識なんて感じる必要はない。むしろ自分の決断に誇りを持つべきだ」

マーシャルの言葉をきくうちに、わたしは自分でも気づかないうちに背負っていた重荷が、すべて消えていくのを感じた。今は空も飛べそうな気分だ。

ほかの誰から言われても、この言葉がこれほどの意味を持つとは思えない。兄弟のようにライルを愛しているマーシャルの言葉だからこそ意味がある。

「こういうの苦手だなんて、嘘よね、マーシャル。あなたは人を慰めるのがものすごく上手だもの」

マーシャルはにっこり笑って、立ちあがろうとするわたしに手を差し伸べた。それから彼はゴミ出しに行き、わたしは娘を抱きしめるために、部屋の中に入った。

13

アトラス

驚きだ。その夜が、何年もこうなるのを待ち望んでいた夜から、何年もこうなるのを恐れていた夜に、これほど簡単に変わってしまうなんて。

リリーを車から降ろしたとき、あのメールが着信しなければ、きっとぼくは彼女にキスをしていたはずだ。だが、大人になってからリリーとする初めてのキスは、余計な心配とは無縁の状態でしたかった。

メッセージはダリンからで、母が〈ビブズ〉に来ていると知らせるものだった。そのことはリリーには言わなかった。母がふたたびぼくの人生に戻って来ようとしているのをまだ話していなかったからだ。そのあと電話があったのは話したけれど、それも話した先から後悔した。せっかくデートがうまくいって、最後にあんな重い手紙も読んでもらったのに。

リリーとの時間を邪魔されたくなくて、ダリンへの返信はしなかった。リリーと別れて、それぞれの車で走りだしても、まだ返信はしなかった。それから三十分ほど、運転しながらどうすればいいかを考えた。

母が待ちくたびれて、帰ってくれたら……そう思いながらわざとゆっくりと運転する。でも、もうもうすぐ店だ。逃げ出すわけにはいかない。母はなんとしてもぼくと話をするつもりのようだ。

車は店の裏に停めた。母がロビーやテーブルで待っていることを考えて、裏口から入ったほうがいいと思ったからだ。正面から入っても、母が一目でぼくとわかるとは限らない。でも、再会は不意を突かれず、こっちのペースで進めたい。

ダリンが裏口から入ってきたぼくに気づいて、飛んできた。

「メールを読んだか？」

うなずいて、コートを脱ぐ。「読んだ。まだいる？」

「ああ。どうしても待ってるって。八番テーブルに座ってる」

「ありがとう」

ダリンはしげしげとぼくを見た。「詮索《せんさく》するつもりはないが……お母さんは死んだって言ってたよな？」

ぼくは思わず吹き出しそうになった。「死んだとは言ってない。いないって言った。大違いだ」「今夜、おまえは戻らない、そう言ってこようか？」ダリンは嵐の気配を感じたらしい。

「大丈夫。ぼくと話をするまで帰らないだろう」

ダリンはうなずくと厨房の自分の持ち場へ戻っていった。

あれこれきかれないのがありがたい。ぼく自身、なぜ母がここに来たのか、今はどうしているのか、見当もつかない。きっと目的は金だ。二度と電話をかけてきたり、店に訪ねて来ないと約束するなら、いくらか渡してけりをつけよう。

その場合に備えて、オフィスの金庫からいくらか紙幣を取り出し、厨房のドアから店内へ入る。でも八番のテーブルのほうを見る勇気がない。

ようやくテーブルのほうを見て、ほっとした。母はぼくに背を向けて座っている。

深呼吸をし、気持ちを落ち着けてから、母の座るテーブルへと向かう。ハグをしたり、お愛想を言うつもりはない。目を合わせると、すぐに彼女の向かいの席に腰をおろした。

母は相変わらずのうつろな表情で、ぼくをテーブル越しに見た。口の端がかすかに下がっているのも以前からだ。別に不機嫌じゃなくても、いつも不機嫌そうに見える顔だ。

おまけにひどくやつれている。最後に会ってから、十三年しか経っていないのに、三十年はたったのかと思わせるほど、目もとや口もとにしわが刻まれている。

母はぼくだとすぐにわかった。最後に見たときから、見た目はかなり変わっているはずなのに驚いたそぶりも見せない。こっちから口をひらくのが当然とばかりに、平然と座っている。

ぼくは何も言わなかった。

「これ、全部あんたのなの？」ようやく母が店内をぐるりと手で示して、たずねた。

ぼくはうなずいた。

「わお」

他の人たちからしたら、母が感心しているようにきこえるかもしれない。でもそれは母を知らないからだ。この「わお」は嫌味だ。わお、アトラス。あんたには似合わない洒落た店じゃないか。

「いくら必要なんだ？」

母が大きく目を見開いた。「お金のために来たんじゃないよ」

「じゃあ何をしに来た？　腎臓移植のドナーになれと？　それとも心臓か？」

母は椅子にもたれ、両手を膝に置いた。「忘れてた。あんたとはまともに話ができないってこと」

「だったら、なぜ話をしようと？」

いぶかしげに目を細めている。これまで母は自分におびえるぼくの姿しか知らない。でももうぼくはおびえたりしない。ただ憤《いきどお》り、呆れているだけだ。

彼女はふっと息を吐き、組んだ腕をテーブルに戻すと、ぼくに鋭い視線を向けた。「ジョシュがいなくなったの。あんたから、あの子に注意をしてくれないかと思って」

家を出てからずいぶん経つけれど、これまでの自分の人生を思い返してみてもジョシュという名の人物に心当たりはない。ジョシュっていったい誰？　新しい彼氏？　それともドラッグで頭がいかれてるだけ？

「いなくなるのはしょっちゅうだけれど、これほど長いのは初めてよ。あの子が学校に戻らなかったら、子どもを無断欠席させた罪で告訴するって脅されてるの」

さっぱりわからない。「ジョシュって誰？」

ぼくの理解が追いつかないことにいら立ったように、母は頭を軽く後ろにそらした。「ジョシュ、あんたの弟よ。また家出したの」

ぼくの……弟？

弟。

「子どもを学校に行かせなかったら、親が刑務所に入れられるかもしれないって知ってた？　テレビのリアリティショーでもやってたわ」

「ぼくに弟がいるの？」

「あんたが家出をしたとき、あたしが妊娠していたのを知ってるでしょ」

知らなかった……まったく。「家出なんかしてない。追い出されたんだ」ぼくが言うまでもない。その事実を一番よく知っているのは母のはずだ。自分は少しも悪くないとでも思っているのだろうか。だがそう考えると、あのとき、ぼくを追い出そうとしたのも納得がいく。もうすぐ生まれる赤ん坊がいるから、ぼくが邪魔になったのだろう。

ぼくは両手を頭の後ろで組んだ。呆れてものが言えない、それにそしてショックだ。ぼくはテーブルに肘を突き、身を乗り出して母に確かめた。「ぼくに弟がいるの？　何歳？　誰の……ティムの息子？」

「十一歳。そうよ、父親はティムなの。でも彼は数年前に出ていった。今はどこにいるのかも知らないわ」

完全に理解するまでしばらく時間がかかった。いろいろとあらゆる場合を考えていたけれど、これはまったくの想定外だ。ききたいことは山ほどあるけど、今、大事なのはその子がどこにいるのか見つけることだ。「最後にジョシュを見たのはいつ？」

「二週間くらい前かな」

「警察には相談した？」

母は顔をしかめた。「してない。当たり前でしょ。行方不明じゃないし、あたしを困らせようとしてるだけだから」

声を荒らげまいとして、ぼくはこめかみを揉《も》んだ。母がどうやってぼくの居場所を知ったのか、なぜ十一歳の息子がいなくなって、自分を困らせようとしていると思うのか、さっぱりわからないけれど、とにかく彼を見つけるのが先決だ。「ボストンに戻ってきてたのか？　ジョシュはここでいなくなった？」

母はけげんな顔をした。「戻ってきた？」

話が通じない。まるで外国語の会話みたいだ。「こっちに戻って来たのか、それともまだメイン州に住んでるのかってきいてる」

「あ、そういうことね」母はつぶやいて、思い出そうとした。「戻って来たのは、たぶん、十年くらい前？　ジョシュはまだ赤ん坊だった」

十年前からこのボストンに？

「きっと逮捕されるわ」

息子が二週間も行方不明なのに、自分が逮捕されるのを心配している。一生変わらない人間もいる。「ぼくに何をどうしろと？」

「わからない。でもあの子が助けを求めてきて、あんたがあの子の居場所を知ってるんじゃないかと思ったの。でも、あの子の存在さえ知らなかったんじゃ……」

「なぜ、ジョシュがぼくに会いに？　ぼくのことを知ってるの？　何をどこまで知ってる？」

「あんたの名前以外に？　なんにも。あんたはずっといなかったし」

全身をアドレナリンが駆け巡る。あまりのショックにすぐさま、その場を立ち去りたい。ぼくは体をこわばらせ、母に向かって身を乗り出した。「ちょっと話を整理させてくれ。ぼくには今まで知らなかったが弟がいて、その子はぼくが、自分を見捨てたと思ってるってこと？」

「まあ、そこまで思ってるかどうかは……。何しろ会ったこともないんだし」

母の皮肉に取り合う余裕はなかった。思ってるに決まってる。その年ごろの子どもなら、自分は兄に置き去りにされた、そう思っても当然だ。きっとぼくに腹を立てているはずだ。その子はきっと例の……ちくしょう、そうに決まってる。

それでつじつまが合った。賭けてもいい。店に破壊行為を働いたのはその子だ。そして間違った綴りを見て、ぼくが母を思い出したのも。ジョシュはもう十一歳だし、ぼくをネットで検索することもできたはずだ。

「今、どこに住んでる？」ぼくはたずねた。

母は椅子の上で、もぞもぞと体を動かした。「住むところを探してる最中なの。ここ数カ月はリズモア・インに泊まってた」

「ジョシュが戻ってくるかもしれないから、そこに帰ったほうがいい」

「宿代が払えなくなったの。仕事探しの途中で、今は知り合いの家に泊めてもらってる」

ぼくは立ちあがると、用意していた金をポケットから取り出し、母の前に置いた。「この前かけてきた番号が母さんの電話？」

母はうなずき、テーブルの上の紙幣を引き寄せた。

「何かわかったら連絡する。ホテルに戻って同じ部屋に泊まるようにしてくれ。彼が戻って来たときのために」

母はかすかにうなずき、そのとき初めて、申し訳なさそうな表情を見せた。ぼくは挨拶もせず、母を残してテーブルを離れた。母が何年もぼくに味わわせた思いを、ほんの少しでも思い知ればいい。そして、今まさに、ぼくの弟に抱かせているだろう思いも。

信じられない。ぼくの知らないところで、弟が生まれていたなんて。

ぼくは厨房をつっきって、裏口から外に出た。人気がない裏通りに立ちつくし、冷静になろうとする。こんなに驚いたのは初めてだ。

息子が家出して、ひとりぼっちでボストンの街をさまよっているのに、二週間も何もしなかったなんて、そんなことがあるだろうか？　でも考えてみれば、驚くには値しない。それがあの女だ。いつもそうだった。

スマホが鳴った。まだいら立った気持ちが収まらない。ダンプスターに投げつけたくなったけれど、リリーからのビデオ通話だとわかって落ち着いた。

画面をスワイプして、今はタイミングが悪いと言うつもりだった。だが、スクリーンに彼女の顔が映ったとたん、実はそれが最高のタイミングだったことに気づいた。別れてからまだ一時間しか経っていないのに、彼女の声をきくと、心に安らぎが広がる。画面越しに手を伸ばして、彼女をハグできるならなんでもする。

「やあ」落ち着いた声で話そうとしたが、まだとげとげしさが残っていたらしい。彼女の表情が曇《くも》った。

「どうかした？」

ぼくはうなずいた。「店に戻ったらいろいろあってね。でも、もう大丈夫だ」

リリーはそれをきいて微笑んだものの、どこか悲しそうだ。「わたしのほうもいろいろ……ね」

最初は気がつかなかったけれど、泣いていたのかもしれない。目がうつろで少し腫《は》れている。

「きみは？　大丈夫？」

彼女はもう一度、無理に微笑んだ。「大丈夫になるわ。ベッドに入る前に、今夜はありがとうって伝えたかっただけ」

今、彼女が目の前にいないことがもどかしい。悲しそうな彼女を見るのは嫌だ。十代の頃、悲しそうな彼女ばかりを見ていた日々を思い出す。でも少なくともあの頃は、彼女をハグできる距離にいた。でも、今だってできるかもしれない。

「ハグしたら、元気になれそう？」

「なれそう。でも少し眠れば元気になるわ。明日話せる？」

デートが終わってから今までの間に、何が起きたのかわからない。でも彼女はすっかり打ちひしがれている。ぼくと同じように。

「二秒あればハグができて、もっとよく眠れるようになる。スタッフに抜け出したことを知られないうちに、ぼくはここに戻ってこられる。きみの住所は？」

沈んだ様子の彼女の顔に、小さな笑みが浮かんだ。「わたしをハグするためだけに、五マイルも車を運転してくるの？」

「きみにハグするためだけに、五マイル走っていってもいい」

それをきいて、彼女の笑みがさらに大きくなった。「住所を送るわ。でもノックは静かにね。エミーが寝たばかりなの」

「すぐ行くよ」

14

リリー

しばらくデートなんてご無沙汰だったから、ハグはハグなのか、それとも何かほかのことを意味する隠し言葉なのかどうかがわからない。

でも、ハグの意味はきっとハグだ。

わたしはSNSもほとんどやらないし、最近のスラングにもついていってない。ミレニアル世代とはもっとも付き合いがない。もはや最近はX世代を飛び越して、むしろベビーブーマー世代にシンパシーを感じる。わたしはベビーブーマーが生んだミレニアル世代、ブーマーミレニアルだ。ママはベビーブーマーで、わたしよりその手の話題に詳しいかも。新しいボーイフレンドもいる。明日、電話してきいてみよう。

とりあえず歯を磨いて、ハグがキスだった場合に備える。それから二度着替えて、結局ビデオ通話をしていたときに着ていたパジャマに戻った。張り切っているように見えないよう、張り切る。女子って、ときどき面倒くさい。

部屋の中をうろうろしながら、彼のノックを待つ。どうしてこんなに緊張しているのか、自分でもわからない。さっきまで三時間も一緒にいたのに。

まあ、うたた寝の時間をのぞけば、一時間半だけど。

さらに数十歩歩き回ったところで、玄関ドアにかすかなノックの音がきこえた。アトラスだ、でも念のためドアスコープを確認する。

ドアスコープ越しでゆがんでいても、彼はすてきだ。彼も着替えているのに気づいて、わたしはくすりと笑った。デートのときはあったかそうな黒いコートだったけど、今はシンプルなグレーのフーディーだ。

やばい、好みすぎる。

ドアをあけると、目が合った瞬間、勢いよく彼の腕の中に引き入れられた。

あまりに強く抱き締められて、この一時間に何があったのかききたくなる。でもきかなかった。ただ黙ってハグを返す。彼の肩に頬を押しつけ、心地よく彼に身をゆだねた。

アトラスは部屋の中にさえ入らず、わたしたちは玄関で抱き合った。ハグは今もハグらしい。いい香り、彼のコロンは夏を思わせる。まるで寒さをはねのけようとするみたいに。デートのとき、彼は自分がニンニクの匂いがするのではと気にしていたけれど、わたしにはこのコロンの香りしかしなかった。

彼はわたしの頭をそっと片手で包みこんだ。「大丈夫?」

「もう大丈夫」肩に顔をうずめているせいで、声がくぐもる。「アトラスは?」

大丈夫、とは言わず、彼はため息をついた。それが答えだ。それからゆっくり体を引くと、もう一方の手でわたしの髪をさらりと梳《す》いた。「今夜はぐっすり眠れるといいね」

「アトラスもね」

「今夜は家に帰らず、レストランに泊まるつもりだ」今は詳しいことは言うつもりはないらしく、ごく事務的な口調だ。「話すと長くなるからね。もう戻らなきゃ。明日、全部話すよ」

彼を家の中に招きいれて、今すぐすべてを話してほしい。でもその気があれば、彼のほうから話すだろう。わたしもライルとの間に何があったか、今は話す気になれない。彼の話もむりにききだすつもりはなかった。ただ彼を少しでも励ますことができれば……。

そのとき、いいことを思いついた！「張り込みの間、何か読むものが欲しくない？」

彼は目を輝かせた。「うん、ぜひ」

「待ってて」わたしは寝室へ行くと箱をあけて、続きの日記を探した。それを手に、彼のところへ戻る。「これはもっと生々しいわよ」わたしはからかった。

アトラスは日記を受け取ると、腰に手を回し、わたしを引き寄せた。そしてさっと唇にキスをした。あまりに軽くすばやいキスで、気づいたときにはもう終わっていた。

「おやすみ、リリー」

「おやすみ、アトラス」

ふたりとも動かなかった。離れたら痛みを覚える気がする。アトラスはさらに強くわたしを抱き寄せ、シャツ越しにわたしの肩に唇を押し当てた。彼がまだ、その存在さえ知らないタトゥーがある場所だ。何も知らずにそこにキスをして、それから名残惜《なごり》しそうに、帰っていった。

閉めたドアに額を押し当てる。彼が恋しい、こんな気持ちは久しぶりだ。でも、今はその気持ちに不安とためらいが混じっている。相手はアトラスで、彼はいい人だとわかっているのに。

ライルに腹が立った。父のせいでわずかしか残っていなかった男性に対する信頼を、彼はわたしから根こそぎ奪った。

でも、もしかしたらアトラスを恋しく思う気持ちは、父とライルがわたしから奪ったものを彼が取り戻してくれる兆《きざ》しかもしれない。そう考えたとたん、ふわふわとしていた気持ちが、二メートルは急降下した気がした。そうなったら、ライルがどう思うかを考えたからだ。

アトラスとの触れ合いに喜びを感じれば感じるほど、いつかその事実をライルに打ち明けなくちゃならないという不安が大きくなっていく。

15

アトラス

軍にいたとき、同じ部隊に、ボストン出身の親戚がいる仲間がいた。その仲間のおばさんとおじさんが引退を考えていて、自分たちのレストランを売りに出したがっていると言う。〈ミラズ〉という店で、休暇中に訪れて、ぼくはその店に一目惚《ひとめぼ》れをした。料理も、ボストンという立地もいい。けれど一番気に入っているのは、ダイニングルームの真ん中に、本物の木が生えていることだ。店を建築するときに、切られずに残ったらしい。

その木を見るとリリーを思い出す。

木を見て、初恋を思い出すなんて、なんだか変に思えるかもしれない。木はいたるところにある。でも、だから十八歳のときからずっと、一日もリリーを忘れたことがないのかもしれない。今もなお、今日のぼくがあるのはリリーがいてくれたおかげだと思っている。

木のせいなのか、それとも備品と従業員、すべて合わせて居抜きという好条件のせいか、どっちが決定打になったのかは自分でもわからない。でもその店が売りに出されたとき、即座に買おうと思った。もともとは除隊してすぐに店を持つのではなく、しばらくはどこかの店でシェフとしての経験を積むつもりだった。だが、願ってもないチャンスを前にして、そのまま歩き去ることはできなかった。海軍に入隊したときから貯めていた金とローンで、レストランを買い、名前を変えて、メニューも一新した。

ときどき、〈ビブズ〉の成功を少し後ろめたく思うことがある。本来すべき苦労をせずに成功を手に入れた気がするからだ。ぼくは熟練したスタッフだけでなく、常連客も受け継いだ。何もないところから立ちあげたのとは違う。だから〈ビブズ〉の成功を祝福されるたびに、どこか引け目を感じた。いわゆるインポスター症候群（自己評価が低く、自分の能力や成功を認められない状態）だ。

それが〈コリガンズ〉を開店した理由だ。自分以外の誰に証明しようとしているのかはわからないけれど、自分にもできるってことを知りたかった。一から何かを創る挑戦をして、それが成功し、成長するのを見たかった。リリーが日記に書いていた、ガーデニングを好きな理由と同じだ。

〈ビブズ〉よりも、〈コリガンズ〉への思い入れのほうが強いのはそのせいかもしれない。〈コリガンズ〉にはセキュリティのシステムを導入して、より防犯体制を強化している。〈ビブズ〉よりずっと侵入がむずかしい。

だから今夜は〈ビブズ〉に泊まるつもりだ。もっとも犯人が決めたローテーションのスケジュールによれば、今夜は〈コリガンズ〉が標的になる番だけれど。一度目の襲撃は〈ビブズ〉、そして二度目は〈コリガンズ〉だった。その後、数日あいて、三度目と四度目は〈ビブズ〉が襲われた。間違いかもしれないけれど、〈コリガンズ〉へ戻る前に、またここに現れる気がする。単純に二カ所のうち、セキュリティがゆるい店に入ったほうが簡単だ。予測どおり、犯人が現れますように、ぼくは願った。

犯人が空腹なら、必ずここにやってくるはずだ。〈ビブズ〉のほうが食べ物が手に入る確率が高い。ぼくはダンプスターの向かいに身を潜め、ひたすら待った。休憩時間、スタッフがタバコを吸うときに使うぼろぼろの椅子のひとつに座って、リリーの日記を読んで時間を過ごす。日記は時間つぶしの優秀な相棒になった。実際、優秀すぎる。夢中になりすぎて、自分が張り込みをしていることを忘れそうになったほどだ。

店を襲った子どもが、父親違いの弟だと決まったわけじゃない。だが、あまりにタイミングが良すぎる。それにスプレーで書かれた罵り言葉も、ぼくに腹を立てている子どもによるものと思えば腑《ふ》に落ちる。兄に見捨てられたと感じている弟以外に、ぼくに恨みのある人物に心当たりはなかった。

そろそろ夜中の二時だ。スマホで〈コリガンズ〉のセキュリティアプリを確認したけれど、とくに変わったことはなかった。

ぼくはまた日記に戻った。ただし最後の数日間の部分は読むと胸が痛んだ。リリーにとって、ぼくがボストンへ行くことがどれほどショックだったか、当時は気づいていなかった。

あの頃、自分が彼女の迷惑になっているのでは感じていた。ぼくの存在が彼女を元気づけているとは思ってもいなかった。彼女が書いたたくさんの手紙を読むのは、思った以上につらい作業だ。楽しく読めるに違いないと思っていたのに、いざ読んでみると、あらためてぼくたちの子ども時代がどれほど過酷なものだったかを思い知らされる。今はもう、昔を思い出すことも少なくなっていたのに、今週はいきなり、またあの頃へと投げ込まれた気がする。日記に書かれた過去の出来事、突然現れた母親、弟の存在の発覚、これまでぼくが過去に置いてきたものが、じわじわと押し寄せ、そのなかで溺《おぼ》れそうになっている。

だが、そこへリリーがぼくの人生に戻ってきた。またとないタイミングで。彼女はいつだって、ぼくが命綱を求めているときに現れる気がする。

残ったページを確かめて、すでに最後の日の半分まで読んだことに気づいた。あまりにひどい終わり方になったせいで、ぼくにはあの夜の記憶がほとんどない。あの日、彼女が何を見て、何を感じたのか知るのは怖いけれど、それではこれまで長い間、自分が彼女にどんな思いをさせたのか知ることができない。

ぼくは日記の最後の日付をひらき、読みかけの場所を探した。


彼はわたしの手を握りしめて言った。もうすぐ軍に入るけれど、その前にどうしてもありがとうと言いたかった。四年間は軍にいるつもりだ。十六歳のわたしに、連絡のないボーイフレンドのことばかり考えているような生活は送ってほしくないって。

そして涙にうるんで一段と澄《す》んだアイスブルーの瞳で言ったの。「リリー、人生はこっけいだね。ぼくたちは限られた時間を生きている。だからその中で、できる限りのことをしなくちゃならない。人生を充実した日々にするために。いつか起こるかもしれないけれど、いつまで待っても起こらないかもしれないことのために、時間を無駄にするわけにはいかないんだ」

彼の言いたいことが、わたしにはわかった。軍に入って、アトラスがいない間、わたしにずっと自分のことばかり考えていてほしくないってことだ。わたしたちが一緒にいたのは、ごく短い期間だけだ。だからそもそも別れるとか、別れないとかも考えていないと思う。わたしたちはそれぞれ別の人格で、お互いが必要なときに助けあって、互いの心をひとつにしてきた。

誰かに手を放されるのはつらい。とくにまだ、わたしのことをしっかりつかんでもいない相手から。でも一緒にいる間も、わたしたちはどちらも、今の状態がずっと続くとは思っていなかった。たぶんわたしたちが普通の、平均的なティーンエイジャーで、ごく幸せな家庭に育っていたら、カップルにならなかったかもしれない。一瞬で惹かれあって、残酷に引き裂かれる運命を経験することもなかったと思う。

その夜、アトラスの決心を変えさせようとは思わなかった。わたしたちには地獄の炎に焼かれても切れない絆があると感じていたから。これから彼は軍で数年を過ごし、わたしも残りの十代を自分なりに過ごす。そしていつかのタイミングで、二人の関係があるべき形に落ち着くはず、そう思っていた。

「約束するよ」彼は言った。「ぼくの人生が、きみと付き合うのにふさわしいものになったら、きっときみを迎えに行く。でもだからといって、ぼくを待たないでほしい。もしかしたら、そのときは永遠にこないかもしれないから」

そんな約束は嫌だ。なぜならそれはつまり、彼が、もしかしたら軍で危険に巻き込まれて命を落とすとか、あるいは彼の人生が永遠にわたしにふさわしいものにならないかもしれないと考えていることを意味するから。

わたしにとっては、今のアトラスで十分に思える。でも、わたしはうなずいて、無理に笑顔を作った。「もし迎えにこなかったら、こっちからあなたを探しに行くわ。覚悟してね、アトラス・コリガン」

彼はその脅しに声をあげて笑った。「まあ、意外に簡単に見つかったりしてね。きみはぼくがどこに行くか、ちゃんと知っているから」

わたしはにっこり笑った。「すべてがよくなる街《エヴリシング・イズ・ベター》」

アトラスもにっこり笑った。「ボストン《イン・ボストン》」

そして、キスをした。

エレン、あなたは大人だから、それからどうなったかわかるでしょう。まだ恥ずかしくて、そんなの話す心の準備ができていない。でも、わたしたちはたくさんキスをして、たくさん笑った。そしてたくさん愛しあって、ささやきあって、息を弾《はず》ませた。見つからないように口を手で覆って、できるだけ静かにじっとしていなくちゃならなかったけど。

最後にもう一度、彼はわたしを抱きしめた。肌と肌を触れあわせ、心臓の上に手を置くと、キスをしてわたしの目をのぞきこんだ。

「愛してる、リリー。きみはぼくのすべてだ。愛してる」

そんなの、お決まりのありふれた言葉だってわかってる。とくにティーンエイジャーにとっては。ほとんどの場合、お互いに若すぎて、なんの効力も持たない。けれど彼がその言葉を言ったとき、軽い気持ちじゃないってことはわかった。わたしたちの間にあるのは、そんな種類の〝愛してる〟じゃない。

あなたの人生で出会うすべての人々を思い浮かべてみて。すごくたくさんいるでしょ。その人たちは波のようにやってきて、潮の流れとともに寄せたり引いたりする。すごく大きな波もあって、ほかの波より大きな影響を残すこともある。そして時には、海の底からいろいろなものを運んできて、砂浜に打ち上げたりもする。砂に残った跡は、潮が引いたあともなお、波がそこにいたことを示している。

「愛してる」って言ったとき、アトラスはそういうことを伝えたかったんだと思う。わたしは彼が出会った一番大きな波だったって。そしてわたしが多くのものをもたらして、その印象がいつまでも残っている。たとえ潮が引いてしまったあとでも。

そのあと、彼は小さな茶色い紙袋に入った誕生日プレゼントをくれた。「つまらないものだよ。今のぼくにはこれしかできなくて」

わたしは袋をあけて、今までもらった中で最高のプレゼントを取り出した。それはマグネットだった。上のほうに〝ボストン〟って文字が見える。そしてその下には小さな文字で〝すべてがよくなる街〟って書いてあった。ずっと大切にする、わたしはそう約束した。それを見るときはいつも、彼のことを考えるって。

この手紙のはじめで、わたしは十六歳の誕生日が人生で最高の日になったって言ったよね。それは本当に最高の一日だった。これから話す出来事が起こる瞬間までは。

そのあとの数分は最悪だった。

アトラスはその夜、突然現れて、わたしは彼がくるなんて思ってもいなかった。だから寝室のドアに鍵をかけていなかった。パパが誰かと話すわたしの声をききつけて、いきなりドアをあけて、わたしと一緒にベッドにいるアトラスを見つけた。パパは今まで見たことのない剣幕だった。そして不意を突かれたアトラスは身を守るすべがなかった。

その瞬間を、生きている限り忘れないと思う。無防備のわたしたちのところへ、パパは野球のバットを持ってやってきた。わたしの悲鳴の合間にきこえたのは、骨が砕ける音だけだった。誰が警察を呼んだのか、今もわからない。きっとママだと思う。けど、六カ月たった今もまだ、ママとその話をしたことはない。警察官が来てパパを引き離したときには、アトラスは血まみれで誰だかわからないほどだった。

わたしはパニックになったの。

パニックに。

アトラスが救急車で搬送されたあと、息ができないわたしのために、もう一台救急車が呼ばれた。それはわたしが経験した初めてで、唯一のパニックの発作だった。

彼がどこにいて、無事なのかどうか、誰も教えてくれなかった。パパは自分のしたことで逮捕されなかった。アトラスがあのボロ家にいて、ホームレスだったという噂が流れた。パパは自分のしたことを、英雄的な行ない――娘をだまして、セックスさせようとしたホームレスから娘を救った――として正当化した。

パパは言った。ゴシップの種になるなんて、おまえは一家の恥さらしだって。街の人たちは今も、そのことを噂している。バスの中でも、ケイティが誰かに話すのがきこえた。アトラスには気をつけるよう、わたしに注意した。自分はあの子を見たとたん、関わらないほうがいいとわかったって。そんなの嘘だ。もしアトラスがそばにいたら、たぶん以前もそうしたように、黙って大人な対応をしたと思う。でも、アトラスはいない。だからわたしはくるりと後ろを向いて、地獄に落ちろってケイティに言ったの。それからアトラスはあんたなんかよりずっと上等の人間よ、もし今度彼の悪口を言ったら、後悔することになるって。

ケイティはあきれたように目を回した。「驚いた。洗脳されたのね？　相手は不潔で、こそ泥みたいなホームレスよ。たぶんドラッグもやってる。食料とセックスを手に入れるためにあなたを利用したのに、まだかばうの？」

ケイティはラッキーだった。ちょうどそのとき、バスがわたしの降りるバス停に到着した。わたしはバックパックを引っつかんでバスから降りた。そして家に入ると、寝室で三時間ぶっとおしで泣いた。そのあと頭が痛くなって、気分をよくする唯一の方法は、すべてを紙に書くことだって思い出したの。もう六カ月もこの日記を書いていなかったから。

気を悪くしないでね、エレン。日記を書いても、まだ頭痛は治らない。たぶん昨日より今日のほうがひどくなってる。この手紙を書いても少しもよくならない。

あなたに手紙を書くのをしばらくやめようと思うの。書けば彼のことを思い出して、つらすぎるから。アトラスが迎えにきてくれる日まで、大丈夫なふりを続けるつもり。たとえただ浮いているだけだったとしても、泳ぐふりをしながら、どうにか水の上に顔を出しているつもり。

——リリー

ぼくは最後のページを読んで、日記を閉じた。

ありとあらゆる感情があふれ、心の中で渦を巻いている。怒り、愛、悲しみ、幸せ。

あの夜、ふたりの間で交わした言葉の数々を、どれほど思い出そうとしても、思い出せないのをずっと悔しく思っていた。悲しい顛末《てんまつ》だけれど、リリーが書き残しておいてくれた事実はぼくにとっては贈り物だ。

当時、ぼくの人生にはいろいろなことがあって、それを話してきかせるには、彼女は繊細《せんさい》すぎると思っていた。話さないことで、自分の人生の不愉快な出来事から彼女を守っているつもりだった。だが日記を読むと、彼女は守られたいなんて思っていなかったのがわかる。むしろ彼女が望んでいたのは、一緒になってその逆境を切り抜けることだった。

ぼくは彼女にもう一通手紙を書きたくなった。いや、それより、彼女のところに行って、顔を見ながら話がしたい。ゆっくり進もう、そう約束した。でも彼女のそばにいればいるほど、もっと彼女のそばにいたくてたまらなくなる。

ぼくは日記を店の中に戻し、何か飲み物をとってこようと立ち上がって、すぐに足を止めた。路地の先にある街灯が作り出すスポットライトの中を、横切る影を見つけたからだ。まだ姿ははっきり見えないけれど、影がビルの壁をつたって遠ざかっていくと同時に、影の本体はぼくのいる方向へ向かってくる。ぼくは一歩あとずさって、物陰に身を潜めた。

やがてその人物がはっきり見えた。男の子だ。裏口のドアのそばに立っている。

その子が弟なのかどうかはわからない。だが、〈コリガンズ〉の防犯カメラに映っていた人物と同じだ。服装も同じ。同じフーディーで、顔まわりのフードの紐を絞っている。

ぼくは物陰からその子を観察し、見れば見るほど自分の予想どおりだったことを確信した。体つきも、身のこなしも、ぼくにそっくりだ。ぼくはたまらない気持ちになった。はやく名乗り出たい。怒っていないし、大変だったねと言ってやりたい。

もしかしたら犯人が弟かもしれないと思いはじめる前から、そいつに腹を立てていたかどうか、自分でもわからない。そもそも子どもに腹を立てる気にはならない。それが同じ母親に育てられた子どもとなればなおさらだ。生きるためになりふり構っていられない生活がどんなものか、ぼくも知っている。子ども時代、誰かの関心を切実に求めていたときがある。誰の関心でもよかった。とにかく自分の存在に気づいてもらいたかった。今、まさに同じことがここで起こっているのかもしれない。

その子はきっとつかまりたがっている。これは注目を集めるための叫びにほかならない。

男の子はなんのためらいもなく、まっすぐレストランの裏口のドアに向かった。もはやこの店は彼にとって馴染みの場所だ。ドアを調べて鍵がかかっているとわかると、フーディーからスプレー缶を取り出す。彼が缶を振りかざした瞬間、ぼくは自分の存在を知らせることにした。

「持ち方が違うよ」ぼくの声に驚き、男の子はぱっと振り返ってぼくを見上げた。まだ本当に幼い子どもだ。切なさに胸が締めつけられる。もし、セオが真夜中に一人でここにいたら……そんなことも考えた。

まだあどけなさの残る、おびえた瞳。ぼくが近づいていくと、一歩後ずさり、逃げ場を求めてあたりを見回した。だが、走りだそうとはしない。

こっちがどういう態度に出るのかを見極めようとしているのだろう、ぼくは確信した。そしてそれこそが、彼が夜ごとこの店に出没する理由かもしれない。

ぼくが手を差し出すと、その子は一瞬ためらったのち、スプレー缶をぼくに渡した。正しい持ち方をやってみせる。「こう持てば、ペンキが垂れない。近くで持ちすぎだ」

ぼくをじっと見つめる男の子の顔に、さまざまな感情が浮かんでは消える。怒り、感慨、そして裏切られた悲しみ。ぼくたちは無言のまま見つめあった。お互い母に似ている。同じあご、同じ明るい色の瞳、同じ口もと、無意識に刻まれた不機嫌そうなしわまでそっくりだ。だが、目の前の事実を飲み込むには時間がかかった。家族はいない、ずっと自分にそう言いきかせてきた。でも今、生身の弟がここにいる。ぼくを見つめ返しながら、彼は何を思っているのだろう？　怒り、それは明らかだ。それから失望？

ぼくは建物の壁に肩をもたせかけ、彼を見下ろした。「知らなかったんだよ、ジョシュ。弟がいるなんて、ほんの数時間前までは」

彼は両手をフーディーのポケットにつっこんだまま足もとを見つめている。「うそつけ」小さな声だ。

幼い頑《かたく》なさが哀れにも思える。ぼくは彼の答えににじむ怒りには気づかないふりで、鍵を取り出し、裏口のドアをあけた。「腹がへってるだろ？」あけたドアを手で支える。

一瞬、逃げ出すかに見えたものの、ジョシュはしぶしぶぼくの腕の下をくぐって中に入った。明かりをつけ、まっすぐキッチンへ向かう。ぼくは材料を取り出し、グリルドチーズの調理を始めた。その間、彼はゆっくりとあちこちを見物して回っている。設備を触り、引出しや戸棚をあける。次の侵入のために物色しているのかもしれない。あるいは、好奇心が不安に勝ったのだろう。

できあがったホットサンドを皿にのせると、ようやく彼が口をひらいた。「おれのことを知らなかったのに、なんでおれだってわかったの？」

長い話になりそうだ。そしてこの話は、少し落ち着いたところでしたい。キッチンにはテーブルがないため、ぼくはダイニングルームに通じるドアを手振りで示した。部屋は非常灯で十分明るく、メインの照明はつける必要がなかった。

「ここに座って」ぼくは八番のテーブルを示し、今日、早い時間に母が座った椅子に腰かけた。

皿を置いたとたん、ジョシュはむさぼるように食べはじめた。「飲み物は何にする？」

彼は口の中のものをごくりと飲み込むと、肩をすくめた。「なんでも」

ぼくはキッチンへ戻り、コップに冷たい水を注ぐと、彼が座るボックス席の向かい側の席にすべりこんだ。彼は一気に、水を半分飲んだ。

「きみの母さんが今夜ここに来た」ぼくは言った。「きみを探してた」

ジョシュはそれが何だとでも言わんばかりに顔をしかめ、食事を続けた。

「今までどこに泊まってたんだ？」

「あちこち」口一杯に頬張ったまま、ジョシュが答える。

「学校へは？　行ってる？」

「最近は行ってない」

彼がさらに二、三口食べるのを待って、ぼくは次の質問を繰りだした。質問攻めにして、彼が逃げだしてしまうのは避けたい。「なぜ家を出た？　あの人のせいか？」

「サットン？」

ぼくはうなずいた。母親を名前で呼ぶなんて、これまで二人はどんな関係を築いてきたのだろう。

「ああ、ケンカした。つまらないことでいつもケンカになるんだ」彼は最後の一口を食べると、水もすべて飲み干した。

「きみの父さん……ティムは？」

「おれが小さいとき出ていった」彼は店をぐるりと見回し、真ん中にある木に目を止めた。それからぼくに視線を戻し、首を傾げる。「あんた、お金持ちなの？」

「だとしても、言わないよ。何度もきみに泥棒に入られたからね」

彼の唇がゆるみ、笑いをこらえたのがわかった。ボックス席で多少くつろいだらしく、フーディーのフードをおろす。それから額に張りついた、べたついた茶色の髪を後ろにかきあげた。もうずいぶん長く散髪もしていないようだ。わざとそうしているというにはサイドの毛が長すぎるし、左右も対称じゃない。

「あんたが出ていったのはおれのせいだって母さんが言ってた。弟が欲しくないからだって」

ぼくは怒りをこらえた。からになった皿とコップを引き寄せて、立ちあがる。「ぼくは今日まで、きみの存在を知らなかったんだ、ジョシュ。本当だ。知っていたら、家は出なかった」

彼は座ったまま、ぼくをじっと見つめた。ぼくの言葉が信じられるかどうか考えている。

「今はもう、知ったよね」まるで挑むような口調だ。知ってどうする？ 自分の期待をいいほうに裏切ってみろといわんばかりに。

ぼくは目顔で厨房へ続くドアを示した。「そうだな。行くぞ」

彼はすぐには席を立たなかった。「どこへ行くのさ？」

「ぼくの家だ。きみが泊まれる部屋がある。悪い言葉を使わないと約束するならね」

彼は片方の眉をぐっと上げた。「なんだ、あんた、カルト野郎？」

ぼくは手振りで立つよう、彼を促した。「いい加減にしろ。十一歳のくせに悪態をついてもさまにならない。せめて十四歳になるまで待つんだな」

「十一歳じゃない、十二歳だ」

「そうか、サットンは十一歳だって言ってたぞ。とにかく、格好つけるにはまだ早い」

ジョシュは立ちあがり、ぼくの後についてきた。

ぼくはドアをあける前、振り返って彼の顔をのぞきこんだ。「それから念のために言っとくと、クソ野郎のスペルはAss WholeじゃなくAssholeだ。Wはいらない」

彼は驚いた顔だ。「どうりで、なんか変だなと思った」

ぼくは皿をシンクに入れた。すでに午前三時だ。明日、洗うことにしよう。明かりを消し、ジョシュを連れて裏口へと向かう。鍵をかけると、彼は言った。「おれがここにいるって、サットンに言う？」

「まだ決めてない」それは本当だ。路地を歩きだしたぼくの後を、彼は小走りでついてきた。

「どっちみち、シカゴに行くつもりなんだ。たぶん、あんたのとこには一晩しか泊まらないよ」

弟の存在を知って、その子が他の町へ行くのをぼくがただ黙って見ているとでも？　ぼくは彼の言葉に声をあげて笑った。ぼくは何を始めてしまったんだろう？　ただでさえ大変な日々の責任が倍になった気がする。「まさかほかにも、ぼくが知らないきょうだいはいないよな？」

彼にたずねた。

「あとは双子だけだ。まだ八歳の」

ぼくは立ち止まり、彼をまじまじと見つめた。

ジョシュはにやりと笑った。「冗談だよ。おれら二人だけだ」

ぼくは首を横に振り、彼のフーディーのフードをつかんで頭にかぶせた。「たいしたもんだ」

ぼくの車に向かうジョシュは笑顔だ。ぼくも笑った。けれど、事の重さにみぞおちが締めつけられる。

弟に会ってからまだ三十分しか経っていない。存在を知ってからだって、まだほんの一日だ。

でも、突然思った。一生かけて守ってみせる。

16

リリー

子どもを産むと、朝の時間はなくなる。

昔は目が覚めると、数分間そのままベッドの中にいて、スマホを手に眠っている間に起きた出来事をチェックしていた。それからコーヒーを飲み、シャワーを浴びて、その日一日をどう過ごすか考えた。

でも、今はエミーがいる。早朝、彼女の泣き声でベッドから飛び起きると、ゆっくりトイレに行く暇もなくコマネズミのように走り回る。急いでパジャマを脱がせ、急いで服を着せ、急いで朝食を食べさせる。母としてのモーニングルーティーンを終えた頃には、家を出る時間になっていて、メイクをする時間もほとんどない。

そんなわたしにとって、日曜の朝は貴重だ。一週間で唯一、穏やかな気持ちでいられる日だ。エミーが起きても彼女を抱いてベッドに戻り、二人でごろごろしながら彼女の言葉にならないおしゃべりに耳を傾ける。慌てて起きる必要もなければ、どこかへ行く必要もない。

ちょうど今みたいに、エミーがふたたびうとうとしはじめると、わたしはただずっと彼女の顔を見つめる――母性という神秘に感動しながら。

スマホで彼女の寝顔を撮り、ライルに送ろうとしたけれど、寸前で思いとどまった。ライルがいなくて寂しいとは思わない。でもライルがわたしたちとこの幸せな時間を共有できないことは悲しいと思う。一緒に子どもを作った相手と、一緒に作った子どもをうっとりと眺めることほど幸せなことはない。だからわたしはいつも、彼に写真や動画を送るようにしている。でもまだ昨晩の怒りが収まらず、連絡する気になれなかった。わたしは写真を保存して、もっと穏やかな気分でいられる日に送ることにした。

ライルのくそったれ。

離婚は大変だ。予想はしていたけれど、予想をはるかに超えている。そして、子どもがいながらの離婚は、夫婦だけの離婚より百万倍も厄介だ。離婚の後もずっと、別れた相手と関わっていくことになる。考えなくちゃならないことは山ほどある。子どもの誕生日パーティーを一緒にやる？　それとも別々？　どの祝日はどっちが子どもと過ごす？　一週間のどの曜日はどっちと過ごす？　さらに言えば、時には一日の時間を、どれだけどっちと過ごすかも。

指をぱちんと鳴らして、はい、おしまいってわけにはいかない。その後も関わりは続く、永遠に。

永遠にライルの気持ちを気にし続けなきゃならない。正直言って、彼に同情し、彼を心配し、彼を恐れ、彼の顔色をうかがうのにうんざりしている。

ライルの嫉妬を気にせずに、誰かとデートできるようになるまで、あとどれだけ待てばいいのだろう？　もしアトラスとそういうことになったとして、それをライルに伝えるのに、あとどれだけ待てばいいのだろう？　ライルの気持ちをおもんばかることなく、自分の人生についての決断ができるようになるまで、あとどれだけ待てばいいのだろう？

スマホが震えた。ママからだ。わたしはそっとベッドから抜け出し、リビングで電話に出た。

「どうしたの？」

「今日エマーソンを預かってもいい？」

わたしは苦笑した。わたしのことはどうでもいいらしい。孫娘が生まれて以来、あからさまに娘を無視するようになっている。「かまわないけど、どうしたの？」ママはわたしに負けないくらいエミーを愛している。それは間違いない。生後六週間を過ぎてからは、わたしが仕事の間、ベビーシッターもしてくれている。先月はエミーを一晩預かってくれたりもした。わたしと離れて過ごす、初めてのお泊りだ。ママの家で眠ってしまったところを起すのは忍びなくて、翌朝、迎えにいくことにした。

「ロブと近くにいるの。二十分後に迎えにいくわ。植物園に行くのよ。連れていったら喜ぶんじゃないかと思って。あなたもゆっくりできるでしょ」

「ええ、そうね。すぐ着替えさせる」

＊＊＊

三十分後、玄関にノックがきこえた。ドアをあけ、ロブと母を迎え入れる。ママは居間をつっきって、お昼寝マットにいたエミーに直行した。

「ハーイ、ママ」娘のことなど目に入らない様子に、わたしはいたずらっぽく声をかけた。

「見てよ、このかわいらしさったら」ママがエミーを抱きあげる。「これ、わたしが買った服？」

「いいえ、ライリーからのおさがりよ」ライリーがエミーより六カ月先に生まれたせいで、おさがりをもらえるのはとても助かる。しかも、どれもすばらしく状態がいい。きっとライリーは同じ服は二度と着ないからに違いない、わたしはそう思っている。

今、エミーが着ているのは、ライリーが彼女の一歳の誕生日パーティーに着ていた服だ。すごくかわいくて、はやくおさがりで回ってこないか楽しみにしていた。ピンクのレギンスには、丸いままの緑のスイカがいくつもプリントされていて、緑のブラウスの真ん中に切ったスイカが描かれている。

ママもエミーの服はたくさん買ってくれた。わたしが今、着せた青いジャケットもそうだ。

「それじゃ色が合わないわ」ママは言った。「わたしが買ってあげたピンクのジャケットはどこ？」

「あれはもう小さすぎるの。ジャケットはジャケットでしょ。まだ一歳だし、多少色が合わなくても大丈夫」

ママはふんと鼻を鳴らした。きっと今日、エミーは新しいジャケットを着て、家に帰ってくるはずだ。わたしがエミーの頬にキスをすると、ママは玄関へ向かった。

わたしが渡したおむつバッグを、ロブはひょいと肩にかけた。「ぼくが抱こうか？」ママにたずねる。

ママはぎゅっとエミーを抱きしめた。「わたしが抱いていく」それから肩越しに振り返って言った。「二、三時間で戻るわ」

「何時くらい？」普段は時間を確認したりしない。でも、アトラスに今、何をしているかきいてみようと思っていた。店も日曜は休みだし、エミーを見てもらえるなら、ランチができるかもしれない。

「また連絡するわ。でもなぜ？ どこかへ行くの？」ママは不思議そうな声だ。「てっきり二度寝すると思っていたのに」

こっそりデートに……なんて言うつもりはない。もし言ったら、質問の嵐になって、植物園が閉園の時間になってしまう。「そうね、たぶん寝ちゃうかも。どっちにしてもスマホはオンにしておくわ。楽しんできて」

ママはもう玄関を出て廊下を歩きだしている。だがロブは立ち止まってわたしを見た。「帰ってきたら、車は同じ場所に停めるんだ。場所が変わっていたら、お母さんはきっときみを質問攻めにする」そう言うと片目をつぶってみせた。ロブはママよりわたしの心を読むのが上手だ。「ありがと」わたしはささやいた。

ドアを閉めると、さっそくスマホを探しにいく。エミーに着替えをさせて送り出すのにばたばたしていて、しばらくスマホを見ていなかった。二十分前にアトラスから着信があった。

みぞおちがもぞもぞする。彼も今日、時間があるといいけど……。わたしはスマホのカメラを使って自分をチェックしてから、折り返しのビデオ通話をかけた。

初めて彼がビデオ通話してきたときは、心底嫌だと思ったけれど、今はそれが普通と感じるようになっている。彼が何を着て、どこにいるのかわかるし、話しているときの表情がわかるのもいい。

彼が通話に出る音をきいただけで、わたしの口もとはもうゆるんでいた。彼がスマホを持ちあげると、見知らぬキッチンにいる彼が映った。白くて明るいキッチン、二年前に行った、彼の家のキッチンとは違う。

「おはよう」彼は言った。笑顔だけれど、どこか疲れた様子だ。今起きたばかりか、これから寝るところみたいに。

「ハーイ」

「眠れた？」彼はたずねた。

「ええ。やっと」わたしは目を細めて、彼の背後に映るものを見ようとした。「キッチンをリフォームしたの？」

彼は後ろを振り返って、それからまたわたしを見た。「引っ越したんだ」

「そうなの？　いつ？」

「今年のはじめかな。前の家を売って、もっと店に近いところに引っ越した」

「あら、いいじゃない」店に近いということはわたしにも近いということだ。今、わたしたちはどれくらい離れたところに住んでいるんだろう。「料理してるの？」

アトラスはカメラをキッチンカウンターに向けた。卵が割られたフライパン、ベーコンの塊、パンケーキ、それから……お皿が二枚に、ジュースの入ったコップが二つ。「たくさんね」わたしは全身を駆け巡る激しい嫉妬をこらえて言った。

「今、ちょっと人がいて」彼はそう言って、カメラを自分の顔に戻した。

わたしの顔にわかりやすく落胆が浮かんでいたに違いない。彼は慌てて首を横に振った。

「いや、リリー。そうじゃなくて……」彼は笑って、そして困ったような顔をした。その顔はたまらなくキュートだったけれど、まだ安心はできない。彼はスマホを高く持ちあげ、自分の背後に立っている人物をわたしに見えるよう映した。誰だかわからないけど、女性じゃない。

子どもだ。

しかもアトラスにそっくりだ。彼と同じ瞳でわたしを真っ直ぐに見上げている。まさか、隠し子がいたの？

何がどうなってるのかさっぱりわからない。

「彼女、おれを息子だと思ってるみたいだよ」その子が言った。「で、がっかりしてる」

アトラスはすぐにカメラを自分の顔に戻した。「息子じゃない。弟なんだ」

弟？

アトラスはもう一度、カメラで弟を映した。「リリーに挨拶して」

「やだね」

アトラスは目をくるりと回し、申し訳なさそうにわたしを見た。

「悪ガキなんだ」彼は弟の目の前でそう言った。

「アトラス！」わたしはいろいろショックを覚えて、小さな声で言った。

「いいんだ。自分でも悪ガキって知ってる」

後ろで笑っているところを見ると、本人もアトラスがふざけているとわかっているようだ。

でも、わたしはまだ混乱していた。「弟がいるなんて知らなかった」

「ぼくも知らなかった。知ったのは、昨日のデートの後だ」

わたしは昨夜のことを思い返した。メッセージが来て、彼が複雑な表情をしていたのは覚えている。でも、それが家族に関することだとは思いもよらなかった。これが彼の母親が連絡をしてきた理由だったのだろう。「じゃ、今日は忙しいわよね」

「待って、まだ切らないで」彼はキッチンを出て、一人になるため他の部屋へ移動すると、ドアを閉めてベッドに腰かけた。「ビスケットが焼きあがるまで十分ある。話ができるよ」

「うそ！　パンケーキだけじゃなくてビスケットも？　彼はラッキーね。わたしはブラックコーヒーだけよ」

アトラスは笑った。でも目は笑っていない。弟の前では陽気にふるまっているけれど、一人になると、不安を抱えているのがわかった。「エミーはどこ？」彼がたずねる。

「母が数時間、連れ出してくれてるの」

ふたりとも仕事が休みで、エミーはお出かけと知って、彼はがっかりしたようにため息をついた。「今日は一日、フリーってこと？」

「いいの。決めたでしょ。ゆっくり進もうって。それに自分に弟がいることが発覚するなんて、毎日あることじゃないもの」

彼は片手を髪に突っ込んでため息をついた。「弟がレストランに悪さをしていた犯人だ」

それにはわたしも驚いた。もっと詳しく話がききたい。

「母が先週、電話をしてきたのはその件だ。ぼくのところに弟が来ていないか知りたくて。でも、ぼくは彼女の番号をブロックした。今考えるとばかだった」

「しょうがないわ。知らなかったんでしょ？」リビングで立って話をしていたけれど、腰を落ち着けて話をきいたほうが良さそうだ。わたしはソファまで行くと、肘掛けにスマホを置き、ポップソケットで立てかけた。「彼はあなたのことを知っていたの？」

アトラスはうなずいた。「ああ。彼はぼくも知っていると思っていて、だからぼくのレストランに怒りをぶつけてた。ぼくに数千ドルの損害を与えたことを除けば、いい子だと思う。あるいは、もしくは少なくともいい子になる可能性はある。ぼくが母から受けたのと同じような虐待の経験があるみたいだから、それがどう影響するかはわからないけど」

「あなたのお母さんもそこにいるの？」

アトラスは首を横に振った。「彼を見つけたことは、まだ知らせてない。でも弁護士の友だちに相談したら、伝えるのは早ければ早いほどいいって言われた。母と争いになったとき、不利にならないように」

争うことになったとき？「彼の監護権をとりたいの？」

アトラスはためらうことなくうなずいた。「ジョシュが望むかどうかはわからないけれどね。それ以外に彼と一緒に暮らす方法はない。ぼくは母がどんな人間か知っている。彼は父親を探すつもりらしいけど、ティムは母よりもっとひどい人間だ」

「兄としてはどんな権利があるの？　あるとすれば、だけど？」

アトラスは首を振った。「ない、彼がぼくと暮らしてもいいと母が同意しない限りね。母はそんな話ができる相手じゃないから、ぼくを困らせるためだけにノーと言うだろう。でも……」アトラスは深くため息をついた。「母といたら、彼には立ち直るチャンスはまったくない。すでにぼくがあの歳だった頃よりひねくれてるし、腹も立てている。このままさんだ生活を続ければ、その怒りがよからぬ方向へ向いてしまいそうで心配だ。でもぼくに彼の親がわりが務まるかどうか。ぼくといることで、もっと彼をだめにしてしまったら……」

「まさか、アトラス。そんなことありえない」

わたしの励ましの言葉に、彼の顔がぱっと明るくなった。「きみなら自信を持ってそう言えるよね。子育てが得意みたいだから」

「得意なふりをしているだけ」わたしは言った。「無我夢中でやっているだけよ。親はみんなそう。わたしたちはみんな完全にインポスター症候群よ。毎日を自転車操業で乗り切ってる」

「それをきいたらほっとするけど、ぞっとするね」

「そう、その二つが、まさに親になるってことよ」

彼はため息をついた。「もう戻って、彼が盗みを働いていないか確認しないと。今日またあとで電話してもいい？」

「いいわ。グッドラック！」

アトラスが返事をするかわりに、声に出さずに口の動きだけで伝えてきた〈じゃあね〉は、たまらなくセクシーだった。

電話を切ると、わたしはベッドに倒れこんでため息をついた。彼と話をしたあとに感じる、なんとも言えない気分が大好きだ。彼はわたしをうっとりさせ、元気づけ、幸せな気分にしてくれる。たとえさっきの電話みたいに、内容がショッキングで解決策の見えない話でも。

彼がどこに住んでいるかわかっていたらいいのに。昨日の夜、彼がしてくれたようにハグをしに飛んでいく。でも予期せぬ事態に見舞われているのは大変そうだけれど、同時に、彼のためにはよかったと思っている。家族が一人もいない人生なんて、彼がどれほどの孤独を抱えてきたのか、ずっと想像もできなかった。

それに、あのかわいそうな子。まるでアトラスの再来だ。母親に愛されていないと感じている子どもが一人じゃ足りないと言わんばかりに。

スマホが鳴って、メッセージの着信を知らせた。彼からだと知って、頬がゆるむ。長いメッセージに、わたしの笑みはさらに大きくなった。

ぼくの人生で一番の慰めになってくれてありがとう。迷ったとき、いつもぼくの灯台になってくれてありがとう。きみがぼくを照らすつもりだったかどうかはわからないけれど、きみには本当に感謝してる。きみに会いたい。やっぱりきみにキスすべきだった

読み終わったとき、わたしは手で口を覆っていた。いろんな気持ちがあふれて、胸が一杯だ。

あなたがいて、ジョシュは幸せね

数秒後、わたしの返信にアトラスからのハートマークがついた。わたしはさらにもう一度、メッセージを送った。

あなたの言うとおりよ。キスすべきだったのに

アトラスがまたハートをつけた。

17

アトラス

　ジョシュはぼくを信用していない。だがなんとしても、彼の信頼を勝ちとるつもりだ。そもそも彼は誰も信用していないから、自分だけが信用されていないと落ちこむ必要もない。もし彼の子ども時代がぼくと同じようなものだったら、十二歳にはありえないしたたかさを身に着けていているはずだ。

　彼はぼくに対して猜疑心《さいぎ》を持っているけど、同じくらい興味を持っているのも感じる。あまり質問をしないけれど、その目を見れば、たくさんの質問が喉もとまで出かかっているのがわかった。なぜだかわからないけれど、彼はその質問を飲み込んでいる。たぶん、自分が店を破壊した犯人だと知ったのに、ぼくが昨晩、彼に対しておっとりと構えていたのが不思議なのだろう。ぼくが彼の存在を知らなかったことや、ぼくが母親やティムからきかされていたような人間とはまったく違っていたことも。

　どれほど不思議に思っていても、彼はまだそれを表情には出さない。居心地の悪い思いをさせないよう、朝食を食べている間、ぼくはほとんど一人でしゃべった。そんなにむずかしいことじゃない。むこうがきききたいことがあるように、こっちにもききたいことが山ほどある。昨晩ようやく家に戻った後、ぼくは眠れなかった。彼がこっそり家から抜け出そうとして、あちこちいじっている物音にじっと耳を澄ましていた。正直、今朝になって、彼がまだいたことにびっくりした。

矢継ぎ早の質問はジョシュをうんざりさせるはずだ。でも自分が十二歳の頃、どんなだったかは身に覚えがある。当時はとにかく、自分という人間に誰かに関心を持ってほしかった。たとえそれがふりだとしても。彼のこれまでの人生がぼくの経験したものと同じなら、この十二年間、ずっと誰からも気にかけてもらえなかったはずだ。ぼくと同じ屋根の下にいるのに、そんなふうに感じてほしくない。ぼくは答えやすそうな質問だけをした。答えにくい質問はいずれゆっくりするつもりだ。

ジョシュは一度に同じものだけを食べる。まずはビスケットを全部片づけてから、ベーコンに移る。パンケーキに取りかかったとき、ぼくはたずねた。「どんなことに興味がある？　趣味は何？」

彼はパンケーキを一口食べ、片眉を少し上げた。パンケーキへの反応か、ぼくの質問への反応なのかわからない。

「なぜ、何に興味を持っているのかたずねるの？」「なぜ？」

うなずく彼のうなじが緊張している。

「これまでの十二年間を知らないから、きみがどんな子か知りたいんだ」

ジョシュは目をそらし、パンケーキをフォークで刺して次々と口に運んだ。「マンガ」もごもご言う。

　彼が返事をしたことに驚いた。セオのおかげでマンガなら少しはわかる。「好きなシリーズは？」

「ワンピース」首をふって、言い直す。「やっぱ、チェーンソーマンかな」

　これ以上会話を続けたら、本当は何も知らないことに気づかれそうだ。「よかったら、あとで本屋に行こうか」

　ジョシュがうなずく。「パンケーキ、おいしい」

「よかった」

　ジュースを飲むのを眺めていると、彼はコップを置いた。「何が好きなの？」皿のほうをあごで示す。「料理以外に」

　なんと答えればいいのかわからない。ぼくはほとんどの時間をレストランにつぎ込んでいる。残りの時間は洗濯、睡眠、それに家のメンテナンスに使っている。「YouTubeのクッキング・チャンネルかな」

　ジョシュはくすくす笑った。「哀れだね」

「なぜ？」

「料理以外に、って言っただろ」

　自分が先にたずねた質問なのに、思いのほか答えるのがむずかしい。「博物館かな」ぼくは言った。「それから映画、旅行。やってないけどね」

「仕事で時間がないから？」

「まあね」

「さっきも言ったけど、哀れだね」皿に覆いかぶさってパンケーキをフォークに刺す。

〈きみを知りたいんだ〉の質問は不発に終わったので、違う質問に切り替える。「お母さんとの喧嘩の原因は？」

ジョシュは肩をすくめた。「何が悪かったのかもわからない。サットンは、理由もなく、いきなり怒り出すんだ」

よくわかる。彼がもう少し食べるのを待って、次の質問をする。「ずっとどこにいた？」

ジョシュはうつむき、皿の上の食べ物を突っつきながら言った。「あんたのレストラン」そろりと顔を上げてぼくの目を見る。「オフィスのソファは寝心地最高だった」

「レストランの中で寝てたのか？　どのくらい？」

「二週間」

ショックだ。「どうやって中に入った？」

「一方のレストランには警報装置がないだろ、何回か試したらピッキングであけられるようになった。でも、もう一つのほうはとても忍び込めなかった」

「ピッキング……」もう笑うしかない。ブラッドとダリンはきっと大喜びで、だから言ったろと言うはずだ。「寝るだけだったのが、なんで物を壊したりするようになった？」

ジョシュはおずおずとぼくを見た。「わかんない。頭にきたんだと思う」皿を押しやって、背もたれに背中を預ける。「で？　おれは連れ戻される？」

「どうしてほしい？」

「父さんと暮らしたい」彼は肘を掻《か》いた。「見つけるの、手伝ってくれる?」

母を探そうとも思わなかったけれど、ティムのことはもっと探したくない。つまりまったく探したくはない。「何か、わかってることは?」

「今はバーモント州に住んでると思う。どこかは知らないけど」

「最後に会ったのは?」

「何年か前。でも今はもう、おれがどこにいるか知らないと思う」

今のジョシュは歳相応に見える。傷つきやすく、父に捨てられたのに、わずかな希望にすがりついている子どもだ。その希望を取りあげることはしたくない。ぼくはただうなずいた。

「わかった。何ができるか考えてみる。とりあえず、きみが無事だと知らせなきゃ。電話をしよう」

「なんで?」

「でないと、誘拐《ゆうかい》と思われる可能性がある」

「まさか。おれが自分でここにきたのに?」彼は言った。

「それでも誘拐になるんだ。きみはまだ小さすぎるから、どこに住むか自分で決められない。今の時点では、母親が法的な監護権を持ってる」

彼はいら立ちを隠さなかった。眉をひそめ、朝食をフォークでぐさぐさ突き刺しているけれど、口に運ぼうとはしない。

ぼくは母に電話をするためにテーブルを離れた。昨晩、彼女がレストランを去った後、必要なら連絡がとれるよう着信拒否は解除している。番号をタップして、電話を耳に当てる。呼び出し音が数回鳴ったあと、ようやくつながったと思ったら、ひどく酔った声がきこえた。「もしもし」

「彼を見つけたよ」

「あんた誰？」

ぼくは目を閉じ、母が起きて、息子が行方不明という事実を思い出すまで待った。数秒の沈黙のち、声がきこえた。「アトラス？」

「ああ、ジョシュを見つけた」

電話の向こうで、ベッドから起き出すごそごそいう音がする。「どこにいたの？」

その質問にはどうしても答えたくない。サットンは彼の母親だ。でも、ありえないことだが、ジョシュがどこにいたかなんて気にしてもいないはずだ。「どこにいたのかは知らない。でも、今はぼくと一緒にいる。あの……しばらく彼をここに置いてもいいかな？　そっちも多少休めるだろう？」

「あの子をあんたのところに泊めたいって？」〈あんた〉を強調した言い方に、ぼくはたじろいだ。思ったより手強そうだ。母は喧嘩のために喧嘩をするタイプで、本当は何をどうしたいのかは関係ない。

「近くの学校に入れて、ちゃんと通わせる」ぼくは言った。「そうすれば、そっちはずる休みされるプレッシャーからも解放されるだろ？」電話の向こうが静かになった。考えているらしい。

「何さまのつもりだい」彼女はつぶやいた。「ジョシュを連れてきて。今すぐに」電話が切れた。

　それから三度かけ直したけれど、ボイスメールにつながるだけだ。

「うまくいかなかったの？」気づくと、ジョシュがキッチンの出入口に立っていた。ぼくの話をどこまできいていたかはわからない。でもサットンの返事はきこえていなかったはずだ。

　ぼくはスマホをポケットに入れた。「すぐにきみを返せって。明日、弁護士に相談するよ。もしきみがそうしてくれと言うなら、児童保護サービスに電話してもいい。いずれにしても今日は日曜日だし、できることはほとんどない」

　ジョシュは肩を落とした。「せめて……あんたの電話番号を教えてもらえる？」ぼくがノーと言うのを恐れているようだ。

「もちろん。弟がいるって知った以上、きみを放り出すつもりはない」

　彼は袖にあいた穴をいじり、うつむき加減で言った。「怒ってもいいよ。おれのせいで金がかかっただろ」

「たしかに」ぼくは言った「あのクルトンは高かったからな」

　初めて、ジョシュが声をあげて笑った。「まじ、あのクルトンはクソうまだった」

　ぼくは小さくうめいた。「汚い言葉を使うな」

＊　＊　＊

　リズモア・インはボストンの反対側にあり、休日というのに車で四十五分もかかった。駐車場に車を停めても、ジョシュはすぐに降りようとはしない。黙って助手席に座ったまま建物を見つめている。

彼をそのまま母親のところへ返すのもどうかと思って、今朝の電話の後、知り合いの弁護士に相談をした。彼のアドバイスはこうだ。こちらの非を指摘されず、この件を進めたいなら、むこうに攻撃材料を与えないよう、いったんジョシュを母親に返すしかない。そのうえで、彼女を訴えるなら、弁護士を雇って手続きをとればいい。

手順を踏まず、勝手なことをすれば、すべてぼくの不利になるかもしれない。

どうやら、たとえ自分のきょうだいが危険な目にあっているとしても、勝手に連れ出してはいけないらしい。

ジョシュにもっと詳しくこういったことを説明したかった。ただ単に、彼を母のもとへと放り出すだけじゃないと知ってもらうために。だが彼が強く望んでいるのは、父親と暮らすことだ。ぼくと暮らすことを望んでいるかはわからない。そしてぼく自身も、弟を育てる覚悟はまだできていなかった。ただし、自分がいる限り、弟が永遠にあの女の保護下にいるのを、手をこまねいて見ているつもりはない。

次の手を見極めるまで、ジョシュが食べるものや滞在費に困ったりして欲しくない。ぼくは財布を取り出し、クレジットカードを彼に渡した。

「信用していいよね？」

ジョシュはぼくの手の中のクレジットカードを見て、大きく目を見開いた。「なんでここまで？　この二週間、おれは何度もあんたの店を壊そうとしたんだよ」

ぼくはクレジットカードを彼に押しつけた。「必要なものを買うんだ。食べ物、携帯の通話料」ここに来る途中、彼がぼくに連絡できるようプリペイド式の携帯電話を買い与えている。「サイズの合う新しい服も買っていい」

ジョシュはおどおどとクレジットカードを受け取った。「使ったことがないから、どうやって使えばいいのかわからない」

「スワイプするだけだ。けど、カードを持っていることはサットンには言うなよ」ぼくは彼の電話を指差した。「携帯とケースの間に隠しておくんだ」

ジョシュはケースから携帯をはずし、クレジットカードをしまった。「ありがとう」車のドアに手をかける。「一緒に来て話をする？」

ぼくは首を横に振った。「今はやめておいたほうがいい。もっと怒らせるだけだと思うから」

ジョシュはため息をついて、車から降りた。彼がドアを閉める前、ぼくらは数秒、互いに見つめあった。

彼をここに連れてくるなんて、自分のふがいなさに腹が立つ。だが、すぐにそうする必要があった。彼を返さなければ、母はぼくを訴えることができる。彼女の気性からして、きっと訴えるだろう。今日のところは彼を返して、週が明けしだい、彼と一緒に住むために何ができるか弁護士に相談しよう。

母とここにいれば、彼に人生を立て直すチャンスはない。ぼくは幸運にもリリーと出会って、彼女によって救われた。だが、ジョシュにも親切な誰かが現れる、そんな幸運がふたたび起こるとは思えない。

ジョシュにはぼくしかいない。

彼が駐車場を横切って歩いていく後ろ姿を見ながら、ぼくは運転席に座っていた。ジョシュは階段を上がって、端から二番目の扉をノックした。振り返ってぼくを見る彼に、手を振った瞬間、ドアが大きくひらいた。

駐車場に止めた車の中からでも、母の目が怒りに満ちているのがわかる。いきなりジョシュをどなりつけ、平手打ちをした。

彼が平手打ちに反応する前に、ぼくは車のドアに手をかけていた。母はジョシュの腕をつかんで、部屋へ引きずりこもうとしている。車から飛び出したところで、彼の姿が部屋の中へ消えようとするのが見えた。

階段を一段飛ばしで駆け上がる。胸の鼓動が半端ない。どうにかドアが閉まる前に追いついた。よろけて倒れ、起き上がろうともがくジョシュを、母は馬乗りになって、どなりつけている。

「おまえのせいで、ブタ箱行きになるとこだったよ。このくそガキ！」

ぼくが背後にいるとは思ってもいなかったようだ。ぼくは母の腰に腕を回して、ジョシュから引きはなすと、後ろのマットレスに放り投げた。あっという間の出来事で、彼女はただ呆然としている。

ぼくはジョシュを助け起こし、床に転がっていた携帯を拾って渡すと、ドアのほうへ促した。ようやく何が起きたかを理解した母が、ベッドから飛び降りた。ぼくらを追ってドアの外へ出てくる。「その子を返せ！」彼女の手を背中に感じる。ぼくのシャツを引っ張って、ジョシュを取り戻そうとしている。

ぼくはジョシュをせき立てた。「車に戻れ」彼は階段へ急ぎ、ぼくは振り返って、彼女の前に立ちはだかった。ぼくの目に浮かぶすさまじい怒りに、サットンははっと息をのみ、それから両手でぼくの胸を叩いて、乱暴に押した。

「あたしの息子だよ！」彼女は叫んだ。「警察を呼んでやる！」

ぼくは乾いた笑い声をあげた。警察を呼べばいい、そう言ってやりたい。どなりつけてやりたかった。だが、まずジョシュを遠ざけるのが先だ。ぼくの目の前で、弟に手を出すのは許さない。

何かを言う気力もなかった。この女は声をかけてやる価値もない。ぼくはただ歩き去り、サットンは昔と同じようにぼくの背中に向かって叫び続けていた。

車に戻ると、ジョシュはすでに助手席に座っていた。車のドアを勢いよく閉め、ハンドルを握りしめる。車を走らせる前に頭を冷やす必要がありそうだ。

たった今起こったことを考えれば、ジョシュは不思議なくらい落ち着いていた。息遣いも少しも荒くなっていない。母と彼の間ではあんな修羅場《しゅらば》も珍しくないのかもしれない。泣きもしないし、悪態をつくでもなく、ただじっとぼくを見つめている。もしかしたら、ぼくがこの事態にどう反応するかが、まさに彼の今後の一生を決める何かになるかもしれない。

ぼくは両手をハンドルからおろし、ふぅーっと大きく息を吐いた。

ジョシュの片頰は赤く腫れ、額の小さな切り傷から血が出ている。ぼくはダッシュボードからナプキンを取り出して彼に渡し、鏡を見て血を拭えるよう、助手席のサンバイザーをおろした。

「平手打ちされたのは見たけど、その額の傷はどうした？」

「テレビ台にぶつけたんだと思う」

落ち着け、慎重にな、アトラス。ぼくはギアをリバースにいれ、駐車場からバックで車を出した。「救急の診療所に寄って、傷を診《み》てもらおう。脳震盪《のうしんとう》を起してないかも調べたほうがいい」

「大丈夫。何度か経験しているから、脳震盪なら自分でわかる」

脳震盪なら自分でわかる？　その言葉に、ぼくはぎりぎりと歯を噛みしめた。彼がこれまでどんな経験してきたのか、わかっていなかった。危うく彼を地獄の炎の中に送り返すところだった。「念のためだ」そう答えたが、実際の意味はこうだ。今後、母親に虐待されていたという証拠が必要になるときのために、念のため、けがの証明書を取っておいたほうがいい。

18

リリー

アトラスに再会してから五日が経った。お互い忙しいことについては、あまり考えないようにしている。アトラスにエミーを会わせてもいいと思えるようになれば、彼に会える時間が増えるとわかっているからだ。でも誰かをエミーに会わせる前にやらなくちゃならないのは、彼女の父親に、他の男性と付き合っていると伝えることだ。

やらなきゃならないことがやりたくないことの場合は悩ましい。わたしはそれを、できるだけ先伸ばししようとした。辛抱強いのはわたしの長所の一つだ。

結婚式を控えたルーシーが休んでいるせいで、花屋は今週、人手不足で忙しい。アトラスも保護権申請のための手続きと二軒の店の仕事、そして弟の世話で忙しかった。そのうえ、先週のママの発熱がインフルエンザだと判明して、エミーの世話を頼むことができなかった。そのせいで、わたしは今週、三日ある出勤日のうち二日は、エミーを連れて出勤するはめになった。

とにかく大忙しの一週間だ。忙しすぎて、車で寄って、一瞬ハグしてもらう時間もなかった。今日はライルとマーシャルが娘たちを動物園に連れていった。動物園を楽しむには、エミーはまだ幼すぎる気もするけれど、ライルにとっては興味深い一日になるだろう。

エミーのミドルネームについては、先週、ルーフトップで話をして以来、何も話していない。でも、今朝のエミーの引き渡しは順調だった。少しそっけない態度だったけれど、今もときどき彼が示す、妙な馴れ馴れしさよりははるかにましだ。

今日はライリーがいないから、アリッサもわたしと一緒に店に出ている。一時間ほどかかって、今日の注文の花をすべて配送のトラックに積み込んだ後、テイクアウトのコーヒーを手に戻ってきたアリッサと、先週のアトラスとのデート以来、ようやくプライベートなことを話せる時間ができた。

アリッサはわたしの分のコーヒーを差し出し、パソコンのマウスをクリックして、新しいオンラインの注文が来ていないか確認した。

「ルーシーの結婚式には何を着ていくつもり？」彼女にたずねる。

「わたしとマーシャルは欠席なの」

「そうなの？」

「行けないのよ。両親の結婚四十周年で。ライルとわたしで、なんていうか、サプライズの夕食会をひらくことにしているから」

話はきいていたけれど、それがルーシーの結婚式と同じ日だったとは思わなかった。

「ライルが仕事を休めるのがその日しかなくて」アリッサは言った。

わたしは肩を落とした。ライルのスケジュールにはいつもムカつく。それでも脳神経外科医として一番の新米の時期は過ぎて、多少ましになったけれど。彼の不規則な勤務は親権交渉では不利にならないのに、同僚の結婚式と両親のお祝い、どちらかを選ばせるという不自由をわたしの親友に強いている。

ライルのせいじゃないのはわかっているけれど、どうにもできないことで彼をひそかに責めるのは好きだ。胸がすっとする。

「ルーシーはあなたたちが欠席するって知ってる?」

アリッサはうなずいた。「かまわないって。二人分食事が少なくて済むしね」コーヒーを一口飲む。「アトラスと行くの?」

「誘ってない。あなたやマーシャルも行くと思ってたし、それにわたしのために、また二人に嘘をつかせたくなかったから」先週、デートのためにアリッサにエミーを預けたことを、わたしは申し訳なく思っていた。考えが足りなかった。ライルにエミーを預かった理由をきかれたら、彼女に嘘をつかせてしまうことになる。そして実際、アリッサは彼に嘘をつくはめになった。

「付き合ってる人がいるって、いつライルに言うつもり?」

わたしは小さくうめいた。「言わなきゃだめ?」

「どうせ、そのうちばれるわ」

「グレッグとか、そんな名前の誰かとデートをしていることにできたらいいのに。まあ、ライルはグレッグにも脅威は感じるだろうけど。誰とデートしているのかがはっきりしなければ、彼もそれほど腹を立てないかも。十年とか二十年の時間をかけて、ゆっくり相手はアトラスだと知らせていくの」

アリッサは声をあげて笑い、いぶかしげな顔でわたしを見た。「ところで、いったい全体、ライルはなぜそんなにアトラスを嫌ってるの？」

「アトラスと付き合っていた頃の思い出の品を、わたしがまだ持っていたことが気に入らなかったの」

アリッサはわたしを見つめた。「ほかには？」

わたしは首を横に振った。それだけだ。「どういう意味？」

「ライルに隠れてアトラスと浮気をしたとか？」

「まさか！　するわけないでしょ。ライルを裏切ったことは一度もない」一瞬、アリッサの質問にむっとしたけれど、すぐに思い直した。ライルのあの反応を見れば、よほどのことがあったと思われても当然だ。

アリッサの目が困惑に泳ぐ。「よくわからないわ。アトラスと浮気をしたわけでもないのに、兄さんはなぜ、あれほど彼を憎んでるの？」

わたしは大げさにため息をついた。「わかんない。わたしも自分で自分にきいてる」

彼女は親しい仲だからこその率直さで言った。「変なこときいちゃってごめん。浮気をしたなんて自分からは言えないだろうし、とくにわたしには言いにくいだろうと思って」

「アトラスとはキスもしてない。最後にキスをしたのは十六歳のときよ。ライルは、わたしの過去がときどきひょっこり現在《いま》に顔を出すと、パニックになるの。完全にプラトニックなのに」

「待って。十六歳からずっと、アトラスとキスしてないの？」彼女の興味は、今までの会話とはまったく違うところに移った。「先週のデートでも?」

「ふたりで決めたの。わたしたちの関係はゆっくり進めようって。ゆっくりであればゆっくりであるほど、ライルに打ち明けるまでの時間が稼げるし」

「絆創膏《ばんそうこう》をはがすときみたいに、一気にやったほうが楽よ」アリッサはカウンターの上のわたしのスマホを指差した。「今すぐライルに、アトラスとデートしてるって連絡して。兄さんなら乗り越えられるわ。ほかに選択肢はないんだし」

「ちゃんと会って話をすべきよ」

「じれったいわね。考えすぎよ」

「わかってないのね。本気でライルが〈乗り越えられる〉と思っているなら、あなたは自分の兄のことをまだよく知らないのよ」

「まあ、かもね」アリッサはため息をついて、片肘をついた手のひらにあごをのせた。「マーシャルがあなたにわたしの浮気の話をしたでしょ」

よかった、話題が変わった。「ええ、驚いた」

「お酒のうえの失敗よ。まだ十九だったたしね。二十一歳になる前のことは全部チャラよ」

わたしは吹き出した。「あれって本当の話?」

「まあね」彼女はひょいとカウンターに腰かけると、両足をぶらぶらさせた。「アトラスのことをもっと教えて。元夫の妹としてじゃなくて、親友としてのわたしに」

結局、この話題だ。話が脇にそれたのはほんの一瞬だった。「嫌な気分になったりしない?」

「なぜ? ライルがわたしの兄さんだから? 全然。彼は兄さんより優しそうよね。でなけりゃ、リリーがギリシャ神とデートするはずないもの」彼女はにやにやしながら、眉毛を動かした。「で、どんな人？　ちょっと謎めいてるわよね」

「そんなことないわ。わたしにとってはまったく」自分の顔に笑みが広がっていくのを感じたけれど、まあしょうがない。「とても話しやすい人よ。それに優しい。マーシャルと似た優しさだけど、彼のようにわかりやすくはない。もっと控えめなの。彼は仕事が忙しくて、わたしもずっとエミーと一緒だから、ふたりで過ごす時間はなかなか作れない。おまけに今週、弟がいるのが発覚して、あたふたしてる。だから今はもっぱらメッセージと電話でやりとりしてるわ。つまらないけどね」

「だからひっきりなしにスマホをチェックしてるのね？」

そう言われて頬が熱くなる。さりげなくしていたつもりだったのに、しっかり気づかれていたなんて。知られたくなかった。わたしたちがどれほど頻繁に彼とやりとりしているか、わたしがどれほど彼のことばかり考えているのか。

アリッサにアトラスについて話すのをためらうのは、ライルがもう彼に怒りをぶつけないとはっきりするまで、自分もアトラスとのことを手放しで喜べないからだ。

そんなことを考えている最中に、メッセージが着信した。必死で笑みをこらえる。

「彼から？」アリッサがたずねる。

わたしはうなずいた。

「なんて？」

「ランチを持って来てほしいかって」

「ほしい！」アリッサが力を込めて言った。「お腹がへって死にそうって返信して。友だちも腹ペコだって」

わたしは笑いながら、アトラスに返信した。**今日はふたり分お願いしてもいい？　同僚が、わたしにだけ持ってくるなんてずるいって**

彼からはすぐに返信があった。**一時間後に**

＊　＊　＊

ついにアトラスが現れたとき、アリッサとわたしは二人とも接客で大忙しだった。彼は茶色い紙袋を抱えている。カウンターの横で待っていてと手振りで示すと、彼はお客が途切れるまでじっとそこで待っていた。先に接客を終えたアリッサは、それから少なくとも五分間、店の反対側、わたしにはきこえない場所でアトラスと二人きりでおしゃべりをしていた。目の前の対応に集中しようと思っても、無邪気な彼女の口からどんな言葉が飛び出しているのかと思うと気が気じゃない。

だがアトラスは嬉しそうだ。何を話しているのか知らないけれど、会話を楽しんでいる。

ようやく二人に合流したときは、十年は経っている気がした。彼のところへ行くと、アトラスはひょいと身をかがめてわたしの頰にキスをした。挨拶のあとも、わたしの肘に触れた彼の指が、しばらくそこに留まっている。ただそれだけのことに、全身がぞくぞくし、眩暈を覚えて、とても冷静ではいられない。

アリッサは物知り顔で微笑んでいる。「アダム・ブロディー？」

何の話か、にやにやしているアトラスを見て初めてわかった。彼が初めてわたしの家に来たとき、わたしの寝室の壁にはアダム・ブロディーのポスターが貼ってあった。

わたしはアトラスの腕を軽く叩いた。「十五歳だもの！」

彼がおかしそうに笑った。アリッサが彼に感じよく接してくれたのが嬉しい。もちろん、彼女には兄に忠誠を捧げる権利がある。でも、誰かが嫌っているというだけで、自分もその相手をぞんざいに扱うという発想は彼女にはない。

アリッサは友だち、あるいはきょうだいに非がある場合、世界を敵にしてもその人を守るというタイプじゃない。そこが彼女の一番すばらしいところだ。わたしもまた、誰かに対して盲目的に忠誠を誓うことはしない。友だちがばかなことをすれば、その愚かさを指摘する。一緒になってばかはしない。

自分の友だちにも、そんなふうに接してほしいと思っている。大切なのは忠誠より誠実さだと思う。忠誠は誠実さがあってこそのものだから。

「ランチをありがとう」わたしは言った。「ジョシュの学校は決まった？」

アトラスは自宅近くの学校にジョシュを転校させようとしている。今まで通っていた学校は、町の反対側にあるからだ。

「うん。ぼくの提出した書類を、学校がすみずみまで見ないことを祈るよ。ちょっとした嘘をついたから」

「大丈夫よ。早く彼に会いたいわ」

「その子、何歳なの？」アリッサが横からたずねた。

「十二歳になったばかりだ」とアトラス。

「うわぁ」アリッサが叫ぶ。「むずかしい年ごろね。でも少なくともベビーシッターを雇う必要はない。いい兆候だわ」指をぱちんと鳴らす。「子どもといえば、リリーは今度の土曜日、結婚式に出るから、エマーソンを預けるの。大人の女性として、一晩ひとりで出かけるのよ」

わたしははっとしてアリッサを見た。「自力で誘おうと思ってたのに。お節介ね」

アトラスはきき逃さなかった。「結婚式？」口角がかすかに上がる。「式の間、ずっと居眠りするんだよね？」

たちまち赤くなったわたしを、アリッサが不思議そうに見る。アトラスは彼女に向かって言った。「一回目のデートで、ずっと寝ていたってきいてない？」

わたしはわざとアリッサは見なかった。でも彼女の視線を感じる。「疲れてたの」言い訳にもならない言い訳だ。「たまたまよ」

「その話もっと詳しくききたいわ」アリッサは言った。

「リリーはレストランに向かう途中の車で居眠りしたんだ。駐車場で、一時間以上眠っていた。ぼくらはレストランに入りさえしなかった」

アリッサは笑いだし、わたしはカウンターの下に潜り込んで隠れたくなった。

「誰が結婚するの？」アトラスがわたしにたずねる。

「友だちのルーシーよ。彼女、ここで働いてるの」

「何時？」

「七時。夜の結婚式なの。もし行けたら……」

「行くよ」ふたりきりならよかったのに……アトラスの目が語った。そのまなざしに、背中がぞくぞくする。「店に戻るよ。ランチを召し上がれ」アトラスはアリッサに向かって軽くうなずいた。「会えてよかった」

「わたしも」彼女も答えた。

アトラスは口笛を吹きながら、出口へ向かっていく。ご機嫌だ。その様子に、わたしは胸が一杯になった。彼の機嫌の良さに少しでもわたしが関わっているのかどうかはわからない。でもずっと彼のことを心配し続けていたわたしの中の十代の少女は、彼が今、楽しい日々を過ごしているのをとても喜んでいる。

「いったい彼のどこがだめなの？」

アリッサが、アトラスがたった今、出て行ったばかりのドアをじっと見つめながら言った。

「どういう意味？」

「信じられない。彼がまだ独身で、ガールフレンドもいないなんて」

「うまくいけば、ガールフレンドはもうすぐできそうだけど」わたしはにやにやした。

「ベッドではダメダメなのかもね。だから独身なのかも」

「ベッドでも最高よ」

彼女は口をぽかんとあけた。「まだキスもしてないって言ったのに、なぜわかるの？」

「キスしてないのは、大人になってからよ」わたしは言った。「忘れてるみたいだけど、彼とわたしは長い付き合いなの。彼はわたしの初めての相手で、すごくよかった。今はもっとよくなってるはずよ」

アリッサはまじまじとわたしを見つめた。「よかったわね、リリー」だが、かすかに顔をしかめている。「マーシャルもきっと彼を好きになるわ。とても感じのいい人よね」まるでそれが問題だと言わんばかりだ。

「それって悪いこと？」

「どうかな、わからない」アリッサは言った。「この件はいろいろややこしいもの、わかるでしょ？　でもリリーがライルに話すのをためらう理由がわかった。自分の元妻が、あんなミスター・パーフェクトと寝てるって知ったら、そりゃめちゃくちゃ凹むわよね」

　わたしはぐっと片眉を上げた。「妻を殴ってしまったことに凹むよりはましなはずよ」自分の口からそんな言葉が飛び出したのに、わたしは少しショックを受けた。だが一度口から出た言葉を取り戻すことはできない。取り戻す必要があるとも思わない。なぜならラッキーなことに、わたしの親友は、愚かな兄のために世界を敵に回す《ライド・オア・ダイ》妹じゃない。

　気を悪くするところか、アリッサは大きくうなずいた。「言うわね。でも、そのとおりよ、リリー」

19

アトラス

十二歳にウーバーを利用させるのは早すぎるのかもしれない。だが、放課後ジョシュを一人で家に置いておくのも嫌だ。だから学校が終わったら、ウーバーでレストランに寄らせることにした。今週の初めには、彼が壊したものの修理代を払うために、店の手伝いをさせることも話している。

着いたら、店の前で迎えようと、スマホの地図上で移動するウーバーの位置を確認する。車から降りてきたジョシュは、数日前に会った子どもとはまるで別人だった。体に合ったサイズの服を着せ、昨日は散髪をさせた。背中のバックパックにはスプレー缶ではなく教科書が詰まっている。

サットンが今の彼を見ても、誰かわからないかもしれない。

「学校はどうだった？」今日は転校二日目だ。昨日、ジョシュは同じ質問に普通と答え、それ以上何も言わなかった。

「普通」

十二歳から引き出せる言葉はこれがせいぜいかもしれない。ぼくがレストランのドアをあけると、ジョシュは入る前に少しためらった。店の建物をしげしげと眺めている。「二週間ここで寝てたのに、正面の入口から入るのは初めてだなんて、なんか変な気持ちだ」

ぼくは笑って、レストランの中へ入る彼の後に続いた。ジョシュをセオに会わせるのが楽しみだ。だが、セオにはまだ何も話していない。数分前、セオが店にやってきて、裏から入ってくると同時に、ジョシュを迎えに表の入口に向かったからだ。

セオは先週以来、店に来ていなかったし、ぼくもジョシュをここに連れてこなかった。休暇をとって、彼の生活を整えるためにさまざまな手続きを済ませていた。厨房へと続く両開きの扉を通ると、ジョシュは立ち止まった。厨房の喧騒《けんそう》を目を丸くして見つめている。営業中と彼が眠っていた夜とでは、まったく様子が違うはずだ。

ぼくのオフィスにつづくドアが開けっ放しになっている。つまり、セオは中にいて、宿題をしてるってことだ。ぼくは一緒に来るようジョシュに声をかけて、オフィスに入った。セオはぼくのデスクで本を読んでいた。顔を上げ、ぼくを見て、ジョシュを見る。それから椅子の上で、思いっきりのけぞった。「なんでここにいるの？」

「おまえこそなんでここに？」ジョシュがセオにたずねる。

お互い顔見知りのようだ。ボストンの学校は規模が大きいし、いくつもある。まさか二人が知り合いだとは思わなかった。セオがどの学校に行っているのかもよく知らなかった。「知り合いか？」ぼくはたずねた。

セオが言った。「うん、うちの学校の転校生」それからジョシュに言う。「なんでアトラスを知ってるの？」

ジョシュはバックパックをおろすと、あごでぼくを示して、ソファにどすんと座った。「おれの兄さんだから」

セオはぼくを見て、ジョシュを見た。そしてもう一度ぼくを見る。「アトラスに弟がいるって、なんでぼくが知らなかったわけ？」

「話せば長くなる」ぼくは言った。

「セラピストに話しておくべきだって思わなかったの？」

「ここ一週間、店に顔を見せなかっただろ」

「毎日放課後に数学の練習があったからね」彼は言った。

「数学の練習？　それは何をするんだ？」

ジョシュが割り込んだ。「ちょっと待って。セオがあんたのセラピスト？」

セオが答えた。「そう、無報酬だけどね。きみの数学の先生ってトレント？」

「ううん、サリー」ジョシュが言った。

「最悪」セオはまた、ぼくとジョシュを交互に見た。「なんで、弟がいるって教えてくれなかったの？」まだ納得できないようだ。だが、今は説明する時間がない。厨房の仕事が滞《とどこお》っている。

二人が知り合いだと知ってほっとしたけれど、もっとほっとしたのはセオがジョシュのそばにいて、リラックスしていることだ。セオのことはよくわかっている。ジョシュと顔を合わせたのが嫌なら、何かしらの反応を見せたはずだ。

＊＊＊

　一時間後、厨房のスタッフが全員出勤してくると、ようやく数分だけ休憩を取ることができた。オフィスをのぞくと、ジョシュとセオが、セオが手にしているマンガについて何やら熱く語り合っている。「邪魔して悪いね」ぼくはジョシュについて来るよう、手振りで促した。「宿題？　終わったか？」

「まあね」彼は言った。

「まあね？」まだ彼の〈まあね〉がどういう意味なのかよくわからない。「それってイエス？　ノー？　だいたい？」

「イエス」ジョシュはため息をつき、厨房までついて来た。「だいたいかな。今夜終わらせる。脳みそがキンキンする」

　ぼくは彼を厨房のスタッフに紹介し、最後にブラッドにも紹介した。「ジョシュ、こちらはブラッド、セオのお父さんだ」手振りでジョシュを示す。「こいつはジョシュ。ぼくの弟だ」

ブラッドはとまどったように額にシワを寄せたが、何も言わなかった。「ジョシュには働いて返すべき借金があるんだ。何か彼にできる仕事はないかな？」

「おれが？　借金？」ジョシュは困惑顔だ。

「クルトンの分だ」

「ああ、それね」

　ブラッドは今の会話でピンと来たようだ。ゆっくりうなずくと、ジョシュに言った。「皿を洗ったことはある？」

ジョシュはくるりと目を回すと、ブラッドについてシンクに向かった。

子どもを働かせるのはどうかと思うけど、かといって数千ドルの損害に対して、何もさせないのもどうかと思う。一時間の皿洗いで、差し引きゼロにすることにしよう。

ジョシュをオフィスから連れ出したのは、本人のいないところで、彼についてセオにきいてみたかったからだ。

セオはぼくのデスクで、バックパックに宿題をしまおうとしていた。ソファに座り、ジョシュについて質問しようとしたところで、セオが先に口をひらいた。「リリーとキスした？」

セオはいつもぼくのことはいろいろきくのに、自分のことを話そうとしない。

「まだだ」

「何それ？　正直、ときどきいらいらするよね」

「ジョシュのこと、どのくらい知ってる？」ぼくは話題を変えた。

「転校してきてまだ二日だから、そんなには……。いくつか同じ授業を受けてるだけだ」

「学校での様子はどう？」

「さあね。ぼくは先生じゃないから」

「成績じゃなくて、まわりとうまくやってるかってことだ。友だちはいる？　いい子かな？」

セオは首を傾げた。「ぼくにそれをきくの？　自分の弟だろ？」

「会ったばっかりだ」

「ああ、ぼくも会ったばかりさ」セオは言った。「なのに、アトラスはぼくに誘導尋問してる。

わかってると思うけど、子どもって、ときどきいじわるなことをするからね。だろ？」

「ジョシュが？　いじわる？」

「いじわるには色んな種類がある。ジョシュがいじわるなのは、良いほうの意味だ」

さっぱりわからない。狐につままれたようなぼくの表情を見て、セオは解説をはじめた。

「たとえば、彼はいじめっ子をいじめるタイプだ。わかる？」

ぼくは不安になった。「つまりジョシュは……いじめっ子の親分ってことか？　最悪じゃないか」

セオはあきれたように目を回した。「説明するのがむずかしいな。ぼくはあの学校で一番の人気者ってわけじゃない、それはわかるよね。入ってるのは数学クラブだし、それに……」彼は肩をすくめて、最後まで言わなかった。「でもジョシュみたいな子に対して、ぼくは怯《おび》えなくてもいい。いい子かってきかれたら、どう答えればいいかわからない。だってジョシュはいわゆる〈いい子〉じゃない。でも、悪い子じゃない。少なくとも、何もしない人間にいじわるやいじめはしない」

ぼくはしばらく押し黙り、今きいた情報を整理しようとした。話をする前より、もっと混乱しているかもしれない。だが、セオがジョシュを怖がってないのはいいニュースだ。

「それより」セオがバックパックのファスナーを閉めた。「アトラスとリリーのことだ。もう自然消滅？」

「まさか。お互い忙しいだけだ。明日、一緒に結婚式に行く」

「ついにキスできそう？」

「むこうがその気なら」

セオはうなずいた。「きっと大丈夫だよ。キモいことさえ言わなきゃね。たとえば、あの船《ship》をごらん、さあ唇《lips》を合わせようとかさ」

ぼくはソファのクッションをつかんで、セオにむかって投げつけた。「新しいセラピストを雇うぞ。ぼくをからかわない人を」

20

リリー

結婚式のフローリストと招待客、二つの役割を担うのは大変だ。昼間はずっと、会場の花がルーシーの希望どおりになるよう駆け回り、夕方には店を早じまいするために、他のオーダーを大急ぎで仕上げて、セリーナと一緒にトラックに積みこんだ。

そろそろアトラスがアパートメントに迎えにくる時間だけど、まだまったく準備ができていない。アトラスから上まであがっていっていいかとたずねるメッセージが来た。ふたりの関係は何もかもが手探り状態で、慎重になっているのかもしれない。いきなり部屋に来て、ドアをノックしたら、ほかに誰かいるかもしれないし、その人が、ふたりで一緒に結婚式に行くことを知られていい相手かどうかわからない。

わたしが彼と一緒に結婚式に出席するのをためらった理由もまさにそれだ。でも、今日の式の出席者は誰もライルのことも知らないはずだ。ルーシーとわたしは交遊関係がまったくかぶっていない。それに万が一ライルを知っている人がいたとしても、リスクをおかすだけの価値はある。アトラスが一緒に行くと言ってくれたのだから、わたしは今夜を楽しみにしていた。

上がって来て、まだ準備の最中よ

しばらくすると、ノックの音がきこえた。ドアをあけ、彼を招き入れようとしたとたん、自分の目がアニメみたいに二倍の大きさになったのを感じた。「ワオ」黒のデザイナーズスーツを身につけたアトラスに目が釘付けになる。おかげで普段、誰かを招き入れるよりもずっと長く、彼を廊下に立たせるはめになった。彼を目の前にすると、基本的なおもてなしの作法など、どこかに吹っ飛んだ。

彼はブーケを持っている。でも花じゃない、クッキーのブーケだ。

彼がそっとブーケを差し出す。「花は十分あると思って」体をかがめ、わたしの頬にキスをする。ひょいと顔をずらして、そのキスを唇で受け止めたい衝動に駆られたけれど、いずれ遠くないうちにそうなることを願うだけにした。

「さすがのチョイスね」わたしは彼を手振りで招き入れた。「入って。えっと、そうね、十五分で支度をするから」

一日中忙しくて、食事をする時間もなかった。クッキーの包みをあけて、一口かじる。それからそのクッキーをくわえたまま、彼に言った。「ごめんなさい、お行儀が悪いわよね。お腹がへって死にそうなの」わたしは寝室を指差した。「支度をしている間、一緒に中で待っていて。長くはかからないから」

アトラスは部屋を見回しながら、寝室までついてきた。

ベッドに広げておいたドレスを手に、バスルームに入る。着替えをしながら話ができるよう、ドアは細くあけたままにしておいた。「ジョシュはどこにいるの?」

「ポーカーナイトのブラッドを覚えてる？」

「ええ、もちろん」

「あいつの息子のセオが、ジョシュと一緒に家で留守番をしてる。二人は同じ学校に行っているんだ」

「学校はどう？」

姿は見えないけれど、バスルームの近くで声がする。「順調だ、たぶんね」ドアのすぐ横にいるようだ。わたしはドレスを頭からかぶりながらドアを大きくあけた。スパゲッティみたいに細い肩ストラップの、ワイン色のドレスだ。それに合わせたショールは、まだクローゼットにぶら下げたままだ。

クローゼットから現れたわたしを見て、アトラスが頭のてっぺんから爪先まで、視線を走らせた。照れくさくて、わたしは彼が誉め言葉を口にする前に言った。

「ファスナーを上げてくれる？」髪を持ちあげ、背中を向けると、彼のとまどいを感じた。あるいはこの瞬間を味わっているのかもしれない。

数秒後、ファスナーを上げる彼の指を背中に感じた。指が触れた部分の肌がぞくぞくする。ファスナーが閉まると、わたしは髪をおろして彼に向き直った。「お化粧しなきゃ」バスルームに戻ろうとしたとたん、アトラスがわたしのウエストをつかんだ。

「おいで」そう言うと、わたしをぐっと引き寄せる。うっとりとわたしの顔を数秒見つめ、微笑んだ。今にもキスしそうな表情だ。「お誘いありがとう」

わたしも微笑み返した。「来てくれてありがとう。今週は忙しかったでしょ」

アトラスの目は疲れて見えた。ストレス続きで寝不足なのか、いつもの輝きが少しばかり陰っている。わたしは思わず彼の頬を両手で包んで言った。「疲れてるなら、ウーバーを呼ぶ？　一杯飲みたい気分なんじゃない？」

アトラスはわたしの手を取り、手のひらに優しくキスをした。わたしの指に指を絡める。口をひらいて何か言おうとした瞬間、彼の目がわたしのタトゥーをちらりと見たのを感じた。

彼はわたしの肩にあるハート型のタトゥー――彼がいつもキスをした場所に、わたしが入れたタトゥーだ――を見たことがなかった。指先でそっとその形をなぞり、わたしの目をのぞきこんだ。「いつこれを？」

一瞬、言葉が喉にひっかかり、わたしは咳払いをした。「大学生のときよ」何度もこの瞬間を想像していた。このタトゥーを見て彼がなんて言い、どう思うか。

彼は静かにわたしを見つめ、それからもう一度タトゥーを見た。彼の息が鎖骨にかかる。

「なぜこれを？」

理由はいろいろある。でも、わたしは一番の理由を選んで言った。「あなたが恋しくて」

わたしは、昔、何度もしてくれたように、彼がその部分に唇をそっと押しつけるのを待った。それからわたしにキスをして、唇の動きだけでありがとうと伝える瞬間を。

アトラスが次にとった行動は、そのどちらでもなかった。もう一度、タトゥーを見つめると、わたしを抱き寄せていた手を離し、くるりと背を向けた。そして冷静な声で言った。「早く準備をしないと遅刻するよ」寝室のドアに向かい、振り返りもしない。「リビングで待ってる」

あまりのショックに息ができない。

予想外の反応だ。わたしの頭は真っ白になり、その場で動けなくなった。それでもどうにかこうにか支度を終える。わたしが彼の反応を勘違いしただけで、悪い意味ではないのかもしれない。もしかして嬉しさのあまり、一旦、ひとりで考える時間が欲しかっただけかも。

理由が何であれ、メイクをしている間も、わたしはずっと涙を必死でこらえていた。泣いても当然だ。傷ついたし、これはその夜、予想していた展開とはまるで違う。

クローゼットから靴を探し、ショールを手に寝室から出る。もしかしたらアトラスは帰ってしまったかもしれない。そう思っていたけれど、彼はまだそこにいた。廊下にいて、壁に掛かったエミーの写真を見ている。わたしが寝室から出てきた気配で、彼はこちらをちらりと見て、それからわたしへまっすぐに向き直った。

「ワオ」彼は心の底から感嘆の声をあげた。さっきのそっけなさが嘘のようだ。「きれいだ、リリー」

彼の賞賛の言葉に嬉しさがこみあげる。でもちょっと前の豹変ぶりをなかったことにはできない。自分自身や両親の関係を見て学んだことがあるとしたら、それはただ一つ、大事なのは、都合の悪いことを見なかったふりでラグの下に隠してしまわないことだ。ラグがそこにあるのも嫌だ。

「なぜわたしのタトゥーを見て腹を立てたの？」

わたしの質問に不意を突かれ、彼はネクタイをいじりながら言い訳を探している。だが何も見つからないようだ。廊下はしんと静まりかえり、彼の荒く、ゆっくりした呼吸だけが響いた。

「タトゥーのせいじゃない」

「じゃあ何？　なぜわたしに腹を立てたの？」

「きみに腹を立てたんじゃない」彼は強い口調で言った。だが、タトゥーを見たあと、彼の様子がおかしくなったのは確かだし、この関係を嘘から始めるのは嫌だ。わたしが見る限り、彼もそんなことは望んでいないと思う。ただ、今、このタイミングで、その話を持ち出すべきかどうか迷っているようだ。

彼は両手をズボンのポケットに突っ込んで、ため息をついた。「きみを救急治療室に連れて行ったあの夜……看護師がきみの肩に包帯を巻いた」つらそうな声だ。でも、わたしと目を合わせた瞬間、声よりもはるかに大きな動揺が表情に浮かんでいた。「きみが看護師に、夫に噛まれたと言うのがきこえたけれど、ぼくはすぐそばにいなかったから、きみが……」口ごもり、大きく息を吸う。「傷が見える距離にいなかったから、きみがそこにタトゥーを入れていたことも、彼が噛んだのが……」やや間があって、アトラスは言った。「そのせいで噛まれたの？　彼が日記を読んで、きみがぼくを想ってタトゥーを入れたことを知ったせいで？」

膝が震える。

アトラスがこの話をしたくなかったわけがわかった。これからふたりで出かけようとするときに話すには重すぎる話題だ。緊張で硬くなったみぞおちに片手を当て、彼の質問に答えようとしたけれど、なかなか言葉が出てこない。わたしの代わりに、彼がどれほど憤りを感じているかがわかったからだ。

彼を傷つけたくない。でも嘘もつきたくない。もちろんライルをかばうつもりもなかった。アトラスの言うとおりだ。まさしくそれが、ライルがわたしの肩を噛んだ理由だ。でもこれからずっと、タトゥーを見るたびに、アトラスがその恐ろしい出来事を思い出すのは嫌だ。

　わたしが黙っているのを見て、彼は自分の言ったとおりだったと確信した。顔をゆがめ、わたしに背を向ける。大きく深呼吸をして、懸命に気持ちを落ち着けようとしている。怒りは爆発寸前だけれど、ここにはその怒りをぶつけるべきライルはいない。

　アトラスの怒り、その怒りをわたしは怖いとは思わなかった。

　次の瞬間、わたしははっと気づいた。今、自分のアパートメントで、怒りに満ちた男とふたりっきりでいる。けれど、命を脅かされているとは感じない。なぜなら彼の怒りはわたしに向けられてはいない。わたしを傷つけた人物に向けられている。わたしを想うがゆえの怒りだ。そしてそれが二人の怒りに対する、わたしの反応の大きな違いだ。

　アトラスはふたたび、わたしに向き直った。歯を食いしばり、首には血管が浮かび上がっている。「今度彼に会ったら、冷静でいられるかわからない」つぶやいた彼の声には罪の意識がにじんでいた。「きみのそばにいるべきだった。もっとぼくにできたことがあるはずだ」

　彼の怒りはわかる。でも、アトラスが罪の意識を感じる必要はまったくない。あのときのわたしは、アトラスが何を言っても、何をしても、ライルへの見方は変わらなかったと思う。自分でその境地にたどり着くしかなかった。

　わたしはアトラスに歩み寄り、彼の向かい側の壁に背中を預けた。彼も反対側の壁にもたれ、わたしたちは向かいあわせで見つめあった。彼の胸には、今もさまざまな感情が渦巻いているに違いない。しばらくは何も言わず、彼をそっとしておきたい。でも、アトラスが抱えている罪の意識についてはちゃんと話しておきたい。

「初めてライルに殴られたのは、わたしが彼を笑ったからよ。少し酔っぱらっていて、おもしろがってはいけないものをおもしろいと思った。そして彼に手の甲で殴られた」

それをきいて、アトラスはわたしからさっと視線をそむけた。こんな話、彼はききたくないかもしれない。でもわたしはずっと話したいと思っていた。彼はまだ壁を背に立ち尽くしている。ライルが今どこにいようとも、彼のところまで走っていって殴りかかりたいのを、必死にこらえているように見える。ふたたび目があったとき、彼は険しいまなざしで、わたしの話が終わるのを待っていた。

「二度目は、彼がわたしを階段から突き落とした。彼がスマホケースの中にあった、あなたの電話番号を見つけて口論になったの。そして彼がわたしの肩を嚙んだのは……あなたの言うとおりよ。彼が例の日記を読んで、わたしのタトゥーがあなたを想って入れたもので、冷蔵庫につけていたマグネットがあなたからのプレゼントだと知ったからなの」わたしはふっと視線を落とした。自分の話が彼にどれほどのショックを与えたのか、つらくて見ることができない。

「かつてわたしはこんなふうに考えていたの。彼の怒りは自分の行動が発端になっているって。もし自分が笑わなかったら、彼はわたしを殴らなかった。もしあなたの電話番号を持っていなかったら、彼はわたしを階段の踊り場から突き落とすほどの激しい怒りには駆られなかったって」

アトラスはもうわたしを見ることさえしない。頭をそらし、天井を見つめて、わたしの話をききながら怒りに打ち震えている。

「でも自分のせいだとライルの行為を正当化しそうになるたびに、わたしはあなたのことを考えた。アトラスだったらどんな反応をするだろうって、自分に問いかけた。あなたの反応はまったく違うとわかっていたから。あのときと同じ状況で、わたしが笑ったら、きっとあなたなら一緒に笑ってくれたと思う。わたしを殴ったりせずにね。わたしを守ろうとした誰かが、万が一のためと電話番号を渡したら、あなたならきっと、その人に感謝したと思う。けっしてわたしを階段から突き落としたりしない。古い日記に、あなた以外の高校生の男の子のことばかり書いてあったら、あなたはきっとわたしをからかうわよね。青臭いと思った箇所を蛍光ペンでハイライトして、一緒に笑うと思う」

わたしはしばらく間を置き、アトラスがわたしを見るのを待ってから話を締めくくった。

「ライルがひどいことをするのは、わたしのせいかもしれない、そう考えそうになるたびに、わたしはあなたのことを考えるようにした。同じ状況でも、あなたが相手だったら、シナリオはまったく違ったものになるはず。そしてそう考えることで、何一つわたしの過ちではないと思いだせた。わたしがあの状況から抜け出せたのは、あなたのおかげよ。そこにあなたがいなくても」

アトラスは無言のまま、たっぷり五分はかけて、わたしの言葉をかみしめていた。そしてわたしに向かって歩いてくると、わたしにキスをした。ついに、ようやく。

右手で腰を抱き寄せられ、彼の舌が、やさしく、そっとわたしの唇を割って、入ってくる。髪の中にゆっくりと差し入れられた左手が、後頭部をやさしく包む。わたしの体の中で、彼を求める切望の糸がほどけ、解き放たれていく。

もう彼に迷いはなかった。彼の唇はいささかのためらいもなくわたしの唇をむさぼり、わたしも心から彼に応えた。彼を引き寄せ、もっと彼のあたたかさを感じようとする。彼の唇、彼の手の感触、懐かしいダンスだ。でも同時に、これはあらたな曲の始まりだ。なぜならこのキスはまったく違う成分でできている。わたしたちのファーストキスは恐れと若さゆえの未熟さでできていた。

このキスは希望だ。慰め、安らぎ、信頼でできている。それこそが大人になったわたしがずっと探していたものだ。幸せだ。今、わたしたちはようやく、ふたたび前を向いて進もうとしている。涙が止まらない。

21

アトラス

　これまで生きてきて、腹が立ったことは山ほどある。だが、リリーのタトゥーとそれを囲むように残った傷跡を見たときほど、激しい怒りに駆られたことはなかった。

　女性にこんな仕打ちをする男がいるなんて、理解できない。自分が愛し、守るべき人を傷つける人間がいるなんて。

　わかっているのは、リリーはもっと大切にされるべき存在だということだ。そしてぼくならそれを与えられる。このキスを始めたら、もう止めることはできない。ぼくたちはまるで失った時間を取り戻すかのように、何度も、何度も、見つめっては、唇を重ねた。

　あごから鎖骨へと唇を滑らせる。いつもそこにキスをするのが大好きだった。でも日記を読むまで、それを彼女に気づかれているとは知らなかった。タトゥーに唇を押しあてながら、ぼくは心に誓った。これからずっと、このタトゥーにキスをするたびに、彼女が幸せな時間を思い出せるようにする。彼女がこのハートを囲むいまわしい傷跡を忘れるために、百万回のキスが必要なら、百万と一回のキスをしてみせる。

うなじに一つ、そしてあごに一つキスをする。それから彼女の目を見つめ、ドレスのストラップをもとに戻した。このまま何時間でもこうしていたいけれど、結婚式に行く約束だ。

「もう行かないと」ぼくはささやいた。

彼女がうなずく。だが、もう一度キスをせずにはいられない。十代の頃から、ずっと待ち焦《こ》がれた瞬間だ。

＊＊＊

結婚式がどうだったか、ほとんど覚えていない。ずっとリリーばかり見ていたからだ。誰も知り合いはいないし、今夜、ようやくリリーとキスできた。彼女とふたりきりになって、もう一度キスがしたい、それ以外のことが考えられるわけがなかった。リリーも同じ気持ちでいるようだ。廊下で起きたあの出来事の後で、彼女の隣におとなしく座っているのはまるで拷問だ。

受付で、人で一杯の会場を見て、リリーはほっとした様子だった。早めに抜けてもルーシーには気づかれない、そう言って。もちろん、ルーシーを知らないぼくに異存があるはずがない。ぼくたちは一時間ほど他の客に紛れて過ごし、彼女がぼくの手をつかんだのを合図に会場を抜け出した。

まっすぐリリーのアパートメントまで戻り、暗黙の了解で部屋へ上がろうとする。ぼくは助手席のドアをあけ、帰る途中、足が痛いと言って脱いだヒールを彼女が履くのを待った。だが手もとがよく見えないのか、助手席で靴のストラップと格闘している。かといって、裸足で駐車場を歩きたくはないらしい。

「ぼくの背中に乗ってく？」

彼女は顔を上げ、まるでぼくが冗談でも言ったかのように笑った。「わたしを？　おぶってくれるの？」

「うん、靴を持って」

ぼくを見つめ、彼女はいたずらっぽく笑った。背中を向けたぼくの首に両腕を回しても、まだくすくす笑っている。ぼくは彼女を背中に乗せると、足で車のドアを閉めた。

部屋の前に来ると、前屈みになって彼女が鍵をあけられるようにした。ようやく中に入り、笑っている彼女を床に降ろす。振り返ったとたん、彼女は靴を放り投げ、ぼくにキスをしてきた。

さっきのところから続きをはじめるつもりだ。

「何時に家に帰らなきゃだめ？」彼女がたずねる。

「ジョシュには十時か十一時と言ってある」時計を見ると、十時を少し過ぎたところだ。「遅くなるかもしれないって電話したほうがいい？」

リリーはうなずいた。「絶対遅くなるわ。電話して。その間に飲み物を用意するから」彼女がキッチンへ向かうと、ぼくは携帯を出してジョシュに連絡した。パーティーをしていないか確認するため、ビデオ通話にする。セオがいれば大丈夫だと思うけれど、はめをはずさないとも限らない。

ジョシュが出たとき、スマホは床に置かれていた。彼のあごとテレビの明かりが映る。コントローラーを手にした彼が言った。「今、対戦中なんだ」

「どうしてるかなと思って。大丈夫？」

「大丈夫！」セオが叫んだ。

ジョシュはコントローラーを振り、ボタンを連打したが、次の瞬間、大きな声で叫んだ。「ちくしょうっ！」コントローラーを脇に投げ、カメラに顔を近づける。「負けた」

その後ろからセオも顔を出した。「結婚式っぽくないね。どこにいるの？」

ぼくは答えなかった。「今夜は遅くなるかもしれない」

「ああ、リリーの家にいるの？」セオが画面に顔を寄せた。にやにやしている。「ついに彼女にキスをした？　彼女にもぼくの声がきこえてる？　どんなふうなセリフで家に入れてもらったの？　リリー、人の結婚《wed》を見守ったね、さあぼくたちも飛び込もう――」

セオが「ベッド《bed》に」とその言葉を言い終える前に、ぼくは慌てて電話を切った。だがリリーにはすべてきこえていたらしい。ワインの入ったグラスを両手に持って、ぼくから数歩離れたところに立ち、困惑に首を傾げている。「今の誰？」

「セオ」

「何歳なの？」

「十二歳」

「十二歳の子に、わたしたちのことを話しているの？」

リリーはおもしろがっているようだ。ぼくは彼女からグラスを受け取り、一口飲む前に言った。「セオはぼくのセラピストだ。毎週木曜日の四時に会っている」

彼女は笑った。「中学生があなたのセラピストなの？」

「そう。でもクビにしようか考え中だ」片手を彼女の腰に回して引き寄せる。キスをすると、赤ワインの味がした。もう一度キスをする。もっと深く、もっと彼女を味わうために。

彼女はさっと体を引いた。「なんだか変なの」

何を変と言ったのかわからない。ぼくはそれがぼくたちの関係を指していないことを祈った。変なんて、この関係を表すために一番使いたくない言葉だ。「何が変なの?」

「あなたがここにいて、エミーがいないこと。自由な時間なんて、ずいぶん久しぶりだし、それに……男の人と過ごすのも」彼女はワインをもう一口飲むと、ぼくから体を離した。グラスをカウンターに置いて寝室に向かっていく。「来て、せっかくの時間を楽しまなくっちゃ」

彼女の誘いに、ぼくは迷わず飛びついた。

22

リリー

慣れたふうを装ったのに、寝室に一歩足を踏み入れた途端、それまでの自信はすっかりなくなった。

誰かとこう言うことになるのは久しぶり、というか、エミーを妊娠して以来、一度もない。出産後はセックスをしていなかったし、アトラスとも十六歳の時以来だ。頭の中で、その二つの考えが絡まって渦を巻き始めると、恐ろしく巨大な竜巻になった。

アトラスが数秒遅れて寝室の入口に現れたとき、わたしは寝室の真ん中で突っ立っていた。両手を腰において……ただ、そこに立っていた。彼はわたしをまじまじと見つめている。誘ったのはこっちだから、自分からリードすべきだという気がする。でも……。

「次に何をすればいいかわからない」わたしは白状した。「すごく久しぶりなの」

アトラスは声をあげて笑うと、ゆったりとした足取りでベッドへ向かった。彼は人を魅了せずに歩くことなどできない。動作の一つ一つがセクシーだ。ジャケットを脱ぐのも、脱いだジャケットをわたしのドレッサーの上に置くのも、靴を蹴って脱ぐのも。まいった、なにもかもがセクシーだ。彼はベッドに腰をおろした。

「話をしよう」彼はヘッドボードに背中を預けて、足首を交差させた。すごくくつろいだ様子で、その仕草ももちろんセクシーだ。

よそいきのドレスを着たまま、ベッドに横たわるのは嫌だ。リラックスできないし、いざとなったとき、脱がしてもらうのにも手間がかかりそうだ。「先に着替えをさせて」わたしはクローゼットに入り、扉を閉めた。

照明のスイッチを押しても、中は真っ暗なままだ。電球が切れているらしい。ったく。暗いままじゃ着替えができない。スマホも持ってこなかったから、ライトで照らすこともできない。もたつきながらも、なんとかファスナーをおろす。そのまま足もとにドレスを落とせばよかったのに、どういうわけか頭から脱ごうとして、髪がファスナーに絡まった。必死で絡まった髪をはずそうとする。でもドレスは重いし、この暗闇の中では、永遠に時間がかかりそうだ。かといって、鏡を求めてクローゼットから出るわけにもいかない。アトラスが外にいる。わたしは孤軍奮闘《こぐんふんとう》を続けた。だが数分が過ぎたところで、ついにアトラスが扉を軽く叩いた。

「大丈夫?」

「だめ。行き詰ってる」

「あけてもいい?」

身に着けているのはブラとショーツだけ、おまけにドレスが頭にのっかっている。これはきっと日頃の行ないのせい、クローゼットのカルマだ。「いいわよ。でも、裸同然なの」

笑い声がきこえた。扉をあけて、わたしの様子を見ると、彼はすぐに照明のスイッチを押した。当然、明かりはつかなかった。

「電球が切れてるみたい」

彼がわたしに近づく。「これはいったい？」

「髪が引っかかったの」

アトラスはスマホを取り出すとライトをつけ、何がどうなっているのかを調べた。それから髪とドレスを反対方向に強く引っ張る。すると、あら不思議、するりとドレスが床に落ちた。

わたしは髪をなでつけた。「ありがとう」腕で体を隠す。「とんだ赤っ恥ね」

スマホのライトはついたままで、ブラとショーツで立ちつくす姿をばっちり見られた。ライトを消しても、クローゼットの扉は全開で、寝室の明かりはついていたから、やっぱり丸見えだ。

わたしたちは一瞬、そこで固まった。彼はクローゼットから出て、わたしに着替えを終わらせるべきかどうか迷っている。わたしもそうしてほしいのかどうかわからない。

次の瞬間、キスをしていた。

どちらからともなく、引きつけられるように。彼の片手はわたしの頭を包み込み、もう一方の手はウエスト、いやその下、下着のラインをさまよっている。

わたしは彼の首に腕を回し、ぐっと自分のほうへ引き寄せた。おかげでふたりそろって、クローゼットにかかった服の列にむかって倒れこむはめになった。アトラスがわたしを引っ張って体勢を立て直す。キスをしながらも、彼が微笑んでいるのを感じる。ほんの少し唇を離して、彼が言った。「きみはクローゼットが大好きみたいだね」そして、もう一度わたしにキスをした。

わたしたちはそれからさらに数分、クローゼットの中でじゃれあった。思い出した。十代の頃、いつもこんなふうにしていたっけ。欲望、スリル、初めての経験、いや、今回の場合は久しぶりの経験だ。

彼とベッドで抱き合っているのが大好きだった。キスをしていても、おしゃべりをしていても、何かほかのことをしていても。わたしの部屋で彼と過ごしたのは、今でも一番のお気に入りの思い出だ。うなじにキスをされ、わたしはささやいた。「ベッドへ連れていって」

彼はよしきたとばかりに、両手をおしりの下へ滑らせ、わたしを抱えあげた。クローゼットを出て、ベッドに降ろすと、そのまま覆いかぶさってきた。

肌と肌が触れ合う感触に、彼が欲しくてたまらなくなる。けど、彼は昔と変わらず、ゆっくりと慈《いつく》しむように、その瞬間を味わっている。セックスをしなくても、わたしにキスができるだけで名誉だとでも言うように。

どうして彼はそんなに忍耐強くいられるのだろう？　早く服を脱いで、これを逃したら次はないとばかりに激しく求めてほしい。

たぶんわたしが望んでいることを知れば、彼はそうしただろう。でも、まだはじまったばかりだ。彼がゆっくりと進めるのは、わたしが望んだからだ。ペースを速めたい、わたしがそう言えば、彼はきっとその望みをかなえてくれるはずだ。

優しいアトラス。

やがて、決断を迫られるときが来た。引き出しにはコンドームがあるし、彼が帰るまでに、たぶんもう少し時間がある。だがキスをやめて、じっと見つめあったのち、彼はゆっくりと首を横に振った。ふたりとも息が荒い、夢中でキスをしていたせいで、少しばかり疲れている。彼はごろりと寝返りを打って、わたしの上から降りると、隣で仰向けになった。

彼はまだ服を着たままで、わたしもまだ下着姿だ。そこから先へは進まなかった。

「きみが欲しくてたまらない」彼はささやいた。「でも事が終わって、あわただしく帰るなんていやだ」彼は横向きになると、片手をわたしのお腹の上に置いた。わたしを見下ろす彼の目が語っている。まだ満足していない、かまうもんか、そう言ってきみを奪いたい。

わたしはため息をついて目を閉じた。「大人の責任なんて、くそくらえよね」

アトラスは声をあげて笑い、ふたたびわたしに体を寄せた。彼が唇の端にキスをする。「まだもう少し時間がある」そう言うと人差し指を、わたしの下着の中、おへそのさらに下に滑り込ませる。それからその指を前後に動かし、わたしの反応をうかがった。

彼の動きに応えて、腰を浮かす。

彼が指をもう二本増やすと、体に火がついた。彼が五本の指を全部使うと、我を忘れた。わたしは震える息を吐き、両手でシーツをつかんで、のけぞるように彼の手に腰を押しつけた。

彼の唇が唇の上を漂う。触れそうで触れない位置だ。彼はわたしの腰の動きとかすかな喘《あえ》ぎ声を手掛かりに、わたしを高みに導いていく。

恐ろしく直感的な彼の指使いに、わたしはたちまちのぼりつめた。両手を伸ばして彼の頭を引き寄せ、その瞬間、キスをした。

わたしが果てると、彼は下着から手を引き抜き、そのままその手をわたしの体の上に置いて、わたしが胸を激しく上下させながら、息を整え、落ち着くのを待った。

アトラスの荒い息がきこえる。でも、彼を見る余裕はなかった。

「リリー」彼が頬にそっとキスをした。「もしかして……」なんだか言いにくそうだ。わたしは目をあけて彼を見た。彼の視線がわたしの胸へ、そして顔に戻る。

彼は自分の着ていた白いシャツを引っ張って、見下ろした。そこに何か染みのようなものがある。

やだっ、嘘でしょ！

わたしはブラを見た。ぐっしょりと濡れている。サイアク。母乳だ。母乳がそこらじゅうに飛び散っていた。しまった。

アトラスはごく落ち着いた様子だ。寝返りを打ち、ベッドから降りると言った。「向こうに行ってる」

わたしはシーツで胸を覆ってから、ベッドの足もとにいるアトラスを見た。せっかくのムードがぶち壊しだ。「帰っちゃう？」

「帰るもんか」彼はわたしにキスをして寝室を出ていく。まるで自分以外の男の子どもに授乳中の女性といちゃつくのは、男にはよくあることだと言わんばかりに。びっくりしたはずなのに、そんなそぶりは少しも見せなかった。

わたしはバスルームに直行し、搾乳して、大急ぎでシャワーを浴びた。オーバーサイズのTシャツをさっとかぶり、丈の短いパジャマのズボンをはいてリビングに戻る。

アトラスはスマホを手に、ソファに座っていた。気配に気づいて、顔を上げ、わたしを上から下へ、ちらりと見る。わたしはと言えば、まだ決まりが悪すぎて、彼のそばには近寄れない。ソファで彼から六十センチくらい離れたところに座って、消え入るような声で言った。「本当にごめんなさい」

「リリー」彼が手をさしのべる。「こっちにおいでよ」彼はソファに座り直すと、わたしの脚を引き寄せ、自分の膝の上にまたがらせた。そしてソファに背中を預けると、わたしの脚からウエストへと手を滑らせた。「今夜は完璧だった。何もかもね。謝らないで」

わたしは大きく目を見開いた。「あなたっていい人すぎる。母乳をかけちゃったのに」

アトラスは片手をわたしのうなじにあて、自分のほうへ引き寄せた。「まあね。しかも一番盛り上がってる最中にだ。でも信じて、ぼくはちっとも気にしてない」そしてわたしにキスをした。でもそれは間違いだったかもしれない。だって、そこでまた始まってしまったから。

結局、彼がこのまま帰るなんて無理だった。ブラをつければよかった。本当にさよならするだけのつもりだったのに、まさかソファの上で、さっきの続きをはじめることになるなんて……。でも全然かまわない。

ポジションは完璧だ。体勢を整える必要さえなかった。キスをしながら彼は小さくうめき、それがさらにわたしを熱くした。

わたしの背中をシャツ越しに撫でてあげた瞬間、彼がふと手を止めた。ブラの感触がないことに気づいたらしい。一瞬キスをやめて、わたしの目を見る。そのまなざしに、どきりと胸を射抜かれた。彼が背中から前へ手を移動させ、二つのふくらみを手の中におさめると、一気に彼の、いやふたりのスイッチが入った。

夢中でキスをしながら、彼のシャツのボタンをはずす。もう言葉は必要ない。ただ夢中で互いが互いの身に着けているものをはぎ取る。寝室へ移動しようともせず。キスをやめたのは、ほんの一瞬、彼が財布に手を伸ばして、コンドームを取り出し、装着したときだけだ。

次の瞬間、それが世界でもっとも自然なことであるかのように、彼がわたしの中に入ってきた。一つになったまま、キスをされると、初めて愛し合ったときと同じ、いやそれ以上に愛されているのを感じる。その瞬間、心の中にありとあらゆる感情があふれた。こんなにも狂おしく美しい瞬間は初めてだ。

うなじに彼のため息を感じる。彼の中にも、同じ感動が駆け巡っているに違いない。彼はゆっくりと腰を前後に動かし、その間もずっと、わたしにキスの雨を降らせた。だがその数分後、わたしたちはキスと汗にまみれ、激しく絡みあっていた。すべてを忘れて、その瞬間に没入する。何がどうなってもいい。またふたりが一つになれた。大切なのはそれだけだ。すべてがあるべきところに収まった、そんな気がした。

今、わたしは自分がいるべき場所、アトラス・コリガンに愛される場所にいる。

23

アトラス

もう絶対家に帰るべきだ。だが、彼女と数時間を過ごしたあとではこのベッドを離れがたい。ソファでも、シャワーの中でも、愛し合った。今はお互い疲れ果て、おしゃべり以上のことをする気にはならない。

彼女は仰向けに横たわり、両腕を頭の後ろで組んでいる。じっとこちらを見つめて、昨日の弁護士との面談についての、ぼくの話に耳を傾けていた。「ジョシュを病院に連れていったのは賢明な判断だったらしい。病院は虐待について、児童保護サービスに報告する義務があるから。でも、まだわからない。それでよかったのかな？　権限を州の手にゆだねたあげく、ぼくのもとが彼にとって最良の居場所だと判断されなかったら？」

「なぜ判断しないと思うの？」

「ぼくは仕事が忙しいし、結婚もしていない。だからジョシュは一定の時間、ひとりで留守番することになる。ぼくには子育ての経験もないしね。州は生物学的な父親であるティムのほうがふさわしいと判断するかもしれない。母親のもとへ返す可能性もある。彼女の暴力が、監護権をはく奪する充分な根拠になるかどうかもわからない」

リリーは上半身を起こし、ぼくの前腕にキスをした。「覚えてる？　初めてビデオ通話をしたとき、あなたがわたしに言ったこと。きみはまだ起きてもいないことをあれこれ悩んでるって」

ぼくはきゅっと唇を結んだ。「確かに言った」

「でしょ」リリーは体を寄せて、片脚をぼくの腿《もも》に巻きつけた。「うまくいくわ、アトラス。ジョシュにとってはあなたが一番よ。決定権を持つ人にはきっとわかるはず。保証するわ」

ぼくは体を丸め、彼女の頭をあごの下に引き寄せた。十代の頃と比べると、ふたりとも驚くほど体つきが変わっている。だが、それでもまだあの頃と同じように、ふたりの体はぴったりと重なる。

「ずっときいてみたいことがあったの」彼女は少し体を引いて、ぼくを見上げた。「初めてのときを覚えてる？　あの晩、あれからどうなったの？　父があなたにけがをさせてから……」

きかれるだろうと思った。ぼくもちょうど今、同じことを考えていたからだ。ぼくたちが愛し合ったのは、ひどい結末を迎えたあの夜以来だったから、思い出さないわけがない。

それこそ日記の最後に彼女が書いていたことだ。彼女がどれほど傷ついたか、読むのはつらかった。もっとましな終わり方をしてくれればよかったのに、そう思った。

「実はあの夜のことはあまりよく覚えてないんだ」ぼくは言った。「翌日、病院で目が覚めて、何がどうなったんだって思った。きみのお父さんに殴られたことは覚えていたけれど、きみがどうなったのかもわからない。ナースコールを何度も押したけれど、誰も病室には来てくれない。だから折れた足を引きずって、どうにか廊下に出た。半狂乱になって、きみは大丈夫なのかとたずねた。気の毒な看護師には、ぼくが何の話をしているのかさっぱりわからなかった」

リリーはぼくに巻きつけた腕と脚に力を込めた。

「看護師はぼくをどうにか落ち着かせて、きみのことをきき、どこかへ行った。そしてしばらくして戻ってくると、けがで運ばれて来たのはぼくだけだったと教えてくれた。ガールフレンドの父親はアンドリュー・ブルームなのか、看護師に問われて、ぼくはそうだと答えた。それから彼を告訴したい、とも。病室に警官を呼んでくれと頼んだら、彼女は気の毒そうにぼくを見た。そこで言われたことは今もはっきり覚えてる。『気の毒だけれど、法権力は彼の味方よ。誰も警察に突き出せないわ。奥さんでさえ』って」

リリーがぼくの胸に向かって深く息を吐いた。ぼくは話をやめ、彼女のつむじにキスをした。

「それから?」彼女がつぶやく。

「それでもぼくはあきらめなかった。通報しなければ、きみのお母さんが永遠にあの状況から抜け出せないと思ったからだ。看護師に警察に連絡してもらうと、その日の午後、ようやく警官がひとり、病室に来た。だけどぼくに事情をききに来たわけじゃなかった。もし誰かが逮捕されるとしても、それはきみのお父さんじゃない。それをはっきりさせるために来たんだ。警官は言った。きみのお父さんはぼくを自宅への不法侵入と娘へのレイプで逮捕させることができるって。まるでぼくたちの関係が犯罪だと言わんばかりに。それから何年も、ぼくはそのことをずっと申し訳なく思っていた」

リリーは顔を上げ、片手をぼくの頬に置いた。「どうして？　アトラス、わたしたちはほんの二歳半しか違わないのよ。あなたは何も間違ったことをしていない」

彼女がそう言ってくれたのはありがたい。だが、それでも彼女を困ったはめに陥れてしまったという過去の罪悪感は拭えない。そして彼女を困ったはめに陥れて、そのまま置き去りにしたことについても。「あのとき、どんな選択をすれば正解だと思えたのかわからない。あの町に残って、きみの家に姿を現し、さらにきみを窮地に陥れたくなかった。それにぼくも逮捕はされたくなかった。そうなったら軍に入ることができなくなるからね。一番いいのはお互い距離を置くことだ。そしていつか連絡を取り、ぼくがきみを想うように、きみもまたぼくを想ってくれているかを確かめたいと思った」

「毎日よ」彼女はささやいた。「一日も欠かさずあなたのことを想ってた」

ぼくはしばらく片手で彼女の背中をさすり、もう片方の手で髪をさらりと梳いた。不思議だ。彼女と会わない間、ずっと自分の半分が欠けている気がしていた、でも彼女がそばにいる今は、自分自身が完全な存在だと思える。

もちろんこの数年間、ずっと会いたかったし、指をパチンと鳴らして彼女をぼくの人生に取り戻せるなら、すぐさまそうしただろう。だがぼくたちはそれぞれに人生を築き、彼女はライルを、そしてぼくは仕事を選んだ。それがぼくたちの運命だと思っていた。彼女のいないことが普通になりつつあった。でも、今、彼女が戻ってきた。もう彼女なしに自分が完全な存在だと思うことができるかどうかわからない。とくに今夜以降は。

「リリー」ぼくはささやいた。

返事がない。少し体を離して見ると、彼女は眠っていた。ぼくの体に回した腕から力が抜けている。今、動いたら、彼女を起こしてしまうかもしれない。だが、ジョシュには、最初に言った時間より二、三時間遅くなるだけだと伝えている。そのときからもう、すでに三時間がたっている。十二歳を二人だけで留守番させていいのかどうかわからない。

留守番について、ブラッドは本人たちがよければかまわないと言った。だが、彼はまだ、セオに携帯を持つことさえ許していない。ぼくがデートを理由に子どもだけで留守番させるのをよしとはしないだろう。

ボストンでは子どもは何歳になったら自分たちだけで留守番をしていいのか、今度ネットで調べておこう。

まあ、考えすぎかもしれない。もちろん、二人は大丈夫だ。どちらからもなんらかの緊急事態を知らせる電話やメールは来ていないし、十二歳だって、他の子どものベビーシッターをすることもある。

ジョシュのことは信用している。でも帰らなきゃならない。今、この瞬間、彼がパーティーをしていないと確信できるほどは、まだ彼のことをよく知らない。ぼくはそろりとリリーの頭の下から腕を抜いて、ベッドから出た。できるだけ急いで服を着ると、紙とペンを探す。彼女を起こしたくない。でも何も言わずに出ていくのも嫌だ。とくに今夜のような場合は。

キッチンの引き出しにノートとペンを見つけ、ぼくはテーブルに向かって彼女に手紙を書いた。手紙を持って寝室へ戻り、彼女の枕の横に置く。そしておやすみのキスをした。

24

リリー

頭の中がガンガンする。

そして頭の外も。

顔を上げると、あごによだれが伝うのを感じた。枕カバーの隅で拭う。体を起こすと、枕もとにアトラスが残していった手紙があった。でも手に取ろうとした瞬間、玄関でノックの音がきこえて、再びその手紙を枕の下に押し込んだ。頭の中に立ち込める霧を必死で払って、今、何が起こっているのかを考えた。

エミーはママの家にいる。

わたしはこの二年間で初めてぐっすり眠ることができた。

誰かが玄関にいる。

ベッド脇のテーブルに置いたスマホに手を伸ばし、画面に目を凝らす。ライルからの着信履歴が何度かある。何かあったのかもしれない。でも、ママからの連絡は一度きり、一時間前のエミーが朝食を食べている写真だ。

よかった。エミーは無事だ。ひとまず安心するとともに、玄関ドアのノックの主はおそらくライルだと思うと、にわかに緊張が高まった。

「ちょっと待って！」わたしは叫んだ。

手近にあった服――Tシャツとジーンズ――を身に着け、ドアをあけて、彼を中に招きいれる。彼は挨拶もそこそこにわたしの前を通り過ぎ、部屋の奥へと歩いていく。「大丈夫か？」

パニックになっている。でもわたしが生きているとわかって、落ち着きを取り戻した。

「寝てたの。まったく問題ないわ」わたしの声にいら立ちを感じたのだろう。ライルは部屋をちらりと見回し、エミーを探した。「母の家でお泊まりよ」

「なんだ」肩を落とす。「二、三時間、預かりたくて電話したんだ。きみは電話に出ないし、普段はもうこの時間には起きているはずなのに……」ソファを見て、ライルの声が次第に小さくなった。彼が何を見つめているのか、見なくてもわかる。思い出した。わたしのTシャツとショーツがソファの背もたれに脱ぎ捨てられているはずだ。

「ママに電話して、あなたが行くって知らせるわ」ライルが何もききませんように、そう願いながらスマホを取りに寝室へ向かう。昨夜、アトラスが残してくれたいい気分はすべてぶち壊しだ。

スマホでママを呼び出しながら、リビングへ戻ろうとして、わたしははっと立ち止まった。ライルは手にしたワイングラスをしげしげと見ている。アトラスが使ったグラスだ。わたしのグラスはカウンターの脇にある。昨晩、誰かがここでわたしと一緒にワインを飲んだ動かぬ証拠だ。

わたしの下着が誰の手で脱がされ、ソファに置かれる前に。

ライルがワイングラスを置いてわたしを真っ直ぐ見つめた。その目にふつふつと嫉妬がたぎっている。「誰か泊まったのか?」

あえて否定はしなかった。わたしは大人だ。大人で独身だ。まあ、まったくの独身とは違うけれど、それはまた別の話だ。「わたしたち、離婚したのよ、ライル。あなたにその質問をする権利はないわ」

たぶん、それを言ったのがまずかったのだろう。ライルはすばやくわたしに二歩詰め寄った。

「自分の娘が住んでいる家に誰かが泊まったのかを確認するなと?」

わたしは一歩後ずさった。「そういう意味じゃない。あなたの同意なしに、彼女のそばに誰かを連れてくることはしない。だから母の家に泊まりに行ってるの」

ライルの目が細くなる。まるで汚らしいものでも見るような目だ。「ぼくのところへは泊まらせず、自分が男を連れ込むときにはよそへ預けるんだな?」彼はあざけるような笑い声をあげた。「たいした母親だな、リリー」

これには黙っていられない。「あの子が生まれてもうすぐ一年だけど、彼女をママに泊まりで預けたのはたった二回よ。そのうちの一回を取りあげて、わたしを侮辱するのはやめて。その時間を何に使おうと、あなたには関係のないことでしょ」

ライルが例の目つきになった。はるか彼方を見る空虚な目、彼が暴走する前にいつも見せる目だ。

たちまち怒りが恐怖に変わった。わたしが後ずさったのを見て、彼が喉の奥で、怒りのうなり声をあげる。その声は部屋中に響いた。

彼は玄関ドアを叩きつけるように閉め、玄関を出ていった。廊下で「ちくしょう《ファック》」と叫ぶ声がきこえた。

彼の怒りが、どの角度からわたしに向けられているのかがわからない。わたしが新しい関係に向けて前へ進もうとしていることに怒っているの？　ママにエミーを預けたこと？　それとも彼にはまだお泊りで彼女を預かるのを許していないこと？　三つを一気に突きつけられたことに腹を立てているのかもしれない。

彼が出て行くと、わたしは大きく安堵の息をついた。でも次にどうするか考える前にふたたびドアがあき、ライルが廊下からわたしを見つめて、冷ややかな口調で言った。「あいつか？」

心臓が喉までせり上がる。アトラスという名前は言わなかったけれど、誰のことを指しているかは明らかだ。わたしがすぐに否定しないのを見て、ライルは自分が正しかったと確信した。

彼は一瞬天井を見つめ、それから首を横に振った。「つまり、やっぱり奴への懸念が当たっていたということだな？」

これまでの数分間も感情のジェットコースターだったけれど、その質問はさらにわたしを動揺させた。わたしは数歩進んで、玄関に立ち、言いたいことを言ったらすぐにドアを閉められるよう身構えた。

「もしあなたを裏切って不倫をしていたと思うなら、そう思えばいいわ。違うとあなたを納得させる気もない。この件については、前から説明しているし、もう二度と繰り返すつもりはない。わたしはアトラスのためにあなたと別れようと思ったことはないし、実際別れた理由もアトラスじゃない。わたしがあなたと別れたのは、自分がもっと大切に扱われるべきだと思ったからよ」

一歩下がってドアを閉めようとする間もなく、ライルが突進してきて、わたしは勢いよくリビングのドアに押しつけられた。彼は怒りに満ちた目でにらみつけ、左手でわたしの喉もとをつかみ、右手をわたしの頭の脇のドアについた。恐怖のあまり、思わず目を閉じ、すくみあがる。

不安と恐怖の巨大な波に飲み込まれ、あまりの緊迫感に気が遠くなる。彼の顔がすぐそばに近づき、頬に食いしばった歯の隙間から漏れるライルの荒い息を感じた。叫びたい。でも大声を出したら、彼を余計に怒らせるかもしれない。

わたしをドアに押しつけてから数秒後、ライルははっと我に返り、自分が何をしたかに気づいた。自分が何をしようとしていたのかにも。

目を閉じたままだったけれど、わたしの頭のすぐ脇で、彼がドアに額をつけて、うなだれ、深く後悔しているのを感じた。またわたしを腕の間に捉えているけれど、首をつかんでいた手からは力が抜け、苦悶の声をもらしている。泣くまいとこらえているようだ。

彼に傷つけられた最後の夜が一気にフラッシュバックした。あのときも、何度も気を失いながら、彼がささやく謝罪の言葉をきいた。「ごめん、すまない、悪かった」

心が砕け散った。ライルはまったく変わっていない。わたしがどれほど願っても、彼がどれほど願っても、彼は今も変わっていない。エミーのために彼が強くなるのではとかすかな希望を抱いていたけれど、結局、自分が娘のために正しい選択をしたことを思い知らされるはめになった。

ライルは助けを求めるかのように、わたしにすがった。わたしなら彼を助けられる、かつてはそう思っていた時期もある。彼は壊れているけれど、わたしのせいで壊れたわけじゃない。わたしと出会う前から壊れていた。たとえ相手が壊れていても、その人に十分な愛情を注げば、壊れた部分を修復できる、人はそう考えがちだ。でも問題は、助けようとしたその人も、結局壊れて終わる危険があるってことだ。

わたしはもう誰かに壊されるわけにいかない。すべてを捧げるべき娘がいるから。

わたしはそっと両手で彼の胸を押しやると、廊下へと促した。十分な距離ができたところで、ドアを閉め、鍵をかける。それからすぐにママに電話をかけ、エミーを車に乗せて、公園で待ち合わせることにした。もしライルがまだママの家に行くつもりだとしたら、二人がそこにいるのはまずい。

電話をした後、わたしは家の中を歩き回って、準備をした。ほんの一瞬でも立ち止まって、さっきの出来事を考えたら、泣いてしまうかもしれない。今は泣いている場合じゃない。服も着替える。娘と一緒にいるときは、彼女のことだけを考えていたい。

ドアから出る前に、アトラスが枕もとに残していった手紙をつかんでバッグに入れた。きっと彼の言葉が、今日という日の唯一の明るい部分になる予感がしたからだ。

＊　＊　＊

わたしの予感は当たったった。公園の駐車場に車を入れてすぐに、大きな雷鳴がきこえた。東へ向かう嵐が近づいている。今の気分にぴったりだ。

でも、まだ雨は降りだしていない。わたしは遊具コーナーを見渡し、ママを探した。ママはエミーを膝にのせて、一緒に滑り台をすべっている。まだわたしには気づいていない。わたしはハンドバッグから、アトラスの手紙を取り出した。まだライルとの出来事で動揺がおさまらない。エミーに会う前に、少しでも気分を明るくしてくれるものを読みたい。

リリーへ

さよならも言わずに帰ってしまってごめん、でもきみがとてもよく眠っていたから。気にしないで。ぼくは眠っているきみを見るのが大好きなんだ。たとえそれがデート中の車の中でも。

昔、よくきみの寝顔を見ていた。きみがとても心安らかに見えるのが好きだった。あの頃、目をさましているときのきみは、いつもどこか怯えたような表情をしていた。でも眠っているときは、きみの顔から怯えは消えている。ぼくはそれを見て、ほっとしていた。

今夜の出来事がぼくにとってどれほど大きな意味を持つか、とても言葉では言い表せない。きみがここにいる今、それをあえて言葉にする必要はない。きみも同じ思いでいると思う。

さっき、ぼくはふたりの間に起きたことについて罪悪感を抱えていると言った。でもそれは、当時きみを愛したことを後悔しているという意味じゃない。後悔しているのは、きみのためにもっと闘わなかったことだ。あのとき、自分がきみのもとを去らなければ、きみのお父さんがお母さんを傷つけたように、きみを傷つけて終わる男に出会わなくて済んだんじゃないかと思うからだ。

でも、どうやってここにたどり着いたかはもうどうでもいい。ぼくたちはここにいる。自分がいつだってきみに愛される価値のある男だったと気づくべきだった。もっと早くここにたどり着けなかったのは残念だと思う。あるいは、ぼくがいれば、きみがあんなつらい経験をすることもなかったのでは、とも。でもほかの道をたどっていたら、きみはエマーソンに出会うことがなかったかもしれない。だからぼくは、ここがふたりの到達点だということに感謝している。


エマーソンについて話すきみを見るのが好きだ。彼女に会うのが待ちきれないよ。でも急がなくていい。ぼくが楽しみにしているほかのことと同じように、きみが安心できるペースで続けていこう。きみと話ができるのが、毎日でも、月に一度でも、きみがどうしているのか、何も知らずに過ごした年月よりはずっといい。

きみが幸せなら、ぼくも幸せだ。ぼくが求めるのはそれだけだ。

でもさらに言えば、きみが一緒にいて幸せを感じる相手がぼくだと知って、最高の気分だ。

愛をこめて
アトラス

誰かに車の窓を叩かれたとき、わたしは驚きのあまり手紙を半分に破りそうになった。どきりとして顔を上げると、ママが車の横に立っていた。窓越しにわたしを見つけたエミーが目を輝かせる。その笑顔にこちらも自然に笑顔になった。

そう、彼女の笑顔と今、手に持っている手紙のおかげで。

手紙をたたんでバッグに戻すと、ママが運転席のドアをあけてくれた。「大丈夫？」

「うん、大丈夫」エミーを抱きとるわたしを、ママが心配そうに見る。

「公園で待ち合わせようって電話をしてきたとき、なんだか声が怯えてたから」

「なんでもないわ」わざと明るい声を出す。「ライルがエミーを連れ出しに来たんだけど、今日は預けたくなかったの。なんだか彼の機嫌も悪かったし。でもこの子がママのところにいるって知ってて……」

わたしはふぅーっと息を吐くと、誰も座っていないブランコに座り、エミーを膝の上にのせた。地面を蹴って、ほんの少しブランコを揺らす。わたしたちの隣でママもブランコに座った。

「リリー」ママはまだ心配そうだ。「何が起きたのか話して」

まだ一歳のエマーソンが言葉を理解できるはずもない。わかっているけれど、彼女の前で父親について話すのはためらわれる。赤ん坊やよちよち歩きの子どもだって、話の内容はわからなくても雰囲気を察することはできるはずだ。

わたしは自分の置かれた状況を、名前は出さずに説明しようとした。「わたしが誰かと付き合ってるのかって？」その告白は疑問形でわたしの口から出た。なぜなら、わたしたちの関係はまだ皆の知るところにはなっていないからだ。わたし自身は、アトラスとわたしの関係がこれからどこへ向かうのかを知るために、ラベルを貼る必要はないと思っている。

「そうなの？　誰？」

わたしは首を振った。まだママにそれがアトラスだと打ち明けるつもりはない。たとえ打ち明けても、ママには誰のことだかわからないだろう。あの頃、ママは二度ほど、彼を見たことがある。でもママと彼について話したことは一度もない。たとえママが覚えているとしても、パパが彼を病院送りにしたのを考えると、きっと思い出したくないだろう。

いつかママにアトラスを正式に紹介する日が来るだろうけれど、彼がわたしの過去から存在していたことを知って、気まずい思いをさせたくない。

「以前から知り合いだった人よ。でも……」わたしはため息とともに、ふたたび地面を蹴り、ブランコを少し揺らした。「ライルがそれを知って、不機嫌になったの」

ママが顔をゆがめた。彼が不機嫌になる、それが何を意味するのかママはよく知っている。

「今朝、うちに来て、怖かった。わたしはパニックになって、彼がエミーを連れ去りにママの家に行くんじゃないかと思った。だから家にいて欲しくなかったの」

「何かされたの？」

わたしは首を横に振った。「けがはしなかった。最悪の日の彼を見たのは久しぶりだったから動揺したけど、でも大丈夫」わたしはエミーの頭のてっぺんにキスをした。自分の頰を伝う涙を感じて驚き、あわてて拭う。「彼が来たらどうすればいいわからない。いっそ何かが起きたらいいのにと願ってしまう。今度こそ彼を訴えられるように。でもそう思うたびに、この子の父親をそんなふうに考えるなんて、自分はなんてひどい母親なんだって思うの」

ママが手を伸ばしてわたしの手をぎゅっと握った。ブランコが止まり、わたしたちはママと向き合う格好になった。「何を決断しようと、あなたはけっしてひどい母親なんかじゃない。

すばらしい母親よ」ママは両手でブランコの鎖を握りしめ、エミーを見つめた。「この子のためにあなたがくだした決断を尊敬しているわ。ときどき、自分があなたのために強くなれなかったことを考えて、悲しくなるの」

わたしはすぐに首を横に振った。「一概には比べられない。わたしにはその決断を後押ししてくれるたくさんの人のサポートがあった。でも、ママには誰もいなかった」

ママは悲しそうに、でも感謝の笑みを浮かべ、それから勢いよく地面を蹴ってブランコを揺らした。「誰であれ、その男性《ひと》は幸運ね」わたしを見る。「誰なの？」

わたしは声をあげて笑った。「だめ、言わない。彼がちゃんと決まった人になるまでは」

「もう決まった人なんでしょ」ママは言った。「その笑顔を見ればわかるわ」

ぽつぽつと小雨が降りはじめた空を、わたしたちはそろって見上げた。エミーを抱きあげて駐車場へ向かう。チャイルドシートに座ったエミーに、ママはそっとキスをした。「愛してる。大ママはあなたが大好きよ、エミー」

「大ママ？」わたしはたずねた。「先週はばぁばじゃなかったっけ？」

「まだしっくり来る呼び名がないの」ママはわたしの頰にキスをすると、自分の車へと駆け出していった。

全員が、それぞれの車に乗り込んだとたん、雨が本降りになった。フロントガラス、歩道、車の屋根を大粒の雨が叩く。まるでどんぐりが落ちてきたような騒々しさだ。

わたしは運転席に座ったまま、どこへ行こうか考えた。ライルが戻って来るかもしれないから、まだ家には帰りたくない。アリッサの家にも行きたくない。同じアパートメントに彼も住んでいるから、建物内できっと顔を合わせることになる。

今はとにかくエミーを守りたい。書類上、ライルには娘と面会して、一日をともに過ごす権利がある。でも彼のヒューズが切れているのがわかっている日に、彼女を渡すつもりはない。

バックミラーの中で、エミーはおとなしく座って窓の外の雨を見ている。自分を取り巻く混《こん》沌《とん》をまったくわかっていない。彼女にとってはわたしがすべてだ。ママがいれば何があっても大丈夫とばかりに、すべてをわたしにゆだねてご機嫌で座っている。

わたしがいれば何があっても大丈夫、とは思わない。でも、彼女がそう信じているという事実だけで十分だ。「どこへ行こう、エミー？」

25

アトラス

「昨日の夜は何時に帰ってきたの?」ジョシュがたずねた。足を引きずりながらキッチンに入ってくる。靴下がちぐはぐだ。片方はぼくが新しく買ってやった靴下、もう片方はぼくの靴下だ。帰宅したとき、セオとジョシュはもう眠っていたが、起きたのはぼくのほうが三時間早い。セオは二十分前にブラッドが迎えに来て帰って行った。

「ぼくのことより、自分の心配をしろ」ぼくはテーブルを指差した。そこにジョシュの宿題がやりかけのまま放り出されている。セオを泊める条件は、昨日のうちにすべて宿題を終わらせることだったはずだ。どうやらビデオゲームとマンガとアニメに夢中になってしまったらしい。

「宿題をしなかったのか?」

ジョシュはプリントの束を見て、ぼくを見た。「うん」

「さっさとやるんだ」偉そうに言ったものの、どうすればいいのかわからない。今まで子どもに宿題をしろなんて言ったことがない。もしジョシュが宿題をしなくても、どうやって罰を与えればいいのかもわからなかった。なんだか役者、あるいは詐欺師《さぎし》になった気分だ。

「さぼってたわけじゃないんだ」ジョシュが言った。「できないんだ」

「どうしてまた？　むずかしすぎるとか？　数学か？」

「ううん、数学は終わった。数学は簡単だ。でも、コンピュータの授業の宿題がくだらないクソ《shit》なんだ」

「くだらないクズ《crap》だ」訂正をしたものの、結局、あんまり変わらない。心の中で突っ込みを入れながら、ぼくは彼が手こずっている宿題を確認しようと、ジョシュの隣に座った。ジョシュが机の上のプリントをさっとぼくのほうへ滑らせた。

　それは自分の家系について調べる宿題だった。今学期の五つの課題のうち一つがファミリーツリー（家系図）を描くもので、締め切りがこの金曜日、残りは家系検索のサイトを使って親類縁者について調べるもので、締め切りは来週の金曜日だ。

「ウェブサイトを使って親戚を見つけろって言われたんだ。でも誰の名前も知らないし、どこから始めればいいのかわからない」ジョシュは言った。「誰か知ってる？」

　ぼくは首を横に振った。「いや、ほとんど。サットンの父親には一度会ったことがあるけど、ぼくが子どもの頃に亡くなったし、名前も覚えていない」

「おれの父さんの両親は？」ジョシュがたずねた。

「それも何も知らないな」

　ジョシュはぼくの手からプリントをうばった。「まじでこんな課題を出すべきじゃないよね。今どき普通の家族なんてもうないんだから」

「たしかに、まったくだ」キッチンに置いたスマホからきこえたメールの着信音で、ぼくは立ち上がった。

「父さんを探してくれた？」ジョシュがたずねる。

実は連絡を取ろうとはしてみた。だがぼくが残した留守電にも返事はない。ジョシュをがっかりさせたくなくて、言いだせずにいた。ぼくはスマホを手に取り、メッセージを見る前に彼のところへ戻った。「まだちゃんと調べてないんだ。本当に探してほしい？」

ジョシュはうなずいた。「おれからの連絡を待っていると思う。サットンはおれと父さんを引き離すためにいろいろしただろうから」

それをきいて、胸の真ん中にずきんと鋭い痛みを感じた。ジョシュがここで落ち着いて、もう父親を探さなくてもいいと思うようになるのを期待していた。だが、それこそばかげた希望だ。彼は十二歳の少年だ。父親を探したいに決まってる。

「なんとかやってみるよ」ぼくはプリントを指差した。「今はおまえもできることをやればいい。できることをすれば、祖父母の名前がわからなくても、先生は悪い成績をつけたりしない」

ジョシュがプリントに向かったので、ぼくはようやくメッセージを読むことができた。リリーからだ。


電話してもいい？


もちろん。彼女には一日のいつだってぼくに電話できるし、いつだってぼくが電話に出るってことを知ってほしい。ぼくはスマホを持って自分の部屋へ行くと、メッセージは返さず、電話をかけた。彼女は一回目のコールも終わらないうちに出た。

「ハイ」彼女は言った。

「やあ」

「何をしてるの？」

「ジョシュの宿題を手伝ってた。きみのことを考えていないふりをしながら」ぼくの冗談に彼女は何も言わない。何かが起きたようだ。「大丈夫？」

「ええ、ただちょっと……家に帰りたくないの。そっちへ行ってもいい？」

「もちろん。エミーはまだきみのお母さんのところ？」

彼女はため息をついた。「実は、わたしと一緒にいるの。いきなりだけど、着いたら理由《わけ》を話すわ」

エマーソンをぼくの家に連れて来るなんて、いよいよ何かがあったに違いない。ライルにぼくたちのことを知らせるまでは、ぼくに彼女を会わせたくない、そう言っていたのに。「住所を送るよ」

「ありがとう。そんなに時間がかからず着くと思う」電話を切った後、ぼくはベッドの上にごろりと寝転び、昨晩、彼女のベッドをそっと抜け出してからこの電話までの間に、いったい何が起きたのだろうと考えた。

リリーはぼくの手紙を読んだ？　何かまずいことを書いただろうか？

もしかしてぼくと別れようとしている？

待っている間、いろんな疑問が胸の中で渦を巻く。だが、一番心配なのは考えたくもないことだ。ライルが彼女を傷つけたのだろうか？

＊＊＊

　彼女の車が私道に入って来るのを見て、ぼくは二人を家の外で迎えた。車から降りてきた彼女の様子で、やっぱり何かまずいことがあったのだとわかる。けど、ぼくを見て、ほっとした顔になったところを見ると、ぼくに関係することではないようだ。彼女を引き寄せ、ハグをする。何より今、ハグが必要に見えたからだ。「何があった？」

　彼女は体をそらし、ぼくを見上げた。言おうか、言うまいか躊躇している。車を振り返って、窓越しに後部座席で娘が眠っているのを確認した。

　次の瞬間、リリーは泣きはじめた。ぼくの胸に顔を押し当てて。シャツが彼女の涙で濡れていくのを感じて、胸が張り裂けそうだ。ぼくは彼女の髪に唇を押しあて、しばらくは彼女が泣くにまかせた。

　しばらくたつと落ち着いたのか、彼女は涙を拭って言った。「ごめんなさい。今朝ライルが出ていってからずっと我慢していたんだけど」

　ライルという名前をきいて、ぼくの背筋に緊張が走る。やっぱり涙の原因は彼だ。

「彼がわたしたちのことに気づいたの」彼女が言った。

「で、何が？」今すぐ奴のところへ乗り込みたくなる衝動をどうにかこらえた。怒りで体じゅうの骨がみしみしと音を立てている。「けがは？」

「してない。でも彼は逆上して……だから今は家にいたくなかった。エミーを連れてくるべきじゃないとわかってるけど、もしライルが来て彼女を連れ出そうとしたら……。一緒にいたほうが安全だと思った。ごめんなさい、絶対に彼に見つからない場所に行きたかったの」

ぼくは彼女のあごに手を添え、軽く上を向かせると、目を見つめた。「来てくれて嬉しいよ。きみたち二人ともだ。よければ、一日中ここにいて」

彼女は安堵したように大きく息を吐いて、ぼくの唇に唇を押しあてた。「ありがとう」車のドアをあけ、チャイルドシートから娘を抱きあげる。エマーソンは目を覚ます気配もない。リリーの腕に体を預けて、ぐっすり眠っている。「公園で一時間遊んだから、疲れたのね」

ぼくは感嘆の思いでエマーソンを見つめた。二人は驚くほどそっくりだ。さいわいなことに、父親には少しも似ていない。「荷物を運ぼうか？」

「助手席におむつバッグがあるの」

バッグを手に持ち、家へ向かう。ぼくが家に入ってきた音で、ジョシュが肩越しにこちらを見た。リリーが手を振り、彼も軽くうなずく。だがエマーソンに気づくと、椅子に座ったまま、まっすぐこちらに向き直った。

「赤ちゃんだ」彼は言った。

「そうよ」リリーが答えた。「エマーソンっていうの」

ジョシュはぼくを見た。「アトラスの子？」持っていた油性ペンでエマーソンを指す。「おれの姪っ子なの？」

リリーは困ったように笑った。

二人が来る前に警告しておくべきだった。「いや、ぼくはパパじゃないし、おまえもおじさんじゃない」

ジョシュはしばらくぼくたちを見つめ、それからさっと肩をすくめた。「了解」そして背を向け、宿題の続きに取りかかる。

「悪い」ぼくは小さな声で言い、ソファの近くにおむつバッグを置いた。「ブランケットを持ってこようか？」

リリーがうなずいたのを見て、廊下のクローゼットから厚めのキルトを取り出し、ソファの脇の床に敷いた。二つ折りにしてクッションをきかせると、彼女がエマーソンをその上に寝かせる。その間もエマーソンは眠ったままだ。

「嘘みたい。いつもはとても眠りが浅いのに」リリーは靴を脱ぐと、ソファに横座りした。ぼくは隣に座り、彼女が話す気になるのを待った。いったい彼女が何に怯えているのかを知りたい。

ダイニングルームにいるジョシュからぼくたちは見えない。ぼくはすばやくリリーにキスをした。ぼくたちの会話がきこえるとは思えないけれど、念のため小さな声でたずねる。「何があった？」

リリーは全身でため息をつくとソファにもたれ、ぼくのほうを向いた。「彼がエミーを連れだしに来たの。わたしは彼が来るとは思っていなくて。テーブルの上のワイングラスを彼が見つけた。脱いだままの服も。彼は与えられた条件から結論を導きだして、わたしが恐れていたとおりの反応を示した」

「どんな反応？」

「腹を立てた。でもさらにひどくなる前に帰った」

さらにひどく？　どういう意味だろう？　「相手がぼくだって彼は知っているの？」

リリーはうなずいた。「真っ先にそれをたずねたわ。そして腹を立てて、わたしは彼に帰ってくれって言ったの。そうしたら彼は……でも……」

黙り込んだ彼女を見て、ぼくははっとした。手が激しく震えている。許せない。彼女を引き寄せ、強く抱きしめる。「リリー、どんな恐ろしい目にあわされた？」

彼女は手をちょうどぼくの心臓の上に置いて、小さな声で言った。「ドアに押しつけられて、彼の顔がわたしの顔のすぐそばに来た。殴られると思った、あるいは……わからない。結局、彼はそこでやめたから」ぼくの心臓の鼓動が倍の速さになったことに気づいたに違いない。彼女はぼくを見上げた。「わたしは大丈夫よ、アトラス。本当に。そのあとは何も起こらなかった。ただ、彼があれほど怒りをあらわにしたのは久しぶりだったから」

「ドアに押しつけられたんだろ？　とんでもない行為だ」

彼女はすばやく視線をそらした。「そうね、そうよね。どうしたらいいのかわからなかった。エミーをどうすればいいかわからなくて。彼の家でのお泊りを認めるべきかどうか迷っていたけれど、今は立会人なしの面会さえしてほしくない」

「当たり前だ。彼をエミーと二人きりにはできない。過去にさかのぼって、彼を訴えることはできないの？」

リリーがため息をついた。そのため息で、おそらく彼女の人生で、それが今、もっとも大きな悩みの種なのだとわかった。夫がどんなことをする人間かを知りながら、幼い娘が彼の車に乗せられて去っていくのを見るのはどんな気持ちか、ぼくには想像もできない。彼女がここに来てくれてよかった。エミーをぼくに会わせるのを控えていた彼女の気持ちは理解できるけれど、今日の彼女の決断は正解だ。ライルが謝罪を口実に現れて、エミーを連れ去ることも考えられるし、いつも行く場所ではすぐに見つかってしまう。

ここなら彼も見つけようがない。それに、ぼくたちの関係はこれから先、長く続くものになるとお互いわかっている。ぼくがエミーへの愛情を持って、すぐにそのあとすぐにいなくなってしまう、そんな心配は無用だ。リリーが望む限り、ぼくは絶対にどこへも行くつもりはない。

顔を上げてぼくを見つめる彼女のこめかみに、にじんだマスカラがついている。ぼくはそれを指で拭った。「この彼とのいざこざが」彼女は言った。「あなたに警告しておこうと思ったことなの。もしかしたら、これがずっと続くかもしれない。とくにあなたがわたしの人生に戻ってきたと、彼に知られてしまった今は」

いつでもこの件から手を引いてもいいのよ、そんな言い方だ。ぼくの胸に、一瞬でもそんな考えがよぎったと思ってほしくない。「ぼくたちの人生をめちゃくちゃにしようとする元夫が五十人いても、きみがいる限り、ぼくは誰からの妨害にも屈するつもりはない。約束する」

ぼくの言葉に、彼女はここに来てから初めて微笑んだ。その微笑みを奪うようなことはしたくないし、言いたくない。ぼくは話題を変えた。

「喉は乾いてない？」

彼女はぼくの胸から顔を上げ、にっこり笑った。「ええ。喉が乾いているし、お腹もすいている。それ以外にシェフの家に来た理由がある？」

＊＊＊

リリーとエマーソンがここに来て四時間がたった。ジョシュは宿題をできるところまですべて終えると、エマーソンと遊びはじめた。リリーの話では、エマーソンは歩きはじめてまだ数週間らしいけれど、ジョシュはどこに行っても自分の後をついてくる彼女に大はしゃぎだ。そうして一時間ほど遊ぶと、エマーソンは疲れて眠ってしまった。今は床に座ったぼくの隣で、ぼくの膝に頭をのせて眠っている。リリーは彼女を移動させようとしたけれど、かまわないと言ってそのままにさせておいた。

この状況がシュールじゃないと言ったら嘘になる。心の底では、リリーとぼくはうまくいくとわかっている。彼女はぼくの大切な人で、ぼくは彼女の大切な人だ。初めて会ったときからずっと。でもエマーソンを見て、将来、この子が自分の人生の大きな部分を占めるようになると思うと、身の引き締まる思いだ。いつかぼくはこの子の義理の父になり、実の父より大きな影響を与える存在になるだろう。リリーとぼくは、いずれ一緒に暮らし、結婚するのだから。

もっとも、セオが言うように、それはちょっとばかし先走りすぎだから、大っぴらには言わない。だが実際は先走りどころか、本来ぼくがリリーといたかった、あるいはいるはずだった場所からは数年分も遅れている。

今日は大切な日だ。たとえこれから数カ月、エマーソンに会うことがなかったとしても。いつかぼくの娘になるかもしれない誰かと初めて過ごした最初の日なのだから。

ぼくはエマーソンの耳にかかる赤みがかったブロンドの髪をなでながら、ライルの怒りがどこから来るのかを理解しようとした。彼はリリーが次のステップに進むことが、自分とエマーソンの関係に何を意味するか知るべきだ。リリーはエマーソンと大半の時間を一緒に過ごしている。だからリリーが誰を彼女の人生に連れてくるとしても、その人はエマーソンとも同じ時間を過ごすことになる。

ライルの行動はけっして許されない。ぼくにその権限があるなら、彼をスーダンとかどこか僻地《へきち》の仕事に飛ばして、一年に一度の面会で済むようにする。

だが実際はそんな簡単じゃない。ライルは娘と同じ町に住んでいて、元妻は他の誰かとつきあいはじめようとしている。それが彼にとって、どれだけつらいことかは理解できる。でもその一方で、そうなったのは誰のせいでもない、彼自身のせいだと、なぜ彼が理解できないのかわからない。彼がもっと精神的に大人で、分別のある人間だったら、妻と娘を失うことはなかっただろう。そしてぼくとリリーが連絡をとりあうこともなかった。

ぼくはリリーが心配になった。ライルはどこか、ぼくの母に似ている。わざわざ自分から喧嘩を吹っかけて、それを理由に仕返しをするタイプだ。

「裁判所へ報告した？」ぼくはリリーを見ながらたずねた。彼女は床の上で隣に座って、ぼくの膝の上で眠るエマーソンを見つめている。

「いいえ」彼女の答えに、かすかな後悔が混じっている。

「親権について、同意はしているの？」

彼女がうなずく。「親権は完全にわたしにある。ただし条件が付いているの。原則、彼は週に二回、彼女と過ごすことができる。あと、彼は仕事が忙しいから、面会についてはわたしのほうが柔軟に対応するのを求められてる」

「養育費は支払われている？」

彼女はうなずいた。「ええ。一度も遅れたことはない」

少なくとも養育費を支払っているのは安心だ。でもリリーの言った条件が、彼女の立場をより不安定なものにしているようにも感じる。

「なぜ、そんなことをきくの？」彼女がたずねる。

ぼくは首を横に振った。「ごめん、ぼくには関係のないことだね」本当に？　それさえわからない。ふたりの関係をゆっくりと進めて、しばらくはリリーをそっとしておきたい。でも、心のどこかでは、彼女を守りたくて焦っている自分がいる。

リリーは片手をあげて、ぼくの注意を自分に向けた。「関係あるわ、アトラス。わたしたちはもう一緒に進むと決めたんだから」

彼女の返事に、急に心臓が妙な鼓動を刻みはじめた。これはぼくたちの関係が正式なものだという表明だろうか？「ぼくたちが？　一緒に？」笑みとともに、ぐっと彼女を引き寄せる。鼓動がますます速くなった。「ぼくときみはそういう仲なの？　リリー・ブルーム？」

キスをした彼女の唇も微笑んでいる。その姿勢のまま、彼女はうなずいた。

昨夜よりもっと前から、お互いの心は決まっていた気がする。でも、彼女の娘がたった今、ぼくのひざの上で眠ってなかったら、リリーを抱きあげて、くるくる回っていたはずだ。嬉しくてたまらない。

もう引き返すなんてできない。

一気に分泌されたアドレナリンが落ち着くと、リリーがふたりの関係が正式なものだと言う前に考えていたことを思い出した。

ライル、親権、大人げない。

ぼくの肩に頭をもたせかけ、胸に手をのせていたリリーは、深いため息をついたぼくを、心配そうに見上げた。「何？　言って」

「言うって何を？」彼女にたずねる。

「わたしの状況について、あなたが今考えていること。眉間にしわが寄ってる。何か心配事があるみたいに」彼女は手を伸ばし、親指でぼくの眉間をさすった。

「彼の過去の暴力を、今から訴えることはできない？　それでこの子を彼の家に一晩泊めるのを阻止できるかも」

「いったん親権について合意したら、過去の証拠を理由に合意を修正はできないの。残念ながら、彼を訴えなかったから、今になって過去の虐待を主張することもできない」

残念だ。だが、彼女が当時、穏便《おんびん》な解決を図ろうとした気持ちはよくわかる。でも、それが今後、どのような形で彼女にとって不利に働くのかが心配だ。

「現実的には、彼は恐ろしく忙しいから、わたしと半分半分の時間、いや一晩をエミーと過ごすことだってむずかしいと思う。できたとしても、共同親権を希望したかどうかは疑問だわ」

ぼくはただ黙ってうなずき、彼女の言うとおりであることを願った。ぼくは彼女ほどライルを知らない。でも執念深いタイプに思える。そしてそういう人間は仕返しをしなければ気が済まない。離婚後の親同士の争いはよくある話だ。一方の親がもう一方の親がしていることが気に食わない、あるいは別れた相手が誰かと付き合いはじめると、子どもを武器として使う。ぼくが心配しているのはそれだ。ライルはきっと彼女を法廷に引き出す決断をするだろう。ただ彼女がぼくと付き合っているのが気に食わないという理由で。そして自分の欲しいものを手に入れる。彼はエマーソンに手をあげたことはないし、リリーにけがを負わせたという書類上の記録もない。養育費もきちんと支払い、申し分のない仕事がある。すべてがライルに有利だ。

ふとリリーを見ると、すっかり意気消沈して床に沈み込みそうになっている。今、考えていたことを話して、さらに彼女を動揺させるつもりはなかった。

「ごめん。悲観論者になるつもりはないんだ。別のことを話そう」

「あなたは悲観論者なんかじゃないわ、アトラス。あなたは現実主義者よ。わたしも現実を見なくちゃ」頭を上げて、ぼくの膝の上で眠るエミーを見おろす。それからぼくに向き直って、静かなため息をついた。「わかってるでしょ？　ライルを訴えて単独親権を争ったところで、勝てる見込みはほとんどないの。彼は前科もないし、優秀な弁護士を雇うお金がある。以前、相談した弁護士は同じようなケースをたくさん見てるって。だからわたしに、穏便に対応するよう助言した。現実的には、ライルが提示した条件が、わたしにとって最善だと言われたわ」

彼女の手を取り、指に指を絡める。彼女は頬に伝う涙を拭った。この話題を持ちだすんじゃなかった、そう思ったけれど、不安の多くはすでに彼女の中にあったものだ。少なくとも彼女がいろいろ考えているのを知って、ぼくは安心した。いずれ彼女はライルからさらに一歩踏み出すことになるだろう。「何が起ころうと、この件についてきみはもう一人じゃない」

リリーは感謝の笑みを浮かべた。

エマーソンがぼくの膝の上で目覚めた。ぱっちりと目をあけてぼくを見上げ、すぐにリリーを探した。ぼくの膝を越え、まっすぐに彼女へ向かっていく。リリーが彼女を抱いた瞬間、ぼくは脚を思いっきり伸ばした。彼女が眠っている間、三十分以上、ぴくりとも動かさなかった脚を。

「帰るわ」リリーは言った。「今はこの子とここにいるべきじゃない。もしライルがわたしに内緒で、エミーをガールフレンドのところへ連れて行ったら、すごく腹が立つと思うもの」

「今のきみの状況は少し違うと思うよ。ライルは娘を安全な場所に隠す必要はない。なぜならきみは暴力で彼を脅かしたりしない。自分で自分を責めないで」

リリーは感謝のこもった瞳でぼくを見た。

リリーが荷物をまとめるのを手伝い、車まで見送る。エマーソンがチャイルドシートに収まると、リリーはさよならを言うためにぼくに近づいた。彼女の腰を引き寄せると、顔を近づけ、鼻をかすめて、唇をとらえる。そして家まで運転する間もぼくの唇の感触が残るよう、深くキスをした。

彼女のジーンズの後ろポケットに左右の手をつっこみ、おしりをぎゅっと握る。彼女は声をあげて笑い、次の瞬間、物憂《ものう》げなため息をついた。「もう寂しい」

ぼくもうなずく。「ほんと、ぼくも寂しい」ぼくは認めた。「ぼくはきみのとりこだ、リリー・ブルーム」頬にキスをして、後ろ髪をひかれる思いで彼女を離した。

ようやく結ばれるべき人と結ばれて、唯一困る点がこれだ。何年も焦がれつづけたあげく、その人がようやく、自分の人生に欠かせない一部になると、人はなぜかさらに痛みを覚える。

26

リリー

きみにはがっかりだ、リリー

スマホを見て、わたしは恐怖に凍りついた。

これは悪い冗談？

きみはあの子の父親であるぼくをモンスター扱いした

朝の五時のことだ。トイレに行くために起き、目覚ましぎりぎりまで眠ろうと思って、ふとスマホを見た。

メッセージはすべてライルからだ。日曜日に家に現れてから、彼からはなんの連絡もなかった。あれから四日間、彼はわたしに会いに来ようともしなかったし、かっとなったことを謝ろうともしなかった。四日間の沈黙のあげくに、これ？

きみに会って、ぼくは不幸になった

相次ぐ非難のメッセージを読む。きっと酔っていたに違いない。最初のメッセージは夜中の十二時で、午前二時の最後のメッセージは「**せいぜいホームレス野郎とのセックスを楽しめ**」

だ。

　両手が震え、わたしは思わずスマホを取り落した。信じられない。こんなメッセージを送ってくるなんて。沈黙の四日間で少しは反省したのかと思っていたのに、彼はさらにふつふつと怒りをたぎらせていたらしい。

　思っていたよりもはるかに悪い状況だ。

　もう一度眠ろうとしたけれど、眠れない。起きてコーヒーを淹《い》れたけれど、むかむかして一口も飲めなかった。わたしは三十分間、そのままキッチンに立ちつくし、ただ宙を見つめたまま、ライルのメッセージを何度も何度も心の中で考えていた。

　ようやくエマーソンが起きたとき、ほっとした。いつものしっちゃかめっちゃかなモーニングルーティーンがありがたい。

＊　＊　＊

　ママにエマーソンに預けて店に着いたのは、八時ちょうどだ。忙しく働いて気を紛らわせていると、ようやくセリーナとルーシーが出勤してきた。ルーシーはわたしの様子がおかしいことに気づいて、声をかけてくれたけど、大丈夫と答えて安心させた。

　大丈夫なふりをしているけれど、怒り狂ったライルが乗り込んでくるのではと心配で、何度も正面のドアをちらりと見る。彼からまた不快なメッセージが来たり、電話がかかってくるのではと気が気じゃない。

　何事もなく、数時間がたった。謝罪もなかった。

アトラスにも言わなかった。アリッサにも言わなかった。ライルが何をしたか、わたしは一日中、誰にも何も言わなかった。こんなの誰にも言えない。アトラスへの侮辱だし、わたしへの侮辱だ。どうするべきかはわからないけど、このままにはしておけない。娘のこれからの十七年間に、いかなる虐待、たとえ嫌がらせのメッセージ一つでも許すつもりはなかった。

セリーナがその日のシフトを終え、ルーシーと二人きりになったとき、ついにそれは起こった。五時過ぎ、ちょうどママの家へエマーソンを迎えに行くために閉店の準備をしているところに、ライルが正面ドアから入ってきた。

まるで溶岩が押し寄せるように、一気に不安に飲み込まれる。

もともとライルを快く思っていないルーシーは、彼を見るなり小声で言った。「もし必要なら、裏に行ってようか?」

「ルーシー、待って」わたしはささやいた。唇が動いているのを見られないよう、手もとのスマホを見つめ、手を動かしているふりをする。「ここにいて」すがる思いでちらりと見ると、彼女は小さくうなずいて、そのまま仕事をつづけた。

ライルが近づいてくると、心臓が一段と早い鼓動を刻む。わたしは平静を装うこともできないまま、彼の目を見た。

彼はほんの数秒、わたしの視線を受け止め、ちらりとルーシーを見た。あごでオフィスを示す。「話せる?」

「もう店を出るところなの」わたしはすぐにきっぱりと言った。「エミーを迎えに行かないといけないから」

ライルの左手がカウンターの端を握るのが見えた。力を入れているせいで、腕の筋肉が盛り上がっている。「頼む。長くはかからない」

わたしはルーシーを見た。「店を閉めるまで待っていてくれる？」彼女が力強くうなずいてくれたのを見て、わたしはオフィスへ向かった。すぐ後ろに彼の足音がきこえる。オフィスに入ると、胸の前で腕を組み、大きく息を吸ってから彼に向き直った。

彼の懺悔《ざんげ》に付き合うのはもううんざりだ。その顔から白々しい苦悩の表情を拭き取ってやりたい。猛烈に腹が立つ。

「悪かった」彼は片手で髪をかきあげると、顔をゆがめて近づいてきた。「昨晩はイベントで飲みすぎて……」

わたしは何も言わなかった。

「メッセージを送ったことさえ覚えてない」

わたしは無言を貫いた。わたしの静かな怒りに居心地が悪くなったのか、彼は落ち着かない様子で、両手をポケットに入れて足もとを見つめている。「アリッサに話した？」

わたしはその質問に答えなかった。というより、その質問はさらにわたしの怒りを燃え立たせた。自分がわたしにどんなダメージを与えたかより、妹にどう思われるかを気にしているのだろうか？「いいえ、でも弁護士には伝えたわ」嘘だ。でも彼がこの店を出て行き次第、それは本当になる。これ以降、彼がわたしにしたことはすべて、文書にしておくつもりだ。アトラスの言うとおり、ライルは、書類上では完璧な人間だ。そして彼がこの嫌がらせを続けるつもりなら、わたしは自分とエマーソンを守らなくちゃならない。

ライルがゆっくりと顔を上げ、わたしの目を見た。「なんだって？」

「あなたのメッセージを弁護士に転送した」

「なぜそんなことを？」

「なぜ？　あなたが日曜日にわたしをドアに押しつけたうえに、真夜中に脅迫の言葉を送ってきたからよ。わたしは何もしていないのに」

彼はポケットから手を出すと、うなじをさすり、ぷいっとそっぽを向いた。背筋を伸ばして、大きく息を吸う。その息を吐くのをこらえ、心の中で数を数えて、高まった怒りを静めようとしている。

たしか以前、その方法がうまくいったはずだ。

だが、ふたたび彼がわたしに向き直ったときには、もう後悔の表情は消えていた。「このパターンに気づかない？　いつも問題の原因を作るのは誰か、まだ、わからないのか？」

もちろん、わたしにもパターンが見えている。でもそれは、ライルが見ているのとは違うパターンだ。

「リリー、この一年間、うまくやってきただろ？　奴が現れるまでは、何の問題もなかった。なのに、今は喧嘩が絶えない。このうえ弁護士まで巻き込むつもりか？」彼はこぶしで宙を殴りつけそうな勢いだ。

「自分のしたことを他人のせいにするのはやめて、ライル！」

「リリー、すべての問題の根源は誰なのか、気づかないふりはやめろ！」

ルーシーがオフィスの入口から顔をのぞかせた。わたしとライルを交互に見る。「大丈夫？」

ライルはいら立ちまぎれに笑った。「彼女は大丈夫だ」ドアへ向かうライルを、ルーシーはぶつかられないようドア枠にぴったりと身を寄せて避けた。「弁護士だと」彼がつぶやく。「誰のアイデアか当ててやろうか」ライルはつかつかと正面の入口に向かって歩いていく。ルーシーとわたしは慌ててオフィスを飛び出した。理由はたぶん同じ、彼が店を出ていったらすぐに、鍵をかけるためだ。

ライルは店の入口の前で、振り返ってわたしをにらみつけた。「おれは脳神経外科医で、きみは花屋だ、リリー。きみの弁護士が軽率なことをして、おれのキャリアに傷をつける前に思い出すんだな。きみのアパートメントの家賃を払っているのは、このおれだってことを」脅迫はドアを叩きつける音で締めくくられた。

ようやく彼が出ていったあと、鍵を閉めたのはルーシーだった。わたしは彼の捨て台詞《ぜりふ》にショックを受けて、その場から一歩も動けずにいたからだ。ルーシーはわたしのもとに戻ってくると、思いやりのこもったハグをした。

その瞬間、わたしは気がついた。虐待の関係を終わらせるうえで、もっとも難しいのは、必ずしもそれが最悪の時間を終わらせることにはならないってことだ。虐待から逃げだしても、最悪の時間は折に触れて、その醜悪な頭をもたげてくる。二人で過ごしたいい時間は確実に終わるのに。

わたしたちの結婚では、いくつかの恐ろしい出来事が、たくさんのすばらしい出来事に覆われていた。でも、結婚が終わった今、ブランケットは取り去られ、わたしのもとには彼の最悪の部分だけが残った。肌と心で覆われていた結婚が、今は骨がむき出しで、鋭い骨の先端や角が、わたしを傷つける。

「大丈夫？」ルーシーはもう一度たずね、わたしの髪をなでた。

わたしはうなずいた。「大丈夫、でも……彼は何か目的があって、ここから出ていった気がしない？　どこかほかへ行くような？」

ルーシーがさっとドアに目を走らせる。「たしかに。すごい勢いで駐車場から出て行ったわね。アトラスに知らせたほうがいいかも」

わたしはすぐにスマホを手にして、彼に連絡をした。

27

アトラス

最後にスマホをチェックしてから三十分しかたっていない。なのに、リリーから数回の電話とメッセージが三件も来ているのを見て、ぼくは驚いた。

電話して

わたしは大丈夫、でもライルが怒ってる

彼はそっちに現れた？　アトラス、電話して

まずい。

「ダリン、続きを頼めるか？」

ダリンに盛りつけの仕上げを代わってもらうと、ぼくはあわててオフィスからリリーに電話をした。だが、すぐに留守電に切り替わる。もう一度かけても同じだ。

家に戻ろうと、車のキーを探している最中に、電話が鳴った。ぼくはすぐに電話に出た。

「大丈夫か？」

「大丈夫よ」彼女は言った。

ドアへ急いでいた足をとめ、ぼくは半身で壁に寄りかかった。ほっと安堵の息をつくと、ようやく胸の鼓動がいつもの速さに戻った。

音からすると彼女は運転中のようだ。「エミーを迎えに行くところなの。彼が怒ってるって警告したくって。あなたのところへ行くかもしれないと思ったから」

「連絡してくれてありがとう。本当に大丈夫？」

「ええ。家に帰ったら電話をちょうだい。どんなに遅くてもかまわない」

ライルが店内を突っ切り、厨房に乱入して来たのは、彼女の言葉がまだ終わらないタイミングだった。あまりの剣幕に、スタッフ全員が顔を上げて作業の手をとめる。ヘッドウェイターのデレクが後を追ってきた。

「連れて来るって言っただろ」デレクがライルに言い、ぼくを見て、両手をあげた。阻止しようとしたけれど、止められなかったらしい。

「家に帰る途中で電話するよ」ぼくはリリーに言った。ライルがたった今現れたことは言わなかった。心配をかけたくない。ライルの目がぼくを見つけた瞬間に電話を切った。

もちろん、彼はぼくたちを祝福するためにここに来たわけじゃない。

「誰だ？」ダリンがたずねる。

「ぼくの追っかけだ」あごで裏口を示すと、ライルはその方向へ歩きだした。

厨房のスタッフはライルの乱入などなかったように、仕事に戻った。ダリン以外は。「何かできることはあるか？」

ぼくは首を横に振った。「大丈夫だ」

ライルが裏口のドアを乱暴にあけたせいで、ドアが勢い余って外壁に大きな音を立ててぶつかった。

面倒くさい野郎だ。ぼくも裏口へ向かう。だがドアをあけて、段を降りようとしたとたん、左から体当たりされた。ぼくはその場で倒れ、起き上がろうとしたところに、さらにパンチをくらった。

しかもいいパンチだった。それは認める。

くそっ。

ぼくは口を拭って立ち上がった、せめても、立ち上がる時間があったのはラッキーだ。本来、相手がまだ倒れているときに殴りかかるのはフェアじゃない。だが、ライルはどう見ても正々堂々と戦うタイプじゃない。

彼がもう一度、ぼくに殴りかかろうとする。だが、ぼくは寸前で後ろにさがって、彼のこぶしを避け、彼は勢い余ってよろけた。すぐに地面に手をついて、立ち上がると、いきり立った目でぼくをにらみつける。だが、それ以上手を出してこようとはしない。

「もう終わりか？」ぼくは言った。

ライルは返事をしない。だが、飛びかかってくることはなさそうだ。シャツのシワをなでつけるとにやりと笑った。「どうした？　前みたいに、やり返して来いよ」

ぼくは呆れ顔になるのをこらえた。「きみと喧嘩をするつもりはない」

彼は鼻息も荒く、大股で歩き回っている。怒りをため込んでいる様子だ。リリーがそれを見てどんな気持ちになるか、ぼくには想像もできない。腰に手を置き、ナイフのような鋭い目でぼくをにらみつけてくる。だが、その表情に現れているのは怒りだけじゃない。たくさんの痛みも宿っていた。

ライルの気持ちになってみようとしたこともある。だが、彼の立場に立ってみようとすればするほど、わからなかった。わかりようもない。過去にどれほどの不運が降りかかってきたとしても、それを理由に、自分が守るべき人を傷つけるのが許されると考える人間のことなんて。

「言えよ、言いたいことがあるから来たんだろ」

拳についた血をシャツで拭うライルを見て、ぼくは彼の手が腫れているのに気づいた。すでに何かを殴りつけてからここに来たようだ。先にリリーの無事を確かめていてよかった。でなかったら、このまま彼を歩いて帰らせることはなかったはずだ。

「弁護士がおまえのアイデアだと、おれが知らないとでも？」彼は言った。

あえて驚きは表に出さなかったが、何の話なのかまったくわからない。リリーが弁護士に相談したのだろうか？　そう思うと思わずにんまりとしそうになる。だが、そんなことをしたら、ますます火に油を注ぐことになる。ぼくの存在そのものがすでに彼にとってはいら立ちの種だ。

だが、無反応もそれはそれで癪《しゃく》に触ったらしい。ライルの顔が怒りでゆがんだ。「今はリリーをうまくだましているようだな。だが、いずれおまえたちは最初の喧嘩をするだろう。そして二回目の喧嘩も。それでようやく、彼女は結婚には、いつも虹がかかっているわけじゃないと知るわけだ」

「たしかに口喧嘩なら百万回するかもしれない。だが、何回喧嘩をしても、彼女を病院送りにして終わることはない」

ライルは声をあげて笑った。まるで頭のおかしいのはぼくだと言わんばかりに。だが、ぼくは自分の感情をコントロールできずに、相手の職場に乗り込むような人間じゃない。

「おまえにわかるわけがない。リリーとおれがどんなつらい経験をしてきたか」彼は言った。

「おれがどんなつらい経験をしてきたか」

ひと暴れしようとやってきたものの、ぼくが誘いに乗らないと知って、彼はこの時間を、不満や愚痴《ぐち》を吐き出すセラピーの場として使うことにしたらしい。彼にセオの電話番号を教えてやるべきかもしれない。正直、お手上げだ。

でも明日、また戻ってこられても困るし、これはせっかくのチャンスだ。それに、ぼくの目指す唯一のゴールは、リリーの人生を平和なものにすることで、もっとも避けたいのは、ぼくたち三人の関係を、さらに複雑なものにすることだ。ただし、ライルが自分の感情をコントロールできるのは自分しかいないと理解しないかぎり、ぼくもリリーと同じく、ただ見ているしかない。「きみの言うとおりだ」ぼくはゆっくりとうなずいた。「たしかに、きみがどんなつらい目にあったのか、ぼくはわからない」彼の警戒心を解くため、階段に腰をおろす。だが、また彼が殴りかかってきたら、次は冷静でいられるかどうかわからない。ぼくは両手を組み、なんとかわかってもらおうと彼に語りかけた。

「たとえ過去に何があったにせよ、それがあったからきみは優秀な脳神経外科医になった。そして世間はきみの優秀な面を必要としている。だが、その過去はまた、きみを最低の夫にもした。世間はきみの最低な面は必要としていない。人は何かになるチャンスを与えられても、その役割をうまくこなせるとは限らない。うまくできるかどうかは本人の資質次第だ」

ライルはくるりと目を回した。「そりゃまた、たいそうな話だな」

「ぼくは彼女が傷を縫《ぬ》ってもらうのを見た。認めろ。きみは夫としては最低だ」

彼は一瞬ぼくを見つめた。「自分のほうがましだと思う根拠は？」

「ぼくはリリーを彼女にふさわしいやり方で、大切にできる。彼女にぼくみたいな男がいたことをきみは喜ぶべきだ」

彼は声をあげて笑った。「喜ぶ？　喜ぶべきだと？」ふたたび怒りがこみあげたのか、数歩詰め寄ってくる。「おれたちの離婚の原因はおまえだ」

ぼくは段に座ったまま、持てる忍耐をすべて駆使して、挑発に乗るまいとした。「離婚の原因はきみ自身だ。きみの怒り、きみの暴力が招いた結果だ。きみと結婚していたとき、ぼくはリリーの人生について何も知らなかった。幼稚な真似はやめて、自分の問題をぼくやリリー、そして他の誰かのせいにするのはやめるんだな」ぼくは立ち上がった。彼を殴るためじゃない。ただ背筋を伸ばして、思いっきり深呼吸をしたかっただけだ。そうでもしなければ、どなり出さずにこの会話を続けていられるかどうかわからない。彼がリリーに何をしたのかを知りながら、その本人を目の前にして冷静でいるのはむずかしい。「ちくしょう」ぼくはつぶやいた。

「なんで、こんなことをぼくが……」

しばらくの間、二人とも無言が続いた。たぶん、憮然《ぶぜん》とした表情で、ライルにもぼくがそろそろ我慢の限界だと伝わったに違いない。ぼくは彼に向き直り、懇願するように言った。「これはもうぼくたちの問題だ。きみとリリー、ぼく、そしてエミー、皆が関わっている。協力し合って、切り抜けるしかない。クリスマス、誕生日、卒業式、エマーソンの結婚式。時には、きみには不愉快なこともあるだろう。でも、それを不愉快でないものにできるのもきみしかいない。きみにぼくたちの幸せを邪魔する権利はない。とくにリリーに関しては」

ライルは首を横に振った。アスファルトをはぎ取る勢いで、歩き回っている。「おれに応援しろと？　おまえたちふたりがうまくいくように？　おまえがおれの娘のいい父親になるよう励ませと？」思いもかけないぼくの提案に、ライルはあざけるように笑った。だが、ぼくは本気だ。

「そうだ。そのとおりだ」

ぼくの答えに混乱したのか、彼は立ち止まって首の後ろで両手を組んだ。

ぼくは一歩彼に近づいた。威圧するつもりも、大声をあげるつもりもない。ただ自分の真摯《しんし》な思いを感じとってほしかったからだ。「ぼくはリリーをできるかぎり幸せにしたいと思っている。でも、きみがぼくたちを受け入れ、協力をしてくれなければ、彼女は完全に幸せにはなれない。彼女は幸せになるべき人だ。なのに、きみがそれを阻んでいる。リリーにベストな状態で、自分の娘を育ててもらいたいと思うなら、どうか彼女に協力してほしい。ぼくたち皆ができることだ」

ライルは首を回した。「おれたちはなんだ？　チームか？」

協力なんて不可能だ、彼がそう決めてかかっていることが腹立たしい。「子どものために大人がするべきことはただ一つ、チームになることだ」

この言葉に、彼も何かを感じたのがわかった。たじろぎ、小さく息をのんだからだ。ぼくから顔を背け、歩きながらじっと考えている。振り返った彼の瞳からは、さっきまでの険しさが和らいでいた。

「結局、おまえたちがうまくいかなくて、リリーが逃げ場を求めてきても、よりを戻すのはごめんだ」ライルは出て行った。今度は、店の中ではなく、裏の路地を抜けて。

歩き去る彼の後ろ姿を、ぼくはただ哀れみを持って見つめていた。彼はリリーのことをまったくわかっていない。

まったく。

リリーは誰かに逃げ場を求めたりしない。ぼくがメイン州を離れたときも、彼女は後を追ってはこなかった。ライルと別居をしたときも、ぼくに助けを求めなかった。母親になることだけに、一生懸命だった。ライルは、本気で思っているのだろうか？ ぼくたちがうまくいかなかったら、彼女が居場所を求めて、彼のもとへ逃げ込むと？

リリーの居るべきところ《ホーム》はエマーソンだ。そして、まだ彼がそれをわかっていないとしたら、救いようがない。

離婚していなかったら、彼はリリーとの残りの人生で、自分の行き過ぎた怒りを正当化するために、次々に何かしらの問題をこしらえたはずだ。彼らの結婚において、ぼくは問題じゃないし、問題だったこともない。

以前はライルを哀れな奴だと思っていた。だがもう、哀れみは感じない。彼は自分が理解もしていない女性に固執して、ただ嫌がらせのために騒動を起こしている。ぼくの母も同じ性格だ。そういう人たちを変えることはできない。できるのは、その傍らで、自分の人生を生きていく術《すべ》を身につけることだ。

たぶん、それがリリーとぼくがやっていくべきことだ。ときには、ライルの度を越した怒りをやり過ごしながら、なんとか自分たちの人生をもっといいものにしていける術を身につける。

かまわない。毎日だって、その試練を受け止めてみせる。もしそれが、毎晩、彼女の隣で眠れることを意味するなら。

階段を上がって、皆が忙しく働く厨房に入ると、ぼくはライルがここに来たことなど、なかったかのように仕事の続きに戻った。今夜の話が、今の状況をよくするために役立ったかはわからない。でも、悪くすることはないと思う。

ダリンが濡らしたタオルを手渡してくれた。「血が出てるぞ」彼がぼくの唇の左端を指差す。ぼくはその部分にタオルを当てた。「あれがリリーの元夫？」

「ああ」

「話がついたか？」

ぼくは肩をすくめた。「どうだろう。また、頭にきて戻ってくるかもな。これが何年も続くかもしれない」ぼくはダリンを見て微笑んだ。「でも、リリーにはそれだけの犠牲を払う価値がある」

＊＊＊

三時間後、ぼくはリリーのアパートメントのドアをそっとノックした。彼女にはこれから行くと、メッセージで伝えている。もしかしたら、彼女がドライブスルーハグを必要としているかもしれないと思ったからだ。

ドアをあけた彼女を見て、やっぱりハグが必要だったとわかった。そしてぼく自身も、ハグを必要としている。リビングに入るとすぐ、彼女はすぐにぼくの腰に腕を回し、ぼくは彼女をしっかりと包み込んだ。そしてしばらくの間、抱き合った。

やがて顔を上げた彼女は、ぼくの唇の小さな切り傷に気づいた。「ライルがここまで幼稚なくそ野郎だったとはね。氷で冷やした？」

「すぐ治るよ。腫れてもいないし」

リリーは爪先立ちになり、ぼくの傷にそっとキスをした。「何があったのか話して」

ふたりでソファに座り、事の顚末を説明する。ライルに何を言ったのか、できるだけ思い出そうとしたけれど、いくつか抜け落ちたところもあるかもしれない。話をきき終わると、リリーはソファにもたれ、片脚をぼくの脚にのせ、指でぼくの髪をもてあそびながら、じっと考え込んでいた。

長い沈黙の後、やがて彼女はとろけそうな甘い瞳で、ぼくを見つめた。「殴られたあげく、自分の敵にアドバイスまでしてあげる人なんて、この地球上にアトラスしかいないわね」ぼくが何かを言う前に、彼女はすばやくぼくの膝にまたがり、顔を寄せた。「悪い意味じゃないの。殴り返すより、ずっといいと思う」

ぼくは両手で彼女の背中をさすりながら、彼女がひどく嬉しそうなことに驚いていた。なぜ、この会話が彼女にとって気の重いものだと思っていたのかわからなくなる。でも、これできっとよかったのだ。今はもう、ライルはぼくたちが付き合っているのを知っている。ぼくは言うべきことを言い、それでもお互い、比較的痛手を負わずに終わった。

「長くはいられないんだ。でもあと十五分、ハグしてられると思う。ジョシュがぼくの帰りが遅いって気づくぎりぎりまで」

彼女は片眉を上げた。「そのハグって、つまり……」

「つまり服を着ないでするハグだ。あと十四分ある」ぼくは彼女をそっと押し倒すと、キスからはじめて、十四分間、ノンストップで愛し合った。やがて十四分が十七分に、いや二十分になった。

ようやく彼女のアパートメントを出たのは三十分後だった。

28

リリー

床の上にごみ袋を何枚も敷いて、その上に二人を座らせるという、アリッサの名案のおかげで、片づけはあまり手がかからないはずだ。エミーといとこのライリーは、今、ケーキまみれになっている。

何が起きているのかわかっていないけれど、エミーは楽しそうだ。わたしたちは結局、アリッサの家で彼女のためにささやかなパーティーをひらくことにした。ママも来ている。それからライルの両親、もちろんマーシャルもいる。

ライルもいるけれど、そろそろ帰るようだ。サヨナラのキスをする前に、スマホで二人の小さなレディの写真を撮っている。

今日はずっと忙しくて、ライルがマーシャルにそう言うのがきこえたけれど、パーティーには来た。プレゼントを渡す時間に間に合うようにやってきて、ケーキがぐちゃぐちゃになるまでいた。彼が撮った写真は、いつかエミーの大切な一枚になるはずだ。

彼がここに来てから、わたしたちはまだ一言も話をしていない。一定の距離を取ったまま動きまわり、皆の前では何も問題がないふりをしていた。けど、ライルは問題だらけだ。部屋の反対側にいても、彼から放たれる緊張を感じる。でも彼に責められるより、彼に無視されるほうがましだ。二つのうちどちらかを選ぶなら、文句なしに無視されるほうを選ぶ。

残念なことに、無視は長く続かなかった。

ライルが今日、初めてわたしと目を合わせた。うっかり一人で立っていたら、すかさず近づいてきて、隣に立った。体がこわばる。今、ここでは話をしたくない。先週、彼がわたしの店を去り際にひどい言葉を吐いて以来、話をしていない。話をするべきなのはわかっているけれど、娘の誕生パーティーが適切な時と場所だと思えない。

ライルはポケットに両手をいれ、あごを引いてじっと足もとを見つめている。「きみの弁護士はなんて？」

怒りが胸にこみあげる。わたしは彼を横目でちらりと見て、首を振った。「今ここでその話はやめましょ」

「じゃあ、いつ？」

実際は〈いつ〉ではなく、〈誰と〉という問題だ。なぜなら、わたしはどんなことであれ、もう二度と彼と二人きりで話し合うつもりはない。二人きりになればわたしの身の安全は保証されない、そのことを彼が自ら証明してみせた。だから、今まで許していた特権はおしまいだ。

「メッセージを送るわ」わたしはそう言って、その場から離れた。ライルは立ち尽くしている。母がエミーを抱いて、顔や手についたケーキを拭きとっているのを見て、わたしは二人のほうへ向かった。だがその瞬間、アリッサに呼ばれた。

「おしゃべりタイムよ」後ろについて彼女の寝室に行くと、彼女はベッドに座った。何かききたいことがあるらしい。でなけりゃ、彼女はわたしを寝室に誘わないし、そのタイミングはいつも実に的を射ている。わたしは部屋に入るなり、くるりと目を回して、彼女の隣に腰をおろした。「何が知りたいの？」店で近況を報告しあってから二、三週間はたっている。わたしの人生について、彼女が知りたがっていることはたくさんあるはずだ。とくに最近は、いろいろなことが起こっている。

アリッサはベッドにごろりと仰向けになった。「ライルとの間に何かあったのね？」

「わかった？」

「ばればれよ。大丈夫？」

わたしはしばらくの間、その質問について考えた。大丈夫だろうか？ わたしはずっとその質問に答えるのを避けてきた、なぜなら大丈夫じゃないからだ。エマーソンが生まれて数カ月がたった後でも、誰かにそうたずねられると作り笑顔で応じていた。心の中では恐怖にちぢこまっていたのに。

だがこのとき、わたしは初めて嘘をつかずに言った。「うん、大丈夫」

アリッサは黙ってわたしを見つめた。彼女の顔に安心が浮かぶ。今回はわたしの言葉が本当だと思ったらしい。わたしの手を引っ張って、自分の隣に寝かせると、腕をわたしの腕に絡める。わたしたちはただ天井を見上げ、人で一杯の家の中での静かな時間を楽しんだ。

アリッサが今もそばにいてくれることが嬉しい。離婚の上に彼女を失うなんて、耐えられなかったと思う。彼女の寛大で前向きなところに、いつだって助けられてきた。

ライルにも同じことが言えたらいいのに……。彼の中にはモンスターが潜んでいて、つねに大暴れするチャンスをうかがっている気がする。そいつは騒ぎの種を与えたら、すぐさま食いつく。何も起こらないと、自らその種を作り出す。でも、わたしはもう彼のゲームに参加するつもりはない。結婚当初、ライルへのわたしの愛情は純粋なものだった。たとえどれだけライルが、暴力を正当化するために、自分に都合よくでっちあげた話をもっともらしく語ったとしても。

「アドニスとはどうなってるの?」

わたしは声をあげて笑った。「アトラスのこと?」

「アドニスはアドニスよ。あなたが恋に落ちた美しきギリシャ神」

わたしはまた笑った。「アドニスって近親相姦で生まれたんじゃなかっけ?」

アリッサはわたしを肘でつついた。「話をそらさないで。うまくいってる?」

わたしは腹這いになって片眉を上げた。「うん。もっと一緒に過ごす時間が取れたらいいんだけど。花屋が閉まるころに、彼のレストランはオープンするから、まだふたりで一晩過ごしたこともない」

「今、彼は何をしてるの? 仕事?」

わたしはうなずいた。

「今日、早く仕事を終われるかきいてみたら? 今晩、エマーソンはわたしが預かる。お迎えはいつでもいいわ」

アリッサの提案に、わたしは目を丸くした。「本当に?」

アリッサがベッドから降りた。「ライリーはエミーがいるとご機嫌がいいの。安心して、アドニスと楽しい夜を過ごしてきて」

＊　＊　＊

わたしは自分が店に向かっていることをアトラスにメールしなかった。今夜は〈コリガンズ〉で仕事だときいていて、驚かせたらおもしろいだろうと思ったからだ。でも、厨房に続くドアから中に入ると、その忙しさにくらくらした。誰もわたしが入ってきたことにさえ気づかない。わたしはあたりを見渡して彼を探した。

次々と差し出される皿を、アトラスがチェックしてトレイにのせると、ウエイターがそれを持ってすばやく店内へとつづく両開きのドアの向こうへ消えていく。〈ビブズ〉も高級レストランだと思っていたけれど、ここは〈ビブズ〉よりさらに格式の高い店だ。ウエイターはみんな正装だ。アトラスも白い調理服を着ていて、キッチンにはほかにも数人、同じ格好のスタッフがいる。

皆が完璧なリズムで働いている姿に、来てよかったのかどうかわからなくなる。彼のところまで行こうとしたら、邪魔になりそうだ。連絡もせずに来たのが、急に気まずく感じられた。

ダリンを見つけたと思ったら、彼はすぐにわたしに気づいてくれた。にっこり笑ってうなずき、それからアトラスをつっついてわたしのほうを身ぶりで示す。アトラスは振り向き、自分の店の厨房にわたしがいることに気づいて、瞳を輝かせた。だがそれも一瞬だ。すぐに喜びは心配へと変わった。わたしがここにいるのは何かあったせいではと思ったらしい。からのトレイを持って戻ってきたウエイターをひょいとよけると、まっすぐにわたしのところへやってきた。

「やあ。何も問題はない？」

「大丈夫。アリッサが今夜エミーを預かってくれることになったから、寄ってみたの」

アトラスは嬉しそうににっこり笑った。「一晩ってこと？」彼の瞳が熱くなる。

わたしはうなずいた。

「後ろが熱いよ！」誰かがわたしの後ろで叫んだ。後ろが熱いよ？　わけがわからず、目を白黒させるわたしを、アトラスが引き寄せ、料理をのせたトレイを持つウエイターのために道をあけた。

「キッチンスラングだ」彼は言った。「熱い料理が後ろを通るから道をあけてくれ、という意味」

「へえ」

アトラスは声をあげて笑い、肩越しに調理中だった皿に目をやった。「あれを済ませるまで二十分くらい待っててくれる？」

「もちろん。早く上がれるかどうかきくために来たんじゃないの。あなたが仕事をしているところを見られたらいいなって」

アトラスはステンレスのカウンターを指差した。「そこに座ってて。特等席だ。何かをひっくり返す心配もない。仕事に戻るよ。すぐに終わるから」彼はわたしのあごを持ち上げ、体をかがめてキスをすると、料理の仕上げに取りかかった。

わたしはカウンターに座り、邪魔にならないようできるだけ脚を縮めた。数人のスタッフがちらりとわたしを見ているのに気づいてどぎまぎする。今、ここで働くスタッフの中で、知っているのはダリンだけだ。ほかは誰が誰だかさっぱりわからない。突然現れて、アトラスにキスをされて、自分たちが仕事しているのを眺めている謎の女を、彼らはどう思っているのだろう?

アトラスが普段からしょっちゅう女性を連れてきているなら話は別だけれど、そんなことはなさそうだ。誰もが珍しいものを見る目でわたしを眺めている。

手があいたダリンが、挨拶をしに来てくれた。すばやくハグを交わす。「また会えて嬉しいよ、リリー。今も下手なプレイヤーをカモにしてる?」

わたしは声をあげて笑った。「最近はやってないの。まだポーカーナイトを続けてるの?」

彼は首を振った。「いや、アトラスがレストランを二軒にしたせいで忙しすぎてね。全員がそろう夜を見つけるのがむずかしい」

「残念ね。今はこの店の担当?」

「まだ確定じゃない。アトラスはぼくにここのメニューを任せられるか様子を見てる。ぼくをヘッドシェフに昇進させたくて」彼はわたしの耳もとで微笑んだ。「もっと時間が欲しいんだって。今、その理由がわかった」ダリンは自分の肩に布巾をぽんとのせた。「会えてよかった。しょっちゅう顔を見せてよ」そう言うと、ウインクをして仕事へ戻っていった。

アトラスが仕事の時間を減らそうとしているときいて、嬉しさのあまりみぞおちがもぞもぞした。

それから十五分間、わたしは黙ってアトラスが働くのを見ていた。彼はときどきわたしを見てはにっこりするけれど、それ以外は真剣な顔で仕事をしている。その熱心で自信に満ちた仕事ぶりをわたしはうっとりと眺めた。

従業員はのびのびと仕事をしていて、みんなが彼のアドバイスを求めにくる。彼もまた、きかれた質問に一つ一つ丁寧に答えていた。その間にも何度か大声が飛び交う。でも、怒って誰かをどなりつける声じゃない。料理のオーダーを告げる声、そしてそれに応えるシェフの声だ。厨房は慌ただしいけれど、活気に満ちていた。

正直、予想外だった。もしかしたらアトラスの別の一面——テレビで見るシェフみたいに、やたらスタッフをどなりちらすところ——を見ることになるのではと心配していた。でも、さいわいなことに、この厨房ではそんな光景は一つもなかった。

胸躍る三十分が過ぎると、ようやくアトラスが持ち場から離れた。手を洗い、わたしのところへやってくる。嬉しさに胸がはち切れそうなわたしに、体をかがめてキスをする。スタッフ全員に見られてもまったく気にしていない。

「ごめん。思ったより時間がかかった」彼は言った。

「楽しかったわ。想像とはまったく違った」

「どんなふうだと思ってたの？」

「シェフってみんな横柄で、スタッフにどなり散らすと思ってた」

彼がおもしろそうに笑う。「うちの厨房にそんな奴はいない。残念だったね。期待を裏切って」彼は組んでいたわたしの脚をほどくと、その間に体を滑りこませた。「あのさ」

「なあに？」

「ジョシュは今晩セオの家に泊まる」

にやにや笑いがこらえきれない。「すごくステキな偶然ね」

彼はわたしに顔を寄せ、耳もとでささやいた。「きみの家？　それともぼくの？」

「アトラスの家で。あなたの匂いがするベッドにもぐりこみたい」

耳たぶを軽く噛まれると、うなじがぞくぞくする。彼はわたしの両手を取り、カウンターから降ろすと、通りかかったスタッフに声をかけた。「続きを任せていい？」

「もちろん」

アトラスはわたしを振り返って言った。「あとでぼくの家でね」

＊　＊　＊

こういうこともあろうかと、彼のレストランに行く前に自宅に寄って、お泊りの荷物を用意していた。そのおかげでアトラスより先に彼の家に着いた。彼を待っている間に、車の中からアリッサに報告を入れる。
ちゃんと寝た？
ばっちり。そっちはどう？
ばっちり;)
楽しんで。あとで全部きかせて
アトラスの車が私道に入って来ると、ヘッドライトがわたしの車の中を照らした。彼が車のドアをあけてくれたとき、わたしはまだバッグに持ち物を入れているところだった。車から降りるのももどかしく、アトラスは片手をわたしの髪に差し入れ、キスをした。ずっと、ずっとキスしたかった、そう大声で叫んでいるようなキスだ。

彼が体を引き、優しく微笑みながらわたしの顔を見つめる。「今夜、厨房できみがぼくを見ていたの、嬉しかった」

ぞくぞくする。「わたしはあなたを見るのが好きよ」そう言いながら、つい頬がゆるんでしまう。助手席からバッグをとると、それをアトラスが受けとって肩にかけた。彼の後をついてガレージを通り抜けるとき、片側の壁にそって積まれた引っ越しの段ボールが目に入った。その横には、まだ組み立て中のトレーニング用のベンチもある。洗濯機の前には、洗濯物が一杯に入ったバスケットが二つ置かれていた。

少しばかり散らかったガレージの様子に、わたしはほっとした。あまりに完璧すぎると思っていたアトラス・コリガンの背後にも、わたしたちと同じように日々の雑用があり、溜まった洗濯物がある。

彼は鍵をあけ、わたしのためにドアを手で支えた。前の家より小さいけれど、彼一人が暮らすには十分すぎる。この界隈《かいわい》の家はどれもこれも同じようなつくりの建売じゃない。それぞれ個性がある。角に建つピンクの壁の二階建てから、通りの一番奥にあるモダンな箱形のガラスの家までさまざまだ。

アトラスの家はバンガロー風、平屋づくりでベランダがある。両隣を大きな家に挟まれているけれど、裏庭は左右の家よりずっと広い。いつかガーデニングをするのによさそうだ……。

アトラスがセキュリティのキーパッドに暗証番号を打ち込んだ。「暗証番号は９５９５だ」彼は言った。「一人で来るときのために覚えておいて」

「９５９５ね」わたしはつぶやき、それが彼の電話番号のロック解除と同じ数字だと気がついた。そんなわかりやすいところも嫌いじゃない。

セキュリティコードは鍵じゃない。でも、それを教えるのは鍵と同じくらい大きな意味がある。彼はわたしのバッグをソファに置くと、リビングの明かりをつけた。わたしはといえば、邪魔にならないよう壁にくっついて、彼をじっと見つめていた。仕事中の彼を見ていたのが好きだと言ってくれてよかった。今や、アトラスを見るのはわたしの一番お気に入りの暇つぶしだ。ハエになり、彼の家の壁にとまって、彼を見ているだけで幸せだ。「夜、家に帰ってからのルーティーンはある？」

アトラスは首を傾げた。「どういう意味？」

わたしは手振りで部屋を示した。「夜、家に帰ってきたら何をするの？　わたしがいないとしたら？」

彼は静かにわたしを見つめると、すたすたと歩いて来て、わたしの目の前で立ち止まる。それから壁にもたれているわたしの頭の横に片手をついて顔を寄せた。「そうだな」ささやき声だ。「まず、靴を脱ぐ」

片方の靴を蹴って脱ぎ、もう片方も脱ぐ音がした。体をかがめ、顔をさらに近づけてくる。彼の唇がかすかにわたしの唇に触れると、肌の下で火花が散った。「それから……」彼が唇の端にキスをする。「シャワーを浴びる」壁を押して体を引くと、わたしの目をじっと見つめた。

そして寝室へ消えて行った。

大きく深呼吸をしてどうにか気持ちを立て直すと、シャワーを浴びる音がきこえてきた。わたしは靴を脱いで、彼の靴の横に置き、彼が消えた廊下を進んでいった。半開きのドアをそっと押して、初めて彼の寝室に入る。ビデオ通話で見たことはあったけれど、実際に入ったことはなかった。黒いヘッドボードとその後ろにあるインディゴブルーの壁には見覚えがある。でもそれ以外の部分を見るのは初めてだ。わたしは部屋をざっと見渡し、バスルームのドアを探した。

ドアは開けっ放しだ。入口の床に彼が脱ぎ捨てたシャツがある。

胸の鼓動が激しくなる。まるで何も着ていないアトラスを見るのは初めてみたいに。もちろん男性の裸を見るのは初めてじゃないし、アトラスの裸も見たことがある。彼とシャワーを浴びたことも。だが彼といると、まるで記憶喪失にでもなったのかと思うほど、毎回、胸がどきどきする。

バスルームの入口を入ると、シャワーを囲むように石の壁があるのを見て、ちょっとがっかりした。その向こうからきこえる水が落ちて、跳ねる音に、体じゅうのくびれというくびれが引き締まる。

服を着たまま、シャワーブースに向かってゆっくりと進む。壁に背中をぴったりつけたまま、ほんのちょっぴり頭を出して、壁の向こうをのぞいた。

アトラスはシャワーの下に立ち、目を閉じ、両手で髪を洗いながら、落ちてくるお湯を顔で受け止めている。わたしは壁に張りついたまま、その姿をじっと見つめた。

今はもう彼もわたしがいることに気づいている。でも知らん顔を決めこんで、彼の姿を好きに堪能《たんのう》させてくれた。今すぐ駆け寄り、泡だらけの肩の盛りあがった筋肉に手をはわせて、腰のくぼみにキスをしたい。彼の体は非の打ちどころのない美しさだ。

髪と顔に残った泡をすっかり洗い流すと、彼はわたしを見た。やがて彼の目が細く、暗くなった。彼が正面にくると、わたしの視線は下へと……

「リリー」

はっとして顔を上げると、彼の目が笑っている。次の瞬間、濡れたタイルの上をすばやく移動してきた彼に手をとられ、腕の中に引き入れられる。そのままシャワーの下に連れていかれ、わたしは勢いよく落ちてくるお湯の中で思わず小さく喘いだ。

アトラスはその喘ぎを口で受け止め、わたしの太ももをつかむと、ぬれたジーンズに包まれた脚を自分の腰に絡ませる。わたしの背中を壁に押しつけ、いくらか重みを軽減すると、片手を自由に使えるようにした。

その手で彼がシャツのボタンをはずしにかかる。

わたしも両手で彼を手伝った。その間、キスが途切れたのは、彼がわたしを床に降ろして立たせ、腕からシャツを引き抜いたときだけだ。シャツが床に落ちて小さな水しぶきを立てると、今度は彼の指がジーンズのボタンへとのびる。

貪《むさぼ》るようなキスを重ねながら、アトラスは両手をショーツにかけ、ジーンズもろともじりじりとさげていく。

かがんだ彼が足首まで引きおろしたジーンズを、わたしが自ら乱暴に引き抜くと、彼は両手でわたしのふくらはぎをなでながら、ゆっくりと立ちあがった。

次は彼の指先がブラのホックにかかった。ホックがはずれた瞬間、下腹部がうずき、ふたたび唇と唇が重なる。だが今度はゆっくりと優しいキスだ。最後に残った一枚を取り去る瞬間を味わうかのように。

彼がわたしの肩に手を滑らせ、ストラップを指にかけて腕へと落とすと、ブラがぽとりと床に落ちた。アトラスは上半身をそらし、しばらくの間、うっとりとわたしを見つめた。彼の片手がわたしのお尻をすっぽりと包み、強くひねりあげる。

彼の首に両腕を回し、あごにそってキスをしながら、わたしは耳もとでささやいた。「次は、どうするの？」

彼の両腕に鳥肌が立つのが見え、小さなうめき声とともに、彼はわたしを壁に押しつけ、腰の高さが同じになるまで持ち上げた。彼をもっと感じたくて腰をくねらせる。わたしの動きにこたえて彼が腰を突き上げるたびに、喘ぎ声をもらさずにはいられない。ふたりともそれを求めているのは明らかだ。でも彼はさらに目で、許可を求めた。お互い避妊についても話し合っているし、検査は受けている。わたしはうなずき、たった一言つぶやいた。「イエス」

彼の腕にかかる負担を減らすため、彼の両肩をしっかりつかんで、彼を迎え入れる体勢を整える。彼が左の腕でわたしを支えたまま、右手で自らの昂《たか》ぶりをつかみ、わたしを押し広げていくのを感じた。

耳もとできこえる切なげなため息に、わたしは大きく息を吐いた。うめき声のようなそれが、さらにアトラスを奮い立たせた。

あまりに激しい動きに、彼の腰に巻きつけ、交差していた足首がはずれた。滑り落ちそうになるわたしを、彼はぐっと引き上げ、ふたたび、さらに深く貫いた。

もう一度うめき声をあげたわたしに、彼が腰をくねらせる。二度、そして三度。ずぶぬれのままシャワーブースの壁に押しつけられて愛を交わすのは、ベッドと違って優雅じゃないけれど、アトラスの荒々しい一面をもっともっと見てみたい。

さらに数分、彼が自らの猛々しさをわたしに見せつけると、ふたりともぐったりして息が切れ、続きはベッドでしたくなった。彼は黙って体を離し、わたしを降ろして立たせた。シャワーをとめてタオルをつかむと、わたしの髪の水を絞り、上から下へと体をタオルで拭いていく。そしてそのタオルで自分の体もさっと拭うと、わたしの手を引いてバスルームから出た。

彼に手を引かれて寝室へ向かう。ただそれだけで、なぜだかどうしようもなく胸が高鳴った。

アトラスがブランケットを持ち上げ、わたしをその中に潜り込ませる。雲の中に寝そべっているような心地よさだ。隣にすばやく入ってきた彼が、ぴったりと体を寄せる。彼はわき腹を下にして横たわると、わたしをそっとあおむけにして、自分のほうに引き寄せた。

この姿勢が大好きだ。彼がそばで肘をついて、わたしを見下ろしている。昔も、その目がわたしを見下ろしていたのを思い出す。かすかな笑みをたたえ、まるでわたしが自分にもたらされたご褒美でもあるかのように。

顔を寄せ合うと、ふたたびキスが穏やかどころではなくなった。彼は深く舌を差し入れ、わたしを味わいながら、手際よくコンドームを装着した。その間も、キスの力強さはいささかも衰えない。彼はわたしの脚をつかんで広げ、その間に入り込んだ。

覆いかぶさり、ふたたびわたしに自らの昂ぶりを突き入れる。次の瞬間、わたしはすべてを忘れて、甘美なうねりに身をゆだねた。

＊　＊　＊

ベッドで横たわるアトラスに体を寄せ、脚を彼の太ももに絡める。これこそわたしが心待ちにしていた瞬間だ。日々の慌ただしさから逃れ、ふたりだけで過ごす静かで満ち足りた時間。わたしは彼の胸に頭をのせ、腕を優しくなぞる彼の指先の感触を楽しんだ。

彼がわたしのつむじにキスをした。「あの日、ばったり出会ってからどのぐらいだっけ？」

「四十日よ」わたしは答えた。もちろん数えている。

彼が驚いたように、はっと短く息を吐く。

「どうして？　もっと長い気がする？」

「いや、ぼくと同じように、きみも数えているかどうか知りたくて」

わたしは笑って、ちょうど彼の心臓がある位置に唇を押し当てた。

「今日のパーティーはどうだった？」彼がたずねる。言われなくても、彼がききたいことはわかっている。ライルがわたしにどんな態度をとったかだ。

「パーティーは大成功よ。ライルとは五分くらい話をした」

「彼の態度は？」

「大丈夫。お互いにほとんど近寄らないようにしていたし」

アトラスはわたしの髪を指ですくい、背中へと流した。何度か同じ動きを繰り返す。「それはいい兆候だ。これからもっとうまく付き合えるようになっていくといいね」

「そうね」わたしも同じことを願っている。けれど、これ以上、彼の反応に自分の幸せを振り回されないことも。今の自分の生活を一番に考えたい。それでライルが腹を立てたり、不愉快だと感じたとしても、それは彼の問題だ。「今週、アリッサに頼んで、ライルとの話し合いに同席してもらうわ。何が起きたのか、そして今後はどうするべきなのかを話し合いたいの。でも彼と二人だけでその話をするのは嫌だから」

「それがいい」

ライルとは、このまま最低限のやりとりを続けることになるだろう。けど、わたしはそれで一向にかまわない。耐えられないのは侮辱の言葉、脅迫的なメッセージ、感情の爆発だ。彼には取り組むべき課題がたくさんある。今度こそ、逃げ出さず、自分の問題にきっちりと向き合ってもらいたい。

もっと早くに覚悟を決めるべきだったのだろう。なのに、できるだけ穏便に済ませようとしてきた。でも、もうライルのために自分の人生を曲げたりしない。

わたしはわたしの人生にポジティブなものをもたらしてくれる人と生きていく。わたしを励まし、わたしの幸せを喜んでくれる人のために。人生の決断は、そういう人たちのためにするつもりだ。

これからもできる限りベストを尽くすつもりだし、それが今のわたしにできるすべてだ。いつも正しいタイミングで、正しい決断はできないかもしれない。でも決断をする勇気を見つけられた、それが大事なことだ。

アトラスがわたしのあごを指で持ち上げると、彼と視線が合った。彼の顔には、自分が望む場所にいるという自信があふれている。「今、ここにこうしていられることをぼくがどれほど喜んでいるか、とても言葉では言い表せない」わたしを抱き寄せ、自分の胸の位置まで引き上げて、わたしと目を合わせた。髪を優しくなでながら。「毎晩こうしてきみとベッドにいたい。きみとシャワーを浴びて、料理をして、テレビを観て、きみとスーパーへ買い物に行きたい。何もかもきみと一緒にしたい。この先ずっと一緒に過ごすかどうか、まだ決めていないふりをするのは嫌だ」

心臓が史上最速の速さで鼓動を刻みはじめる。わたしは指で彼の唇をなぞった。「ふりなんかしない。わたしたちはきっと、これから先ずっと一緒に過ごすわ」

「そうなるまで、どれほど待てばいいんだろう？」

「もうすでに、そうなってるじゃない」わたしは言った。

「きみにうちに引っ越して来てって言うのに、どれくらい待てばいい？」

みぞおちが熱くなる。「六カ月かな、少なくとも」

その言葉をかみしめるように、彼はうなずいた。「プロポーズは？」

喉の奥に熱いものがこみあげて、うまく声が出ない。「一年。一年半かな」

「一緒に暮らしはじめてから一年？　それとも今から一年？」

「今からよ」

彼は笑って、わたしをぴったりと抱き寄せた。「それをきいて安心した」

わたしは彼の首に顔をうずめて、笑みをこらえた。「もうこんな話をしているなんてびっくり」

「だよね。ぼくのセラピストが知ったら殺されそうだ」

わたしは微笑みながらごろりと転がって、彼の胸から降りると横向きに寝た。彼の腕の下に潜りこんで、指で彼の胸をつつき、割れた腹筋をなぞる。わたしの指の下で、筋肉がぴくりと動いた。「筋トレをしているの?」

「できるときは」

「やっぱり」

アトラスは朗《ほが》らかな笑い声をあげた。「リリー、またぼくを誘惑する気?」

「そうよ」

「お世辞なんかいらない。きみが裸でぼくのベッドにいてくれるだけでいい。ほかには何もいらない。もう何年も前から、ぼくはきみに夢中だ」

わたしは頭を上げて、挑戦的な笑みを浮かべた。「ほんとに? もうほかにしてほしいことはない?」

彼は物憂げに微笑み、首を横に振ると、親指でわたしの下唇をさっとなでた。「もう大満足、今は悟りの境地だ」

わたしは彼の目を見つめたまま、ゆっくりと彼の体を下へと移動した。「もっと感動させてあげる」ささやきながら、みぞおちにキスをすると彼が深いため息をついた。その間も彼の顔から視線をはずさなかった。見つめ返す彼の切なげな表情にぞくぞくする。

ゆっくりとシーツを脇へずらすと、彼がはっと息をのむのがわかった。もはや彼の腰から下を覆うものは何もない。彼の瞳に影が差す。「リリー、何を？」
彼の昂ぶりに舌を這わせた瞬間、彼は枕に頭を預け、背中を弓なりに反らした。
口に含むと、彼はうめき、わたしは見事に彼の期待を裏切ってみせた。

29

アトラス

彼女とはどれだけ一緒にいても飽きない。だが、問題はない。彼女もぼくに飽きることはないようだ。今朝、彼女はすべるようにぼくの上に乗ってきて、うなじにキスをしてぼくを起こした。

結局、数秒後には、逆に脚のつけねにキスをされて、のけぞるはめになっていたけれど。

たぶん、ぼくたちは互いに飢えていたのだ。こんなふうに一夜を過ごせるのはめったにないとわかっているし、何年もずっと、互いを恋しく思っていたせいかもしれない。

あるいは、これが人を愛するということなのだろう。リリー以外の女性と付き合ったこともあるけれど、本当に愛したのは彼女だけだと今は確信を持って言える。

リリーに対するぼくの想いは高まる一方だ。十代の頃よりも、はるかに。そしてもっと強く、深く、刺激に満ちている。かつて一度はそうしたように、彼女のもとから歩き去るなんて、とても考えられない。

今のぼくは、自分がリリーのそばにいるべきではないと考えていた十八歳の頃とはまったく違う心持ちでいる。今はリリーに夢中《all-in》だ。ゆっくり進めるなんて考えられない。ゆっくり進める必要があるのはわかっているけれど、納得はしていない。彼女に毎日そばにいてほしい。会えない日はどこか物足りなさを感じる。

ようやく一晩を一緒に過ごした今、胸の痛みはさらにひどくなった気がする。会えない時間が長くなると、何も手につかなくなりそうだ。今、ぼくの隣で歯を磨いている彼女が、もうすぐ帰ってしまうと考えるだけで心がふさぐ。

朝食を作ると言えば、少なくともあと一時間は引きとめられるかもしれない。

「なぜ予備の歯ブラシがあるの？」リリーがたずねる。洗面台で口をゆすいで、ウインクをした。「しょっちゅうお泊りをする人がいるとか？」

ぼくはにっこり笑って、口をゆすぎ、その質問には答えなかった。歯ブラシは彼女のために用意していたものだ。だが、それを認めたくない。この数年、もしかしてリリーが……そう考えてささやかな準備をいくつも重ねていた。

二年ほど前、彼女がライルから逃れてぼくの家に泊まったあとは、万が一彼女が戻って来たときに備えて、たくさんのものを買いに出かけた。予備の歯ブラシ、来客用の寝室のためのふかふかの枕、身一つで逃げ込んで来たときのための着替え。

いわばリリーの〈緊急避難セット〉というわけだ。今は〈お泊りセット〉と言うべきかもしれない。そのセットを引っ越しのときにも持ってきた。どんなときも、最後には一緒になれるかもしれないというわずかな希望を捨てずにいた。

いや、正直に言えば、わずかどころか大いに希望を持っていた。リリーがぼくの人生に戻ってくる可能性を考えて、すべての決断をしてきた。たとえば、この家を選んだのもそうだ。決め手は裏庭だった。一目で、リリーが気に入りそうだと思ったからだ。

ぼくは口もとをタオルで拭い、そのタオルを彼女に手渡した。「帰る前に朝食を作ろうか？」

「ええ、でもその前にキスして。今朝よりはずっといい味がするはずよ」ぼくは爪先立ちになった彼女に腕を回して、抱きあげると、キスをしたままバスルームを出て、ベッドに降ろした。彼女を見おろしてたずねる。

「パンケーキがいい？　クレープ？　それともオムレツ？　ビスケットとグレービーソース？」

彼女が答える前に玄関のチャイムが鳴った。「ジョシュが帰ってきた」すばやくキスをする。

「あいつはパンケーキが好きなんだ。それでいい？」

「パンケーキ大好きよ」

「じゃあ決まりだ」リビングへ行き、ぼくはジョシュのために鍵をあけた。だがドアをあけた瞬間、その場で凍りついた。そこにいたのは母だった。

思わずため息が出た。ドアスコープを確認しなかった自分に腹が立つ。

母は腕組みをして、無表情でぼくを見つめている。「昨日ケースワーカーが来たよ」目はぼくへの非難で一杯だ。だが、かろうじてどなりだすことはしない。

リリーの前で、母とやりあうつもりはない。外に出て話をするため、ドアを閉めようとした瞬間、母が家の中に踏み込んできた。「ジョシュ！　出てくるんだよっ！」家の中に向かって叫ぶ。「ジョシュはいない」ぼくは小さな声で言った。

「どこにいるの？」

「友だちの家だ」ポケットからスマホを出して時間を確認する。十時にはジョシュを送っていく、ブラッドはそう言っていたけれど、もう十時十五分だ。どうか母がいる間に、帰ってきませんように。心の中でつぶやく。「あの子に電話して」母が命令口調で言った。

ドアが大きく開けっ放しになっていたせいで、視界の端に、廊下からこちらをのぞくリリーが見えた。

リリーとともに迎えた朝がこんな結末を迎えるなんて、がっかりだ。全身を後悔の念が駆け巡る。ぼくは彼女に目で詫び、それから母を見た。

「ケースワーカーは何だって？」ぼくはたずねた。

母はきつく唇を結び、視線をさっと左にそらした。「まだ調査は始めてないって。今日中にあの子を返さないと、あんたを訴えるからね」

児童保護サービスがどんな手順で調査をするのかは、すでに調べて知っている。まだジョシュに事情聴取の連絡さえ来ていない。「嘘をつくな。帰ってくれ」

「息子を渡してくれたらね」

ぼくは大きく息を吐いた。「ジョシュは、今は母さんとは暮らしたくないって言ってる」あるいは、これからもずっとかもな。だが、その皮肉を口にするのは控えた。

「あたしと暮らしたくないだって」母はぼくの言葉を繰り返して笑った。「あの歳の子どもで、親と暮らしたい子なんている？　あの歳の子どもに手をあげない親も？　あんなことで親権を取りあげられたりするもんか。くそったれ」彼女はふたたび胸の前で組んだ。「あんたがこんなことをする理由は、あたしへの仕返しだろ？」

ぼくのことをよく知っていれば、ぼくに彼女のような復讐心はないとわかるだろう。だがもちろん、人にはいろいろな価値観があることが母には理解できない。「ジョシュに会えなくてさびしいとでも？」ぼくは静かな声でたずねた。「正直に言ってくれ。あの子に会えなくてさびしいかどうか。単なる嫌がらせでこんなことを続けているなら、もう放っておいてくれ。お願いだ」

ブラッドの車が通りに現れた。このまま通り過ぎてくれと伝える術があれば……だが、ぼくがスマホを手に取るより早く、車が歩道の脇に停まった。ぼくの目線を追った母は、ブラッドの車のドアをあけて、後部座席から降りてくるジョシュを見つけた。

車に駆け寄る。ジョシュも彼女の姿を見つけて、立ち止まった。もっと言えば固まった。どうすればいいのかとまどっている。

サットンは指を鳴らし自分の車を指差した。「さあ、帰るんだよ」

ジョシュがはっとしたようにぼくを見る。ぼくは首を振り、家の中に入るよう身振りで促した。異変を感じたブラッドも、車から降りてきた。

ジョシュはうつむいたまま庭を突っ切り、彼女の前を通り過ぎて、ぼくに向かって走ってくる。その後をサットンが追う。捕まる前に、ジョシュを家の中にいれてドアを閉めようとしたが、閉まるドアで彼女を怪我をさせまいと一瞬ひるんだすきに、家の中に入りこまれてしまった。

今、話をつけるしかなさそうだ。

ぼくはブラッドに手振りで帰っていいと伝え、それからリリーを見た。彼女は壁に背中をつけて立ち、呆然と目の前で繰り広げられる光景を見ている。

ぼくは声を出さず、口の動きだけで伝えた。ごめん。

ジョシュはバックパックを床に放り出すとソファに座り、ぎゅっと腕を組んだ。「おれは帰らないよ」サットンにそう言い放った。

「それを決めるのはあんたじゃないんだよ」

ジョシュはぼくをまっすぐに見て、懇願の口調で言った。「ここにいていいって言ったよね」

「言った」

余計なことを言うなとばかりに、サットンが鋭くぼくをにらみつける。ぼくのしたことはお節介かもしれない。母と息子のもめごとに鼻を突っ込む立場にはないのかもしれない。だが、そもそもぼくを彼の兄にしたのが間違いだ。ぼくには問題から目を背けて、弟がなんとかうまく苦境を切り抜けられることを願うだけなんてできない。

「一緒に帰らないと、あんたの兄さんを逮捕させるよ」

ジョシュは両手をソファについて立ち上がった。「なんでおれが自分で選べないんだ？」大きな声で叫ぶ。「なんで二人のどちらかと暮らさなきゃならないんだ？　言ったよね。父さんと暮らしたいって。なのに、どっちも父さんを探すのを手伝ってくれない！」ジョシュはうわずった声で叫ぶと、廊下へと駆け出した。彼の部屋のドアが閉まる大きな音にぼくは身をすくめた……あるいは彼が部屋へ駆け込む前に言った言葉に。

どちらにしても、ぐさりときた。

サットンはぼくがショックを受けたことに気づいたようだ。ぼくの反応を観察している。

やがて彼女は高らかに笑った。「ほらね、アトラス。ヒーローにでもなったつもりでいたのかい？　あの子と絆ができたとでも？」首を横に振り、お手上げとばかりにさっと片手をあげる。「あの子を父親のところへ連れていくんだね。でも結局、二人とも、来週にはあたしのところへ助けを求めて駆け込んでくるはずだ。以前、あんたがあたしを頼って来たときみたいに」

母は出ていったが、ぼくはたった今起きたことに呆然としていて、ドアまで行って鍵をかけることもできなかった。

代わりにリリーが鍵をかけてくれた。

彼女は心配そうな顔でぼくのところへ来た。ぼくをハグしようとする。だがぼくは首を振って、彼女から離れた。「しばらく一人にしてくれ」

30

リリー

アトラスは寝室に閉じこもり、わたしは一人、彼の家のリビングに取り残された。

ジョシュとアトラスが気の毒だ。あの人が彼のお母さんだなんて信じられない。いや、むしろ信じられるかも。彼女の話をきいて、不安定な人だとは想像していた。でも見た目はもっと違う姿を想像していた。アトラスもジョシュも、彼女にとてもよく似ている。アトラスと血のつながった誰かが、あんな態度をとるなんて見ているのもつらい。アトラスと母親は正反対、対極にある人間だ。

わたしはソファの端に座り、たった今、目撃したことにショックを受けていた。あれほど動揺したアトラスを見たのは初めてだ。ハグしに行きたいけれど、一人になりたいという彼の気持ちもよくわかる。

ジョシュの気持ちも。かわいそうに。

アトラスにさよならも言わずに帰りたくない。けれど彼が落ち着きを取り戻すための時間の邪魔もしたくなかった。わたしはキッチンに行くと、冷蔵庫をあけ、二人の朝食を作るために食材を探した。

＊　＊　＊

メニューはごく簡単なものにした。もともと凝った料理はできない。スクランブルエッグとベーコンを焼き、ビスケットをオーブンに入れる。もうすぐビスケットが焼きあがるというタイミングで、わたしはジョシュの寝室のドアをノックした。アトラスが部屋から出てくるのを待っている間に、せめてジョシュに何か食べさせよう。

ジョシュはドアを五センチあけて、わたしを見た。

「朝食を食べない？」彼にたずねる。

「サットンは？　帰った？」

わたしがうなずくと、ジョシュはドアをあけ、わたしの後についてきた。彼が自分で飲み物を用意している間に、オーブンからビスケットを取り出し、それぞれの皿に朝食を盛りつける。テーブルの向かいに座ったわたしを、ジョシュが朝食を頬張りながらじろじろ見た。なんだか品定めをされている気分だ。

「エマーソンは？」彼がたずねる。

「今、おばさんの家にいるの」

ジョシュはうなずき、もう一口食べた。「兄さんとどれくらい付き合ってるの？」

わたしは肩をすくめた。「えっとどこを起点にするかで違うわ。彼のことは十五歳のときから知ってる。でもデートをするようになってからは一カ月半よ」

ジョシュは驚いた顔だ。「そうなの？　ふたりは、そんな、そんなに前からの友だちとか、何か？」

「その何かのほうよ」わたしはコーヒーを一口飲んで、そっとカップを置いた。「初めて会ったとき、アトラスは住むところがなかった。だからしばらく彼をかくまったの」

ジョシュは椅子の上で大きくのけぞった。「本当？　アトラスはサットンと暮らしてたんじゃないの？」

「あなたのパパとママがそれを許していたときにはね」わたしは言った。「でも彼は、多くの時間を二人の助けなしに、なんとか生き延びようとした」あんまりこの話は詳しくしたくない。でも、ジョシュはもう少しアトラスについて知ったほうがよさそうだ。「お兄さんに腹を立てないで、いい？　あなたのことをとても心配しているの」

ジョシュは一瞬わたしを見つめ、それからうなずいた。ふたたび皿に向かい、ベーコンを一口食べる。それからベーコンを皿に戻してナプキンで口を拭った。「いつもはもっとおいしいのに」

わたしは思わず笑った。「わたしが作ったからよ」

「しまった」ジョシュは言った。「ごめん」

腹も立たない。いつもアトラスの料理を食べていたら当然だ。「彼みたいにシェフになりたいと思う？　あなたはレストランの手伝いが好きだってきいたわ」

ジョシュは肩をすくめた。「わかんない。でも楽しかったから、そうなるかも。でも飽きる気もする。夜も長い間働かなきゃならないし、どんな仕事も何年かやったらうんざりする気がする。だから自分が何になるかはわからない」

「わたしもときどき、大きくなったら何になりたいのか、まだわからない気になる」

「花屋か何かを経営しているんでしょ？　アトラスがそう言ってた」

「そうよ。その前はマーケティング会社で働いていたの」わたしは自分のお皿を脇にどけて、テーブルの上で腕を組んだ。「でも、今もまだあなたみたいに考えることがあるの。飽きるんじゃないかって。ただ一つだけの仕事を選んで、それで成功するのを期待されるのって窮屈よね。五年ごとに全然別のことをやりたくなってるかもしれないのに」

ジョシュは大きくうなずいた。「先生は自分が好きなことを一つ決めて、それをやり通せっていうんだ。でもおれはやりたいことが百個ぐらいある」

生き生きしたジョシュの様子に、わたしはすっかり嬉しくなった。十代の頃のアトラスを思い出す。「たとえば？」

「プロの釣り師。魚の釣り方は知らないけど、おもしろそうだもん。シェフにもなりたい。それから映画をつくるのにも興味がある」

「わたしは花屋を売ったら、ブティックをやりたい」

「陶芸家になって、自分の作品を展示会で売りたい」

「いつかは本も書いてみたい」

「おれは船長になりたい」ジョシュが言った。

「美術の先生になるのも楽しそうね」

「ストリップクラブの用心棒になるのもおもしろいと思うんだよな」

それをきいて、わたしは思わず吹き出した。でも吹き出したのはわたしだけじゃなかった。顔を上げると、アトラスがキッチンの入口に寄りかかり、わたしたちの会話をきいて笑っていた。

よかった。さっきよりずいぶん気持ちが落ち着いたようだ。アトラスはわたしに優しく微笑んだ。

「リリーが朝食を作ってくれたんだよ」ジョシュが言う。

「みたいだね」アトラスはわたしのそばに来ると、頬にキスして、ベーコンを一切れつまんで食べた。

「いまいちだよ」ジョシュが小声で警告する。

「ぼくのガールフレンドの悪口を言ったら、もう何も作ってやらないぞ」アトラスはジョシュが皿に残していた最後のベーコンを食べた。

「卵は最高だよ、リリー」ジョシュが慌てて言った。

わたしが声をあげて笑うと、アトラスはわたしの隣に座った。ここに彼と一日中一緒にいたいけれど、予定よりずっと長居をしている。

それに彼とジョシュは今日、いろいろ二人ですることがありそうだ。

「そろそろ帰らなきゃ」名残惜しそうな声で言うと、アトラスがうなずき、わたしは椅子から立ち上がった。「荷物を取ってくるわ」寝室へ向かう。でもドアが開けっ放しで、荷物をまとめながら、二人が話しているのがきこえた。

アトラスが言った。「今日はドライブに行こうか？」

「どこへ？」ジョシュがたずねる。

「ティムの居所がわかった」

わたしはバッグに荷物をつめる手を止め、ドアのそばでジョシュの返事に耳をすました。

「わかったの？」ジョシュははしゃいだ声だ。「父さんはおれたちがくるって知ってる？」「知らない。住所がわかっただけだ。連絡はまだついてない。でもおまえが言ったとおり、バーモント州にいる」寝室できいていても、アトラスが不安を押し隠そうとしているのが声でわかった。かわいそうなアトラス。

ジョシュが自分の部屋へ走っていくのがきこえた。「父さん、きっと驚くぞ！」

重い気持ちで荷造りを終えると、キッチンへ戻った。アトラスはシンクの前に立ち、窓ガラス越しに裏庭を見つめている。わたしはそっと彼の肩に手をのせた。

彼はすばやくわたしを抱き寄せ、頭にキスをした。「車まで送るよ」

彼がわたしのバッグを運んで車の後部座席に置く。運転席のドアをあけ、乗り込む前にもう一度、ハグを交わした。

あの夜、アトラスがわたしのアパートメントに来てくれたときのハグを思い出す。長く、悲しいハグ。彼の腕をほどきたくない。「ジョシュとあなたが現れたら、彼のお父さんはどんな反応をすると思う？」わたしはたずねた。

アトラスはようやくハグをやめた。だが片手はまだ、わたしの腰にそえたままで、車に寄りかかった。ため息をつき、わたしのジーンズのベルト通しを指でもてあそぶ。「わからない。なぜこんなにもジョシュのことが心配になるんだろう？」

「彼を愛しているからよ」

アトラスの目がわたしの顔を見た。「だからきみのこともいつも心配なのかな？　きみを愛しているから？」

彼の問いにわたしははっと息をのんだ。「そうなの？」

アトラスはわたしの腰をぐっと引き寄せた。指でわたしのうなじをなぞり、タトゥーのある場所で止める。「リリー、ぼくはもう何年も、何年もきみを愛している。わかってるだろう」

彼は指をずらし、わたしの肩先にキスをした。彼の仕草と言葉にくらくらする。

「わたしも同じくらい、ずっとあなたを愛してる」

アトラスはうなずいた。「知ってる。この地球上に、きみほどぼくを愛してくれる人はいない」彼は両手でわたしの頭を包み、上に向かせるとキスをした。それから体を引いて、切ない表情でわたしを見る。まるですでにわたしが去ってしまったかのように。わたしにはそう思えた。でもそれは、わたし自身が同じ思いでいるからかもしれない。

「愛してる。今夜電話するよ」

「わたしもよ。幸運を祈ってる」

帰り道、わたしは複雑な思いで車のハンドルを握っていた。彼と過ごした一日のすべての瞬間が、わたしの望み以上にすばらしいものだった。でも、彼がこれから直面するであろうことを考えると、欠けた心の一片がまだ彼のもとに留まっているような気がする。

今日はきっと、一日彼のことを考えているだろう。ティムが見つかりませんように。見つかったとしても、どうかジョシュが正しい決断をしてくれますように、わたしは祈った。

31

アトラス

その場所までは三時間のドライブだ。ジョシュはほとんど口をきかなかった。ずっとマンガを読んでいたけれど、もしぼくと同じくらい緊張しているなら、何を読んでいるとしても頭に入ってこないだろう。その証拠に、五分間ずっと、同じページを見ている。格闘シーンのようだけれど、目を引くのは女性の胸の谷間の絵だ。

「それは十二歳が読んでもいいやつ？」ぼくは彼にたずねた。

彼はさっと表紙を見せた。「そうだよ」

声が一オクターブ下がっているところを見ると、嘘らしい。少なくとも彼は嘘をつくのが恐ろしく下手だ。一緒に暮らすことになっても、嘘をついているかどうかを見破るのはわけないだろう。

一緒に暮らすことになったら、心のバランスを保つ自己啓発本を買ってやるべきかもしれない。彼の本棚には好きなマンガをすべて並べ、そこへぼく用に、保護者として足りないスキルを補うための本も数冊、こっそり紛れ込ませておこう。『「本当の」わたしに会いに行く』

（グレノン・ドイル、2022年、海と月社）、『真の男らしさとは』（ジャスティン・バルドー二、2021年、未邦訳）、『その「決断」がすべてを解決する』（マーク・マンソン、2018年、三笠書房）、世界の主要な宗教の聖典もあったほうがいいかもしれない。役に立ちそうなものはなんだって取り入れる。

　とくに今日以降は。ジョシュはこれが片道のドライブだと信じている。だがぼくは、それと同じくらいの可能性で、一緒にボストンへ帰るはめになると踏んでいる。ただ彼が暴れたり、泣き叫んだりする事態だけは避けたい。

　カーナビがまもなく目的地到着を告げると、ジョシュは、いっそう力をこめて、マンガを握った。だが、目を上げようとはしない。まだページはさっきと同じだ。荒れ果てた木造の家の前の縁石にティムの住所の番号を見つけ、ぼくは車を停めた。家は道を隔ててすぐ向かいにあるけれど、ジョシュはマンガに夢中のふりをしている。

「着いたよ」

　ジョシュは本をおろし、ようやく顔を上げた。ぼくが指さした家を、たっぷり十秒は眺める。それから本をバックパックにしまった。

　彼はほとんどの物を持って来ていた。ぼくが買ってあげた服や何冊かの本も。それらをファスナーが閉まらないほどに詰め込んだバックパックを膝に抱えながら、少なくとも一人は、自分を喜んで迎えてくれる親がいることを願っている。

「もうちょっとここにいてもいい？」彼がたずねる。

「もちろん」

　その間、彼はあちこちをいじった。エアコンの通風口やシートベルトを意味もなく触り、車内に流れる曲を変える。十分ばかりかかって、彼が車のドアをあけるために必要な勇気を絞り出すのを、ぼくは辛抱強く待った。

ぼくはジョシュから、その家に目を移した。私道には古い白のフォードが停まっている。それが、彼が道を渡ってドアをノックする勇気を出せない理由らしい。誰かが家にいることを示しているからだ。

ぼくは何も言わなかった。自分の父親について知りたいという彼の気持ちは痛いほどわかる。彼は今、ファンタジーの中に生きている。でもやがて現実に向き合うことになるだろう。ぼくも子どもの頃は、家族について大きな期待を抱いていた。だがその期待が次々と裏切られる数年間を過ごして、自分がそういう人たち、ぼくの思う家族にはならない人たちのもとに生まれたのだと気づいた。

「ただノックすればいいのかな？」ジョシュがたずねる。怖いのだろう。正直、ぼくも今、勇敢とはほど遠い気持ちだ。ティムとはいろいろあった。二度と会いたいとは思わないし、この再会がどんな結果を招くのかを恐れてもいる。

ここがジョシュにとって最善の場所じゃないのはわかっている。でも、彼の父親について、ぼくが会うなと言える立場ではない。そしてぼくがもっとも恐れているのは、彼がここで暮らすことを選ぼうとしていることだ。ティムは母と同じように、両手を広げてジョシュを迎え入れるだろう。ただぼくがそれを望んでいないと言うだけで。

「そうして欲しければ、ぼくも一緒に行くよ」そう言ったものの、それは一番したくないことだ。あの男の前に立って、弟のために、殴りかかりたくなるのをこらえるなんて。

ジョシュはしばらく動かなかった。ぼくはスマホを見ながら、彼がその気になるのをゆったり待っているふうを装った。でも本当は、車を出して、彼をここから遠ざけたい。

ぼくの腕の古い傷をジョシュがそっと触るのを感じ、はっとして彼を見る。彼はうっすらとぼくの腕に残る、サットンとティムとの暮らしの名残を眺めていた。だが、これまでジョシュがこの傷についてきいたことは一度もなかった。

「これはティムに?」

ぼくはうなずいた。思わず腕に力が入る。「ああ、でもうんと昔のことだ。それに実の息子と連れ子の扱いは違うと思うよ」

「そういう問題じゃない、そうでしょ? こんなひどいことをした人に、またおれと暮らすチャンスをやるのはおかしくない?」

自分の父親はヒーローじゃない、ジョシュが初めて、それを認める気配をみせた。

将来、ジョシュから父親に会わせてもらえなかったと責められるのはいやだ。でも、彼に伝えたい。きみの考えは正しい。彼には二度とチャンスをやるべきじゃない、と。ティムは出て行って、振り返りさえしなかった。実の息子を置き去りにしたことに対する言い訳などない。

家族は一緒にいるべきだ、なぜなら家族だから。この思い込みが人の判断を鈍らせる。だが、ぼくが今までに自分のためにした一番のいいことは、家族に背を向けて去ることだ。もしそうしなかったら、今頃どうなっていたか考えるだけで恐ろしい。もしジョシュがそうしなかったら、彼がどうなるか考えるだけで恐ろしい。

ぼくの肩越しに家をじっと見つめていたジョシュが、目を見開き、ぼくに窓の外を見るようと促した。

ティムが出てきた。玄関からトラックへと歩いていく。ぼくたちは無言でティムを見つめた。ずいぶん痩せている。歳を取って小さくなった気がする。でも、それはぼくがもう子どもじゃないからかもしれない。

ティムは持っていた缶ビールをぐいっと飲み干すと、トラックの運転席のドアをあけた。空になった缶を床に投げ捨て、上半身だけ車に入れて何かを探している。

「どうすればいいかわからない」ジョシュが小さな声で言った。今の彼は十二歳そのものだ。緊張のにじむ表情に見ているこちらまでつらくなる。自分を正解に導いてほしい、彼の目はそう懇願しているように見える。

ティムの悪い点について、ジョシュに話したことはない。でもぼくがティムに抱いている感情について正直に話さないのは、兄として誠実でない気がする。今、口をつぐむのは、真実を知るよりも彼に大きなダメージをもたらすかもしれない。

ぼくはため息をつくとスマホを置いて、自分が何をすべきかを考えた。もちろん今までも考えていたけれど、彼に任せるのがいいと思っていた。だがジョシュはそれを望んでいない。彼が望むのは残酷な真実だ。真実を彼に伝えるのは、兄だからこそできることだ。

「ぼくは実の父親を知らないんだ」ぼくは言った。「名前は知ってるけど、それだけだ。サットンが言うには、ぼくが小さい頃に出ていったそうだ。おそらく、ティムが出ていったときのきみと同じ年ごろだと思う。父はどんな人か、ぼくはいつも考えて、父のことを心配していた。たとえば無実の会いに来られないのは、何か恐ろしい事情があるんじゃないかと思っていた。

罪で刑務所に入れられているとか。いつもそんな途方もないシナリオをでっちあげて、父がぼくに会いに来てくれない言い訳にしていた。息子がいるのに会おうとしない人間がいるとは思えなかったからだ」

ジョシュの目はまだ庭にいるティムを見つめている。でもぼくの言葉を一語一語、真剣にきいているのがわかった。

「彼は養育費を一ペニーも送ってこなかった。送る努力もしなかった。ぼくのことをネットで調べもしなかった。していれば、簡単にぼくを見つけられたはずだ。十二歳のきみだってそうしたのに。子どものきみがぼくを見つけた。父は大人だ」

ぼくはまっすぐにジョシュに向き直った。「ティムも同じだ。きみに会いにこようと思えばできた。いい大人で、自分より大切な存在がいるなら、何か行動を起こしていたはずだ。彼はきみの名前を知っている。住んでいる町も、何歳かも」

ジョシュの目にうっすらと涙が浮かんだ。

「きみという息子がいて、その子が自分と暮らしたいと願っているのに、父親が何もしないなんて、ぼくには理解できない。ジョシュ、きみは大切な存在だ。信じてほしい。もっと早くきみの存在を知っていたら、ぼくはきっと何をしてもきみを探したと思う」

次の瞬間、ジョシュの目から大粒の涙がこぼれ落ちた。すぐに助手席の窓から外を見て、ティムの家からも、ぼくからも目をそらす。彼が涙を拭う姿に、ぼくの胸は痛んだ。

同時に、母が故意にぼくたちを遠ざけたことに猛烈に腹が立った。ぼくはジョシュのいい兄になる、母にはそれがわかっていた。だからあえて、ぼくたちの人生が交わらないようにした。

ぼくの弟への愛が、彼女が与えることのできる愛より大きいのをわかっていて、身勝手にぼくたちを引き裂いた。

だが母やティム、そして実の父親に対する自分の怒りで、ジョシュの決断を妨げたくない。ジョシュは自分で自分のことを決められる年齢で、ぼくの言ったことについても考えることができる。彼がどんな決断をするとしても、全力で支えるつもりだ。

ジョシュがついにぼくを見たとき、彼の目は、まだ涙と疑問とためらいに満ちていた。自分にかわって決断をしてくれとばかり、すがるようにこちらを見つめた。

ぼくはゆっくりと首を横に振った。「彼らはぼくたちから十二年の歳月を奪った。ぼく自身は、彼らを許せるとは思わない。でもきみが彼らを許しても、腹を立てたりしない。ただきみに嘘はつきたくない。一人の人間としてのきみの意見を尊重する。きみが父親に自分のことを知るチャンスをあげたいと思うなら、ぼくはむりにでも笑顔を作って、きみを玄関まで送っていく。ここで見ていてくれというなら、ここにいる」

ジョシュはうなずき、もう一度シャツでまた涙を拭った。大きく息を吸って、吐くと、言った。「トラックを持ってるね」

何が言いたいのかわからず、ぼくはジョシュの視線の先にあるティムのトラックを見た。

「ずっと想像してたんだ。父さんはすごく貧乏で、ボストンに戻ってくるお金がないんだって」彼は言った。「体が不自由になって、車を運転できないから迎えに来られないのかとも思った。目がほとんど見えなくなったとかさ。わかんないけど。でもトラックがあるのに迎えに来ようとしなかった」

ぼくは何も言わなかった。彼が懸命に考えるプロセスを邪魔したくない。ただ、彼が最後の決断をする瞬間のためにここにいたい。

「父さんはおれにふさわしくない、そうでしょ」質問というより、宣言に近い口調だ。

「彼もサットンも、きみにはふさわしくない」

彼はみじろぎもせず、たっぷり一分はぼくの頭越しに窓の向こうを見つめていた。それからまっすぐな瞳でぼくを見つめ、背筋を伸ばした。「まだできてない宿題があるよね？　ファミリーツリーの？」シートベルトをはめる。「先生は、大きさは指定していない。おれは小さな苗木を描くよ。枝のない小さな木を」彼はダッシュボードを叩いた。「帰ろう」

ぼくは声をあげて笑った。希望を感じる。こんな悲痛な瞬間さえ、ユーモアで切り抜けることができるなんて。ジョシュはきっと大丈夫だ。

「苗木だって？」ぼくはエンジンをかけ、自分のシートベルトをはめた。「そりゃいい」

「苗木に小さな枝を二本描いてもいいね。アトラスと、おれの。まだ若くて、小さな二人だけのファミリーツリー、おれたちから始まるファミリーツリーだ」

目の奥にこみあげる熱いものに、あわててダッシュボードからサングラスを取り出す。「ぼくたちから始まるファミリーツリーか。いいね」

ジョシュはうなずいた。「それで、くそったれな親よりずっと上手に木を育てるんだ」

「それはそんなにむずかしくはないかもな」彼の決断に、ぼくは心からほっとしていた。もしかしたら、将来、ジョシュが考えを変えるかもしれない。でも父親と連絡を取るようになったとしても、彼がぼくより父親を選ぶことはないという気がした。今さらながらにジョシュとぼくはよく似ていると思う。情の深さは、二人に共通する特徴だ。

「アトラス？」ギアをドライブに入れたとたん、ジョシュがぼくの名前を呼んだ。

「何だ？」

「あいつに中指を突き出してもいい？」

ぼくはティムとトラックと家を振り返った。子どもじみた要求だが、ぼくは喜んで応じた。

「ぜひそうしてもらいたいね」

ジョシュはシートベルトが許すかぎり運転席側に身を乗り出し、ぼくはウィンドウを降ろした。それからクラクションを鳴らす。ティムがこちらを見ると同時に車を発進させた。

ジョシュは父親にむかって中指を突き出すと、運転席の窓から思いっきり叫んだ。

「ケツの穴《Ass Hole》！」。ティムから見えないところまでくると、ジョシュは助手席にのびのびともたれて笑った。

「くそったれ《Asshole》だよ、ジョシュ。ひとつの単語だ」

「くそったれ」今度は正しく言えた。

「よし。でももう二度と言うなよ。十二歳なんだから」

32

リリー

家にいる?

メッセージはアトラスからだ。**あとしばらくは。なぜ?**

わたしはエミーのおむつバッグにベビーフードを入れ、急いで着替えを用意した。母乳はもう卒業したから、粉ミルクもバッグに入れる。それからエミーを抱きあげた。「準備はいい? ライリーに会いに行くわよ」

エミーはライリーときいて、にっこり笑った。

今朝、エミーを迎えに行ったとき、わたしはライルとの間に何があったか、すべてをアリッサとマーシャルに話した。アリッサはライルのメッセージを弁護士に見せるのは賢明だ、そして正式に彼と話し合いの場を設けるべきだと言ってくれた。どう言われるのか緊張していたけれど、二人が後押ししてくれるのはとても心強い。

玄関に向かうと、ノックがきこえた。ドアスコープからアトラスの姿を見て、ほっと胸をなでおろす。でもジョシュが一緒にいないのを見て、気持ちが沈んだ。やっぱり彼はアトラスよりお父さんと暮らすのを選んだの？　わたしはドアをあけた。

「どうだった？　ジョシュはどこ？」

アトラスは微笑んだ。大丈夫の笑みだ。わたしはほっと胸をなでおろした。「問題ない。ぼくの家にいる」

わたしは大きく息を吐いた。「よかった。だったら、なぜここに？」

「店へ行く途中なんだ。通り道だから、ちょっと寄ってハグさせてもらおうと思って」

わたしの笑顔に、彼はわたしのためにドアをあけて手で押さえた。エマーソンを抱っこしているせいで、ちゃんとしたハグは無理だ。彼はわたしの耳の上にさっとキスをした。「嘘つきね。うちは通り道じゃないわ。それに今日は日曜日だから、レストランはお休みでしょ」

「細かいことはどうでもいい」彼はわたしの指摘も気にしていない。「どこへ行くの？」

「アリッサの家。今夜は夕食を一緒に食べるの」肩にかけたおむつバッグを、彼がひょいと持った。

「車まで送るよ」彼がおむつバッグを肩にかけた。次の瞬間、エミーが手を伸ばし、自分でわたしから彼の腕へ移った。ふたりして目を見張る。エミーがぴったりと頭をくっつけ、彼の胸に寄りそう光景に、わたしは思わず見とれた。アトラスも動かない。やがて彼はにっこり笑って、わたしの車に向かった。その間もずっと、わたしの手を握ったままだ。

彼からエミーを受け取り、チャイルドシートに座らせる。ようやくハグができる状態になったところで、彼はわたしを抱き寄せた。彼はハグで会話ができる。力を貸して、そんなメッセージが伝わってきた。まるでわたしの一部を一緒に持っていきたい、そんなふうにも思える。

「ところで、アトラスはどこへ行くところ？」体を離して、わたしはたずねた。

「本当にレストランへ行く途中だ」彼は言った。「母に店で会おうって言った。二人だけで、ジョシュについてちゃんと話がしたい。ギャラリーがいると、彼女はヒートアップするから、誰もいないほうがいい」

「驚いた。わたしもライルと話をするために、アリッサの家へ行くのよ。これってなんて言うか……日曜日は問題解決の日ね？」

アトラスは低い声で笑った。「そうなるといいね」

わたしは彼にキスをした。「うまくいきますように」

彼は優しく微笑んだ。「きみもね。気をつけて、できるだけ早く電話して」彼は最後にわたしの唇にキスをすると言った。「愛してるぜ、《Love you,》じゃあな《babe》」

彼の後ろ姿を見送りながらも、胸の高鳴りが抑えきれない。自分の車に乗り込んでからも、思わず笑みがこぼれる。愛してるぜ、じゃあな？ 車が走りだしても、わたしはまだ笑顔だった。これから自分が何をしに行くのか——突然、自らライルを呼び出して、話し合いをする——を考えると、今、これほど晴れやかな気分でいられるのは驚きだ。アリッサとマーシャルの家には、わたしがある目的をもってやってくることを、まだ知らないライルがいる。

＊＊＊

「ラザニア？」玄関ドアをあけてくれたマーシャルにわたしはたずねた。廊下にニンニクとトマトの匂いが漂っている。

「アリッサの好物なんだ」彼はそう言って、わたしの後ろでドアを閉めた。エミーに手を伸ばす。「マーシャルおじさんのところへおいで」

彼の変顔に、エミーがくつくつと笑う。マーシャルはエミーのお気に入りの一人だ。でもマーシャルが嫌いな子どもを見つけるほうがむずかしい。「アリッサはキッチン？」

彼はうなずいた。「うん。ライルもそこにいる」声をひそめる。「きみが来ることを彼には言ってない」

「わかった」わたしはエミーのおむつバッグを床に置くとキッチンへ向かった。リビングを通り過ぎざま、アリッサのお母さんがライリーと座っているのが見えた。手を振ると、向こうも笑みを返してくれたけれど、足をとめて話をすることはせず、わたしはまっすぐにアリッサのところへ向かった。

キッチンへつづくドアをあけると、ライルがいた。バーカウンター越しに、アリッサと軽口をたたいている。彼はわたしと目が合ったとたん、胸を張り、背筋をぴんと伸ばした。

わたしはなんの反応もしなかった。ライルにまだ、わたしを支配できる力があると思われたくない。

アリッサはわたしに気づくとうなずき、待ってましたとばかりにラザニアをオーブンに入れた。「完璧なタイミングね」鍋つかみをカウンターに置くと、テーブルを指差す。「できあがるまで四十五分あるわ」ライルとわたしをテーブルへと連れていった。

「これはいったい？」ライルはわたしたち二人を交互に見た。

「話し合いよ」アリッサが座るよう、彼を促す。ライルは突然のことにとまどった表情で、しぶしぶアリッサとわたしの向かいに座った。椅子の背もたれに寄りかかり、腕を組んでいる。アリッサがわたしのほうを見て、口火を切るよう目で合図した。

驚いたことに、わたしは少しも怯えていなかった。アトラスがすでにライルと話をしているという事実が不安を軽減してくれている。アリッサとマーシャルが、同じ家の中にいるのも安心材料だ。それにライルのお母さんもいる。たとえ彼女自身は、これから何が起ころうとしているのか知る由がないとしても。ありがたいことに、母親がそばにいるときには、ライルの言動は抑制的だ。

すべてが心強い。でもわたしは座らず、立ったままで話を切り出した。「昨日、弁護士に話をしたのかとたずねたわよね?」ライルに言う。「したわ。そしていくつかアドバイスをもらった」

ライルは数秒、下唇を噛んだ。それから片眉を上げ、話をきいていることを示した。

「アンガーマネジメントを受けてほしいの」

その言葉をきいたとたん、ライルは声をあげて笑った。もうこの話は終わりとばかり、立ちあがって、椅子をテーブルに入れる。だが次の瞬間、アリッサが声をかけた。「座って、お願い」

ライルはアリッサを見て、わたしを見て、そしてまた彼女を見た。ようやく事態を飲み込めたようだ。はめられた、そう思っているらしい。でも、彼がどう思っているかはどうでもいい。

アリッサもわたしと同じ気持ちだ。

愛し、尊敬する妹の言葉に、ライルは怒りをこらえ、しぶしぶ席に戻った。

「アンガーマネジメントを受けている期間は、エマーソンとの面会は、ここか、あるいはマーシャルかアリッサ、どちらかが立ち会える場所にしてもらうわ」

ライルが裏切りを責めるように、鋭くアリッサを見た。昔のわたしなら、その目つきに震えあがったと思う。でも、今はもう平気だ。

わたしは言葉を継いだ。「それから、わたしへの接し方如何《いかん》で、いつになったら単独で娘たちに会ってもらうかを決める」

「娘たち?」ライルはいぶかしげな面持ちで、アリッサを見た。「彼女はおまえに、ぼくが娃にとっても安全な存在じゃないと言ったのか?」彼の声が大きくなる。

キッチンのドアが大きくひらき、マーシャルが入ってきた。彼はテーブルの上座に座って、ライルを、そしてアリッサを見た。「お義母さんが彼女たちを見てくれている」彼はアリッサに言った。「どうなってる?」

「おまえも知ってたのか?」ライルがマーシャルにたずねる。

マーシャルは一瞬彼を見つめ、身を乗り出した。「先週、おまえが怒りに任せて、リリーをドアに押しつけたことをか? それとも彼女に送ったメッセージの内容を? あるいは弁護士に話すと言った彼女を脅迫したことをか?」

ライルは呆然とマーシャルを見つめた。顔が真っ赤だ、けれどすぐには何の反応もしなかった。もう言い逃れはできない、彼もそれに気づいている。「とんだお節介だな」ライルはつぶやき、頭を振った。いら立ち、憤り、そしてほんの少し傷ついた顔だ。その気持ちは理解できる。でも二つに一つだ。協力するか、彼の人生にわずかに残った絆もすべて壊すか。

ライルがうつろな目でわたしをじっと見た。「あとは？」投げやりにたずねる。

「わたしはあなたにできるかぎり寛容に接してきた。ライル、それはわかっているでしょう？でもこれからは、わたしの最優先事項はエマーソンだとわかってほしいの。あなたがわたしや娘を脅したり、危険にさらすようなことをすれば、全財産をはたいても、法廷で戦うわ」

「そしてわたしは彼女を助ける」アリッサが言った。「兄さんを愛してる、でもわたしは彼女を助けるわ」

ライルのあごが引きつる。だがそれ以外、彼の表情からはどんな感情も読めない。彼はアリッサを見て、マーシャルを見た。部屋中に緊張がみなぎっているけれど、わたしへの二人の励ましをはっきりと感じる。嬉しくて涙がこぼれそうだ。

二人のような味方のいない、すべての被害者を思うと、さらに涙がこぼれそうになった。

ライルは長い間、じっと考えている。あまりにも静かだ。けど、わたしの要求ははっきり伝えた。そこに交渉の余地はないことも。

やがてライルはおもむろに椅子を引いて、テーブルから立ち上がった。腰に手をあて、うつむいている。それから大きく息をつくとキッチンのドアへ向かった。キッチンを出る前に、振り返ったけれど、わたしたちの誰とも目を合わせることはなかった。「次の休みは木曜日だ。十時にここに来るから、エマーソンを連れてきてくれ」

彼が出ていくと同時に、張りつめていた気持ちがゆるんで、わたしは泣きだした。アリッサがわたしを抱きしめる。怒りで泣いているわけじゃない。安堵したからだ。皆で大事なことを成し遂げた、そんな気がした。「二人がいなかったら、自分がどうしていたかわからない」わたしは泣きながら、アリッサを抱きしめた。
彼女はわたしの髪を優しくなでた。「ひどい顔よ、リリー」
わたしたちはそろって笑い声をあげた。やれやれだ。

33

アトラス

ぼくはジョシュを家で降ろしたあと、母に電話をかけ、今夜〈ビブズ〉で会えないかとたずね、約束の一時間前に店へ向かった。母に自分の料理をふるまうのは初めてだ。料理を作ることで、何かが伝わるのを願っている。母を喜ばせ、戦闘モードではなく、まともな気分になってほしかった。

メッセージの着信音に、ぼくはコンロから離れてスマホを見た。母には店についたら連絡をくれ、鍵をあけるからと伝えてある。母が来たのは約束の五分前だった。

ぼくは途中いくつか明かりをつけながら、暗いレストランを通って、入口へ向かった。ガラス越しに、タバコを吸っている母の姿が見える。ドアをあけると、母はタバコを道に捨て、ぼくに続いて中に入った。

「ジョシュは来てるの？」

「来てない。ぼくと母さんだけだ」テーブルへと案内する。「座って。飲み物は何がいい？」

彼女はしばらく黙ったままぼくを見つめて、言った。「赤ワイン。なんでも、栓のあいているものでいいわ」母がブースに落ち着くのを見てから、料理を盛りつけるために厨房に戻る。作っているのは母の好物、ココナッツシュリンプだ。ぼくが九歳のとき、おいしそうに食べていたのを覚えている。

それは唯一の母との思い出だ。あの日、ぼくと母は車でケープコッドへ行った。ボストンからそう遠くはない場所だけれど、母が休みの日にぼくと何かをしたのは、後にも先にもそのときだけだ。休日はたいてい、一日中寝ているか、酒を飲んでいるかだったから。そこで初めてココナッツシュリンプを食べた。唯一の母とのいい思い出だ。

トレイに料理と飲み物をのせ、母が座るテーブルへ運ぶ。料理とワインを並べると、ぼくは向かいの席に座り、テーブルの上で母へとフォークを滑らせた。

彼女はじっと皿を見つめた。「これ、あんたが作ったの？」

「ああ、ココナッツシュリンプだ」

「なんかのお祝い？」母はナプキンを広げた。「あの厄介な子の親がわりになるつもりみたいだけど、そのお詫び？」自分で自分の冗談に笑ったけれど、ひと気のないレストランでは、それもむなしく響くだけだ。母は首を振りながら、ワイングラスを持ち、一口飲んだ。

ぼくより母のほうが、十二年長くジョシュと一緒にいる。でも、ぼくのほうが彼のことをよくわかっているという自信がある。そして母はぼくと十七年一緒にいたけれど、今はジョシュのほうがぼくのことをよく知っているかもしれない。「ぼくが子どもの頃好きだった食べ物は何？」ぼくはたずねた。

母は無表情だ。

むずかしい質問だったかもしれない。「じゃあ、ぼくの好きな映画は？」返事はない。「色は？」「音楽は？」せめて一つくらい答えてほしくて、ぼくは質問を重ねた。

母は答えられなかった。肩をすくめ、ワイングラスをテーブルに置いた。

「ジョシュはどんな本が好き？」

「なんの引っかけ問題？」母がたずねる。

ぼくはブースの背もたれに体を預け、いら立ちを隠そうとしたが、どうしても隠し切れない。

「自分が産んだ子どものことなのに、何一つ知らないんだね」

「シングルマザーだったからね。生きるのに精一杯で、あんたたちがどんな本を好きかなんて、気にする余裕はなかった」母は一度、手にしたフォークをテーブルに戻した。「ったく」

「来てもらったのは、気を悪くさせるつもりじゃないんだ」ぼくは言った。水を一口飲み、指でグラスの縁をなぞる。「謝罪もいらない。ジョシュも同じだ」ぼくは母をまっすぐ見つめながら、自分でも思ってもいなかった話を切り出した。はじめから、そう言おうと決めていたわけじゃない。でもつらかった過去を持ち出して、母を一方的に責めようと思ってもいなかった。

「母さんに、ジョシュにとってより良い母親になるチャンスをあげたいんだ」

「問題は、まず向こうがいい息子になることだね」

「ジョシュは十二歳だよ。十分いい子だ。それに母さんとティムの関係がうまくいかなかったのは、あの子のせいじゃない」

母は頬を掻いて、ひらひらと手を振った。「いったい何なの？　あたしを呼び出しておいて。手に負えないから、あの子を連れて帰ってほしいわけ？」

「とんでもない」ぼくは言った。「監護権をぼくに譲ると言う書類にサインをしてほしい。サインをしないなら、ぼくは母さんを訴える。そうなったら、お互いに法外な費用が発生することになる。でも必要なら払うつもりだ。この件を法廷に持ち出せば、判事は母さんの過去を調べて、一年間の親教育プログラムの受講を義務付けるかもしれない。そんなことになりたくないだろう？　ぼくも同じだ」ぼくは手を組んで、テーブルに身を乗り出した。「ジョシュの監護権は欲しいけれど、母さんに消えてほしいと言ってるわけじゃない。むしろ消えてほしくない。ぼくが一番望んでいないのは、ジョシュが、ぼくがかつてそうだったように、誰にも愛されていないという思いを抱えたまま大人になることだ」

ぼくの言葉をきいて、母は身じろぎもせず座っている。ぼくはフォークを取りあげ、一口、料理を食べた。

母は口を動かしているぼくを見つめ、ぼくが水を一口飲み、料理を流し込む間もぼくから目を離さなかった。その一分間に、母の頭はめまぐるしく回転して、ぼくの申し出にどんな不都合や脅威があるのか探していたにちがいない。でも、見つかるわけがなかった。

「家族三人で、毎週火曜日の夜にここで夕食を食べよう。ぜひ来てほしい。ジョシュも喜ぶと思う。お金は一ペニーもいらない。ただ、ぼくが望むのは、週に一晩だけここに来て、彼に興味を持ってほしいということだけだ。それが無理なら、興味のあるふりだけでもいい」

ワイングラスに伸ばした母の指が震えている。震えに気づき、ぐっと握って膝の上に戻した。

「どうせケープコッドのことは覚えてないわよね。あたしがそんなにひどい母親だと思ってるなら」

「覚えているよ」ぼくは言った。「たった一つの大切な思い出だ。その思い出にすがりついて、ぼくは母さんに腹を立てまいとした。たった一度きりの思い出を与えて、すばらしいことをしたと思っているかもしれないけれど、ぼくはジョシュに、毎日そういう思い出を与えるつもりだ」

ぼくの言葉に、彼女はじっと自分の膝を見つめてうなだれている。初めて、怒りやいら立ち以外の感情を覚えているように思えた。

たぶん、ぼくも同じだ。今日ティムの家からの帰りに母と話をしようと決めたとき、ぼくは永遠に母をぼくたちの人生から追放しようと考えていた。だが、たとえモンスターでも、胸に脈打つ心臓《ハート》がなければ、生きていくことはできない。

どこかに心《ハート》があるはずだ。今まで母の人生で、誰も彼女の心臓が脈打っていることに感謝していると伝えた人がいなかったのかもしれない。

「ありがとう」ぼくは言った。

母がはっとしたように顔を上げて、ぼくの目を見た。試されていると思ったらしい。

ぼくは首を横に振り、慎重に言葉を選びながら語りかけた。「母さんはたった一人だった。ぼくたちの父親は、どちらも何のサポートもしなかった。本当に大変だったと思う。たぶん寂しくて、やりきれなくなったときもあると思う。なぜ母さんが母であることを、人生の贈り物だと思えなくなったのか、その理由はわからない。でも、今日、ここにいる。この店に来てくれた。そのことに感謝したいんだ」

母はじっとテーブルに目を落としている。やがて驚いたことに、母の両肩が細かく震えだした。でも、いかにも母らしく、すぐに涙を押し戻した。両手をテーブルの上に戻し、ナプキンを触ったけれど、それを使うことはなかった。一滴の涙もこぼすのを自分に許さなかった。どんな苦難を潜り抜けてきたら、ここまで頑なになれるのかわからない。母はいつも、絶対に弱みを見せようとしない。これから過ごす中で、いつかその理由を打ち明けてくれる日がくるかもしれない。でもその日を迎える前に、ジョシュに母親らしいところをたくさん見せてほしい。

母は胸を張り、背筋を伸ばした。「火曜日の夕食は何時から？」

「七時だ」

母はうなずいて、ブースから出ようとした。

「持ち帰るならテイクアウト用の箱に入れようか」

彼女はすばやくうなずいた。「そうして。あたしの好物なの」

「知ってる。ケープコッドのことを覚えているからね」ぼくは皿を持って厨房へ行き、持ち帰りの準備をした。

＊＊＊

ようやく家に帰ったときには、ジョシュはソファで眠っていた。テレビではアニメが流れている。ぼくは停止ボタンを押し、リモコンをコーヒーテーブルに置いた。

眠る彼を眺めて、今日一日を無事に終えたことにほっと息をついた。ときに物事は思ってもいない方向に進むことがある。ぼくは唇を引き結び、こみあげてくる感情をこらえながら、健やかな寝息をたてて眠る弟を見つめた。そこではっと気づいた。今、ぼくはリリーと同じ目、彼女がエマーソンを見つめるのと同じ目で、ジョシュを見つめていたに違いない。誇らしさに満ちたまなざしで。

ぼくはソファに置かれていたブランケットを広げて、彼にかけると、宿題が置いてあるテーブルへ行った。宿題はすべて済ませてあった。ファミリーツリーの課題も。

そこに描かれていたのは地面から生える小さな苗木だ。細い枝が二本出ている。一本にはジョシュ、もう一本にはアトラスと書かれていた。

34

リリー

朝の慌ただしさも手伝って、危うくそのメモを見過ごすところだった。メモは玄関ドアの下に差し込まれ、入口に敷いたラグの上にあった。

腰骨の上でエミーを抱えながら、肩に自分のバッグとおむつバッグの二つをかけ、あいているほうの手にはコーヒーを持っている。でも、そのどれも落とすことなく、なんとか屈んでメモを拾った。スーパーマムだ。

店で仕事が落ち着くと、ようやくそのメモをひらく時間ができた。アトラスの手書きの文字を見て、安堵の震えが体に走る。もちろん、メモがアトラスからだったからじゃない。アトラスと付き合って、もう数カ月になるし、彼がメモを置いていくのはしょっちゅうだ。安堵したのは、そのとき初めて、それがライルではないかとびくびくせずひらくことができたからだ。

わたしはこの大切な瞬間をしっかりと頭の中のメモ《メンタルノート》に書き入れた。

わたしはよく頭の中でメモをとる。大事なことを頭のメモに書きいれるのは、人生を元どおりにする手助けになる。以前ほどは頻繁にはしないけれど、良いことだ。今ではわたしの人生において、ライルの占める割合はずいぶん小さくなっている。時には、彼との関係が永遠に複雑なままなのではないかと考えていたのも忘れてしまうほどだ。

　彼はまだエミーの人生の一部で、面接の機会を増やしてくれと頼み続けている。わたしが厳しすぎると、不満を漏らすときもあるけれど、彼女が自分の言葉でライルとの面会について話せるときが来るまで、安心はできない。アンガーマネジメントが功を奏するのを願っているけれど、いずれその結果もわかるだろう。

　ライルとのやり取りは今もぎこちないけれど、わたしが離婚に求めていたのは恐怖から自由になることだけで、それは手に入れたと感じている。

　わたしはオフィスのクローゼットの中で、床にあぐらをかいた。誰にも邪魔されることなく手紙を読みたかったからだ。アトラスをここに押し込んでから数カ月がたっているのに、今も彼のコロンの香りが漂っている気がする。

　メモをひらき、一枚目の左上に彼が描いた小さなオープンハートを指でなぞる。読む前から、わたしはもう微笑んでいた。

　大好きなリリーへ

　きみが気づいているかどうかはわからないけれど、ぼくたちが正式に付き合うようになって、今日で半年が経つ。半年の記念日って、みんな祝うのかな？　花を贈ろうかと思ったけれど、花屋さんを大忙しにさせたくはなかった。

だからかわりに、きみに手紙を書くことにした。

どんなストーリーにも、二つの側面があると言われる。ぼくはきみの側からの物語をいくつか読んだ。でもたとえ起こったことはきみが書いていたとおりだとしても、ぼくから見れば、それはまったく違う経験だった。

きみは日記のなかでは、その瞬間についてはちらりとしか触れていなかった。もちろんタトゥーを入れたのだから、きみにとっても大切なことだったのはわかる。だがぼくにとって、あの瞬間がどれほど大きな意味を持っているのか、たぶんきみは知らないと思う。

ファーストキスはきみのベッドの上だった。きみは日記にそう書いていた。でもぼくにとってのファーストキスはそのときのキスじゃない。月曜日の昼間のキスだ。

それはぼくが病気になって、きみが看病してくれたときだ。窓から部屋に入ってすぐ、きみはぼくの具合が悪いことに気づいた。覚えているのは、きみの手際の良さだ。ぼくに薬、水、そしてブランケットを用意して、有無を言わせずベッドに寝かせた。

あんなに具合が悪くなったのは初めてだった。きみが目撃したのは、ぼくの人生でもっとも過酷な一日だ。それ以前にも、過酷な日々はあったけれど、ぼくの人生にきみが登場してからは、あのときの胃腸炎以上の悪いときはなかったと思う。

あの夜のことはあまり覚えていない。でも、きみの手は覚えている。きみの手はつねにぼくのそばにあって、熱を計り、タオルで顔をふいてくれた。そして一晩中、何度もベッドの脇に身を乗り出して、嘔吐を繰り返すぼくの肩を支えてくれた。

ぼくが覚えているきみの手は、爪が薄いピンクのマニキュアで彩《いろど》られていた。その色の名前も覚えている。爪を塗るきみのそばにいたからね。サプライズ・リリー（夏水仙、葉は水仙に似ていて、花はピンク色）だ。きみは名前で選んだって言ってた。

つらくて、目をあけていられないほどだったけど、目をあけるたびに、そこにはいつもサプライズ・リリーのマニキュアを塗ったきみの華奢な手があって、水のボトルを持ち、薬を飲ませ、あごをなでてくれた。

そう、その瞬間を覚えている。きみは日記に書いていなかったけれど。

数時間後、目を覚ましたぼくは、ようやく自分を取り巻く状況を認識できるようになっていた。頭は割れるように痛み、口が乾き、瞼が重かったけれど、きみをすぐそばに感じた。

頬にかかるきみの息を感じて、指先がぼくのあごにそっと触れるのを感じた。

きみはぼくが眠っていると思っていたのだと思う。きみがぼくに触れ、ぼくを見ていることに、ぼくは気がついていないと。でも、あのときほど、きみの存在を感じたことはない。

そして初めて気づいたんだ。自分がきみを愛しているということに。なんでよりによって、体調最悪の日に、そんな大事なことに気づくんだろうって、少し腹が立った。でも、その気づきに、ぼくは久しぶりに泣きそうになって、自分の感情をもてあました。

それまでの人生で、ぼくはずっと愛がどんなものだか知らずにいた。母と息子の愛、父と息子の愛、そしてきょうだいへの愛も。きみに出会うまでは、誰かと心を通わせる経験もなかった、とくに女の子とは。ひとりの女の子をそこまで知る機会もなかったし、相手にぼくを知ってもらうほど一緒に過ごし、絆を深めたこともなかった。ましてその子が優しくて、親切で、心配症で、運命の人だと知るほどの時間を一緒に過ごしたこともなかった。

それはきみを愛していると気づいた瞬間だっただけじゃない。ぼくが、とにかく何かを、自分が物でも、人でも、何かを愛していると気づいた瞬間だった。初めてぼくの心が何かに反応を示した瞬間だ。少なくともいい意味で。心がすくみあがることはあっても、心が広がっていく感覚を覚えたのは、そのときが初めてだった。優しく降る雨のように、きみの指先がぼくのあごに触れると、心臓がふくれあがって破裂してしまうんじゃないかと思った。

ぼくはそれまで寝ていたふりをして、ゆっくりと目を覚ました。目を腕で覆うと、きみは慌てて手を引っ込めた。窓の外を見て、もう明るくなっているのを確かめたことを覚えている。ぼくはきみが起きているのには気づかないふりで、静かにベッドから抜け出した。体を起こしたきみに、もう行くのかとたずねられ、ぼくはごくりと唾を飲んで、どうにか返事をした。たしかこんなことを言ったと思う。「きみのパパとママがそろそろ起きる時間だ」

学校をさぼって、あとで行くわね、きみのその言葉にぼくは無言でうなずいた。まだ具合が悪かったせいもあるけれど、自分でも気恥ずかしくなるような何かを言ったり、したりする前に、部屋を出なきゃという思いで頭が一杯だったからだ。体の中で何かがうずうずして、油断すると、思わずきみを見つめて愛してるって言ってしまいそうになる。なぜか人は、愛という感情を覚えたとたん、それを表明したいという強烈な衝動に駆られるらしい。その言葉は、ぼくの胸の真ん中でどんどん大きくなっていった。たぶん体は、今までで一番弱っていたけれど、ぼくは今までで一番すばやく窓を持ち上げて、外へ出た。

窓を閉めると、ぼくは冷たい外壁に背中をくっつけて、深く息を吐いた。吐息は真っ白だ。目を閉じると、人生で最悪の八時間を過ごした後なのに、なぜだか笑みがこぼれた。

その日の朝の残りの時間はずっと、愛について考えていた。きみの両親が仕事に出かけたあと、またきみの部屋に戻って過ごした間も。きみがぼくの熱を確かめて、上掛けの中にぼくをたくし込んで、サプライズ・リリーの指先が目に入るたび、愛について考えた。

昼頃、少し気分が良くなると、ぼくはシャワーを浴びた。病み上がりで、脱水状態だったけれど、シャワーの中で、ぼくはなぜか自分が今までになく、自信を持って堂々と立っていることに気づいた。

その日の午前から午後にかけて、ぼくの中の何かが変わったんだ。初めて、人生にはいろいろな可能性があるという希望が頭の中に浮かんだ。そのときまで、誰かと恋に落ちて、家族を持って、仕事をするなんて考えたこともなかった。ぼくにとって人生はずっと、耐えるべき重荷だった。重くて、先が見えず、毎日、目を覚ますのが憂鬱で、眠るのが少しばかり怖かった。でもそれは、誰かのことを大切に思って、目が覚めると一番にその人の姿を見たいと思うのがどんなものかを知らずに、十八年間を過ごしてきたせいだ。成功者になりたいとさえ思った。なぜならきみのために、もっと立派な人間になりたいと思ったからだ。

その日、きみがソファにふたりで寝そべって、大好きなアニメを一緒にみたいと言った。ふたりで身を寄せ合ったのは、このときが初めてだ。きみはぼくの胸に背中をくっつけ、ブランケットの下で、ぼくの腕のなかにすっぽりとおさまっていた。アニメに集中するのはむずかしかった。ふと気を許した瞬間に、愛しているという言葉が口から転がりでてしまいそうだったからだ。でもぼくはまだ、その言葉を言いたくなかったし、言うこともできなかった。きみに早すぎるとか、軽々しいと思われたくなかった。ぼくにとっては、それは今まで生きてきて、もっとも厳かで重い言葉なのだから。

あの日のことをしょっちゅう思い出す。他の人が、愛を知った瞬間について、どんなふうに感じるのかはわからない。ぼくにとっては、空から飛行機が落ちてきて、直撃されたような感じだった。でも、もしかしたらほとんどの人にとっては、愛は押し寄せては、引いていく波のようなものかもしれない。愛に包まれて生まれ、愛に守られて子供時代を過ごす。そしてやがて、自分の人生に関わって、喜んでくれる人に、その愛をわけ与える。でも中には、ぼくが突然、撃たれたように、愛に撃たれる人もいるのだろうか？　ごくわずかな時間の間に、あんな衝撃的なやり方で。

きみはぼくの大好きなシャツを着ていた。シャツはきみには大きすぎて、いつも肩からずり落ちてしまう。集中しようと思っても、首から肩まで、むき出しになったきみの肌から目を離すことができない。じっと見つめていると、愛していると言いたい衝動に駆られた。それはぼくの舌先に乗っかって、今にも転がり出そうだ。ぼくはうつむき、その言葉をキスにしてきみの肩先に埋めた。

その言葉はそこにとどまっていてくれた。ひそかに、誰の目にも触れずに。六カ月後、ようやくぼくが勇気を奮い起こして、きみにちゃんと声に出して伝えるまで。

きみがあのキスを覚えているのか、そしてその日以来、ぼくがしょっちゅうその場所にキスをしたことを覚えているのか、わからなかった。きみの日記を読んでも、あの瞬間についてはあまり詳しく書かれず、すぐにきみがファーストキスだと考えている場面へ移っていたから。でもきみのタトゥーを見て、あのキスがきみにとって大きな意味を持っていたのがわかった。

ぼくがかつて密かに愛しているという言葉を埋めた、まさにその場所に、きみがぼくたちのハートを刻みつけたのを知って、ぼくは驚きに言葉を失った。

約束してほしいんだ、リリー。タトゥーを見るときに、ぼくがこの手紙に書いた言葉だけを思い出すと。それからぼくがその場所にキスするたびに、ぼくが最初にそこへキスをした理由を思い出してほしい。すべては愛だ。ぼくは愛を知り、愛を与え、愛をもらって、愛に夢中になり、愛に生きて、愛のためにきみのもとを去った。

ぼくは今、ジョシュの寝室の床に座って、この手紙を書いている。今夜、ジョシュにちょっとしたハプニングがあって、記憶が一気によみがえった。彼が軽い胃腸炎になったんだ。ぼくがあのとき経験したほどひどいものじゃない。でもひどくつらそうだった。セオからもらったらしい。彼も数日前にちょうど同じ症状に見舞われていたから。

看病なんてしたことがなかったし、家には薬もなかった。薬局へ行こうとして、途中で、この手紙をきみのアパートメントのドアに滑り込ませることを思いついた。

病人の世話は楽しいものじゃない。音も、匂いも、睡眠不足も、何もかも大変だ。ジョシュの熱を計り、水を飲ませるたびに、ぼくはきみが限りない母性で、実にかいがいしく看病してくれたことを思い出した。真似をしようとしても、とても同じようにうまくはできない。

当時のきみは、今のジョシュよりほんの少し年上なだけだ。でも、本来の年齢よりはるかに大人びていたと思う。ぼくたちは普通なら子どもが経験しないようなことを経験してきた。ジョシュもつらい経験を経て、人より大人びた感じ方をしているのだろうか？

彼にはできる限り長く、子どもであることを楽しんでほしい。ぼくと一緒に過ごす時間を楽しんでほしい。ぼくより早く、愛とは何かを知ってほしいと思っている。愛がじわじわと彼のまわりに満ちて、ぼくみたいに、突然、衝撃を受けるようなことにはならないように。愛と共に成長し、愛に包まれ、愛に囲まれていてほしい。愛とはどんなものかを、ちゃんと見ていてほしい。

お手本になりたいんだ。ぼくたちふたりで。ジョシュと、そしてエマーソンの。きみとぼくで、ねえ、リリー。

六カ月経ったよ。

一緒に暮らそう。

愛をこめて
アトラス

手紙を読み終えると、わたしは涙を拭った。彼に一緒に暮らそうと言われただけでこんなに泣くなら、プロポーズされたらどうなるのか想像もできない。

まあ、それを言うなら、結婚式での誓いの言葉もだけど。

わたしはスマホを手に、ビデオ通話をかけた。十秒ほど呼び出し音が鳴った後、ようやくアトラスが出た。リビングのソファに寝そべっている。一晩中ジョシュの看病をしていたのか、目の下にはくまができているけれど、笑顔だ。

「やあ、美人さん」声が眠そうだ。

「ハイ」わたしはぐっと握った手を頬に添え、あんまり大きな笑顔にならないようにした。

「ジョシュの具合はどう？」

「大丈夫」アトラスが言った。「今は眠っている。ぼくのほうは寝不足だけど、疲れ過ぎてかえって頭が冴えてる」彼はこぶしであくびを抑えた。

「アトラス」わたしは思いやりをこめて彼の名前を呼んだ。彼は本当に疲労困憊《こんぱい》の様子だ。

「そっちに行ってハグしてあげようか？」

「うちに来てハグしてほしいかって？」

わたしは彼の言葉ににこりと笑った。「そうよ。そっちに行ってハグしてほしい？」

彼はうなずいた。「ほしい、リリー。うちに来て」

35

アトラス

「金を持ってるんじゃないのか？」ブラッドがたずねた。「誰か人を雇ってやってもらえよ」

「レストランを二軒も経営してるんだぞ。金なんて貯まるもんか。それに、おまえらがいるんだから、人なんて雇う必要はない」

「せめて荷物を持って、階段を上がるほうじゃなくてよかった」セオが言った。

「息子の言葉をメモっておけよ、ブラッド。どんな逆境にも一筋の光明を見出す、いい息子だ」

もう荷物はそれほど残っていない。一通りの家具はぼくの家にある。リリーは今まで使っていた家具のほとんどを、地域のDVシェルターに寄付をした。午後までに、彼女のアパートメントを空にする必要がある。

ぼくの車に入らないものは、知り合いで唯一、トラックを持っているブラッドとセオが運んでくれることになった。エマーソンのベビーベッド、リビングのテレビ、壁にかけていた絵などだ。

ジョシュはラッキーなことに野球の練習があり、引っ越しの手伝いを逃れた。数カ月前、学校から帰ってきた彼に、入団テストに申し込んだと言われて驚いた。今は無事テストに合格して、野球に夢中だ。リリーとぼくはと言えば、ジョシュには内緒で、全部の試合を観に行っている。

試合の予定は母にも伝えているけれど、観にきたことはない。毎週火曜日に始めた夕食会も、まだ実現したのは一度だけだ。もっと来てくれるのを願っているけれど、ある意味、こんなものかとも思っている。ジョシュも同じような気持ちだろう。人生において、何かうまくいかないことがあっても、そこにこだわらない。それより今あることに目を向けるほうが賢明だ。実際、喜ぶべきことはたくさんあった。そのうち大きなのは、ぼくはジョシュの監護権を持つことができたこと、そしてもう一つは、リリーとエマーソンがうちに引っ越してくることだ。人生は不思議だ。あっという間にすべてががらりと変わる。

今年のアトラスが何を思っているかなんて、去年のアトラスには想像もつかないだろう。

ぼくが階段を降りていくと、入れ替わりにリリーが上がっていく。すれ違いさま、彼女はにっと笑ってぼくにキスし、残りの階段を駆けあがっていった。

セオはやれやれという表情だ。「まだ信じられない。アトラスが彼女とここまでこぎつけるなんて」抱えていた箱を片膝で支え、駐車場へ続く非常口のドアを背中で押しあける。ぼくとブラッドのためにドアを背中で押さえて待ってくれたが、ぼくははっとして足を止めた。

ライルのものと思《おぼ》しき車が、ブラッドのトラックの少し先の駐車スペースに入ってきた。胸騒ぎがする。レストランにどなり込んできて以来、彼とは一度も顔を合わせていない。たしか、あれは一カ月前のことだ。彼がぼくとリリーのことをどの程度受け入れる気持ちになっているのかはわからないけれど、今、ぼくをちらりと見た表情は険しい。

車には彼のほかにもう一人男性がいて、その一人が助手席から降りてきた。リリーからきいていたことからすると、ライルの義理の弟のようだ。リリーのお母さんには会った。アリッサとライリーにも会ったけれど、マーシャルには会ったことがなかった。

ぼくはトラックまで行き、抱えていた箱をのせた。その間も、ライルの車からはずっと目を離さない。セオとブラッドはライルの存在に気づかず、部屋へ戻った。マーシャルがエマーソンを後部座席から抱きあげてドアを閉める。ライルは車に乗ったまま、彼だけがエマーソンを抱いてぼくのほうへ来た。

彼は片手を差し出した。「やあ、アトラス、だろ？　マーシャルだ」

ぼくは手を握り返した。「ああ、よろしく」

マーシャルがうなずくと、彼の腕の中のエマーソンがぼくに向かって手を伸ばしてくる。ぼくは一歩近づいて、彼からエマーソンを抱きとった。

「ハイ、エミー。今日は楽しかった？」

マーシャルはエマーソンを抱いたぼくをじっと見つめ、それから言った。「気をつけて。ライルは今日、二回ゲロを吐かれた」

「具合が悪いのか？」

「元気だよ、でも一日中、ぼくたちといたから。おチビちゃんは二人とも朝食に甘いものを食べた。それからおやつ。それから昼食に二度目のおやつ……」まあそんなことはどうでもいいとばかりに手を振る。「リリーとイッサは慣れっこだけどね」

ぼくからとりあげたサングラスを、自分の頭にのせようとするエマーソンに手を貸し、ちゃんとした位置にのせてやる。彼女は嬉しそうに笑い、ぼくも微笑み返した。

マーシャルは車の中に座ったままのライルをちらっと見て、ぼくに向き直った。「悪いね、挨拶もしなくて。まだ完全に納得はできてないみたいだ。彼女がきみのところに引っ越すのが」

マーシャルが言った〈彼女〉はリリーのことじゃない。彼はエマーソンを見ている。ぼくは大きくうなずいた。その気持ちはよくわかる。「気にしないで。簡単なことじゃないのはわかってる」

マーシャルはエミーの髪をくしゃくしゃとなでた。「引っ越しの邪魔をしないよう、これで失礼するよ。やっと会えてよかった」

「こちらこそ」ぼくは言った。心からの言葉だ。もし別の状況で会っていたら、きっと友だちになれただろう。

車に戻ろうとして、マーシャルは立ち止まり、ぼくを振り返った。「ありがとう」彼は言った。「リリーはぼくの妻にとって大切な存在で、だから……ね。リリーを幸せにしてくれてありがとう。彼女は幸せになるべき人だ」マーシャルは両手をあげ、首を横に振りながら後ずさりした。「行かなきゃ。なんか変だよね」まっすぐにライルの車に向かっていく。でもぼくは彼ともう少し話をしたかった。感謝しているのはぼくも同じだ。彼がリリーの支えになってくれたことを知っている。

マーシャルが助手席のドアを閉めると、ライルは車を発進させた。

エミーが今度はサングラスをしゃぶりはじめた。「ママにただいまって言いに行く？」ぼくは建物のほうへ歩きだしたが、リリーが階段の出入口に立っているのを見て足を止めた。

目が合った瞬間、彼女はくるりと後ろを向いて両目を拭った。なぜ彼女が泣いているのか、その理由はわからない。でも彼女が娘を迎える前に涙の跡を消せるよう、ぼくは少しゆっくりと歩いた。数秒後、思ったとおり彼女は満面の笑みでエミーを抱きとった。

「今日はパパと一緒で楽しかった？」彼女は何度もエミーにキスをした。

彼女がぼくを見た瞬間、なぜ彼女が泣いていたのか、ぼくの顔に疑問が浮かんでいたに違いない。彼女は身振りで、さっきまでライルの車が停まっていた駐車場を示した。

「これは大事件よ」彼女は言った。「マーシャルが一緒にいたのは知ってるけど、ライルが、この子をあなたに預けるのを黙って見てるなんて……」また目に涙を浮かべている。彼女はふぅーっとため息をつき、自分《ひと》で自分にあきれたようにくるっと目を回した。「安心した。この子の人生に関わる二人の男性が、少なくとも彼女のためにうまくやっているふりができるとわかって」

その言葉にぼくまで嬉しくなる。彼らが現れたとき、リリーが上の階にいてよかった。マーシャルがぼくにエマーソンを渡したとき、ライルは車の中に乗ったままだった。だがそれは正しい方向への第一歩だ。たぶんぼくとライルも、リリーとライルのように淡々とやりとりすればいい。

なんとかやっていけそうだ。たとえそれが多少の胸の痛みを伴うとしても。

ぼくはリリーの頰の涙を手で拭い、すばやくキスをした。「愛している」彼女の腰に手を添え、階段へと進む。「あと一往復で、きみはもう一生ぼくから離れられなくなるよ」

リリーが笑った。「もう一生あなたから離れられなくなるのが待ちきれないわ」

36

リリー

わたしは引っ越しで疲れ果て、アトラスのソファで丸くなっていた。

いや、わたしたちのソファだ。

今日はアトラスが仕事で遅くなる。だからセオとジョシュに、残りの荷ほどきを手伝ってもらった。わたしは朝が早くて、彼は夜が遅いけど、これからはもっと顔を合わせる時間が増えると思うとわくわくする。たとえそれがすれ違いのごく短い時間だったとしても。それに日曜日はずっと一緒にいられる。

でも今夜は金曜日、そして明日は土曜日で、アトラスは大忙しだ。わたしはママがエマーソンを送ってくるまで、ジョシュとセオの二人をもてなすことにした。三人で『ファインディング・ニモ』を観て、もうすぐ終わるところだ。

正直言って、二人が最後まで観るとは思わなかった。思春期直前の子どもに、ディズニーは幼稚すぎるのでは思っていたからだ。でもわたしたちの世代とZ世代はまったく違う。二人と一緒に過ごせば過ごすほど、世代ギャップを痛感する。彼らはマイペースで、人にどう思われるかなんて気にしない。少しばかりねたましくなるほどだ。

最後のクレジットが流れはじめるとジョシュが立ちあがった。

「どうだった?」

ジョシュは肩をすくめた。「野蛮なキャビア大虐殺シーンで始まったわりには、けっこうおもしろかったね」からになったポップコーンの袋を持ってキッチンへ向かう。でもセオはまだじっとテレビを見つめたままだ。ゆっくりと首を振っている。

キャビア……?

「わからないな」セオが言った。

「今のキャビアがなんとかってやつ?」

セオはわたしとテレビを交互に見た。「いや、アトラスがリリーにとうとう岸にたどり着いたんだって言った理由だよ。映画のなかの台詞でさえなかった。『ファインディング・ニモ』にちなんだってきいていたから、ずっと誰がどこで言うのかなって待ってたんだけど」

アトラスと暮らすようになった今、慣れるべきことがいろいろあるのはわかっている。でもわたしたちの関係について、彼がセオになんでも相談するのには、この先も慣れることがないだろう。

次の瞬間、困惑気味だったセオの瞳がぱっと明るくなった。「あ。そうか! 人生に打ちのめされても、泳ぎ続けたから、だからアトラスは、人生はもう……なるほど」瞳の動きで、彼がまだ目まぐるしく考えているのがわかる。床から立ち上がりながら、ふたたび首を振った。

「でもやっぱりダサいよね」小さな声でつぶやく。次の瞬間、セオのスマホが震えた。「帰らなきゃ。父さんが迎えに来た」

ジョシュがリビングに戻ってきた。「泊まっていかないの？」

「今夜はだめなんだ。明日の午前中、両親と出かけるから」

「ぼくも行きたい」ジョシュが言った。

「それは……どうかな」セオが靴を履きながら言葉をにごす。

「どこへ行くの？」

セオの目が一瞬わたしの目を見て、すぐにジョシュに戻った。「パレードだよ」静かな声だけれど、緊張がにじんでいる。

「パレード？」ジョシュが首を傾げた。「ならそう言えばいいだろ？　なんのパレード？　プライドパレード？」

セオが息をのんだ。おそらくジョシュにも今までその話をしたことがないのだろう。わたしはセオが何と答えるのか、どきまぎして見守った。でも、ここ数カ月、ジョシュを見てきて、彼がセオとの友情を大切にしているのはわかっている。

ジョシュは靴をつかみ、ソファでわたしの隣に座って紐を結んだ。「だったら何？　ぼくは女の子が好きだから、プライドなんとかに行っちゃだめなの？」

セオはもじもじしている。「いけなかないよ。ただ……まさかきみが知ってると思わなくて」

ジョシュはくるりと目を回した。「好きなマンガで、その人についていろいろわかるんだ。おれをなめんなよ」

「ジョシュ」わたしはたしなめた。

「ごめん」ジョシュはクローゼットからジャケットを取り出した。「セオの家に泊まっていい？」

記念すべき重大な瞬間をさりげなく受け止めるジョシュに、わたしはアトラスを思い出した。優しいジョシュ。

だがセオのところへ泊りに行っていいかという質問には何と答えていいのかわからない。どう答えれば……わたしは迷った。ここに来て、まだ四日しか経っていない。ジョシュがこれまでわたしに何か許可を求めたことはなかったし、アトラスとまだルールは決めていない。「いいわよ、もちろん。でも、アトラスに行き先を連絡させて」

アトラスが気にするとは思えない。一緒に暮らしはじめたら、ジョシュとエマーソンに関して、こういったことにも対応が必要になる。誰が誰の面倒をみて、いつ、どんなふうに、親としての役目を果たすのか。考えるとわくわくする。アトラスと人生の計画を立てるのは楽しい。

ママはまだ、エマーソンを送ってこない。ジョシュとセオがいなくなると、引っ越してきて初めて、家が静かで空っぽになった。今までここで一人になったことはない。わたしは部屋を見て回り、棚の中をのぞいて、わたしの新しい家に慣れるために一人きりの時間を使った。

わたしの新しい家。口に出して言うと、なんだか照れくさい。

わたしは裏口から出るとデッキに置かれた椅子に腰をおろし、裏庭を眺めた。ガーデニングにぴったりだ。町の中心に近い場所で、これほどの広さの庭がある家は貴重だ。わたしが自分の人生に戻ってきたときのために、彼がこの完璧な裏庭のある家を探したのかもしれない。もちろん、そんなはずはないと思っても、彼がこの家を選んだ理由を想像するのは楽しかった。

突然の着信音に、わたしは驚き、飛び上がった。アトラスからで、さっきの電話への折り返しだ。

「ハイ」

「何をしてるの？」彼がたずねる。

「どこに花壇を作ろうかなって考えてるところ。ジョシュがセオの家に泊まりたいっていうから行かせたけど、それでよかった？」

「もちろん。二人は役に立った？」

「ええ、もうほとんど片づいたわ」

アトラスはそれをきいてほっとした表情だ。片手で顔をなでおろした。忙しい一日を過ごしたみたいだけれど、それは笑顔の下に押し込めている。「エマーソンは？」

「ママが連れて、こっちへ向かっているところ」

彼はため息をついた。彼女を見ることができなくて、がっかりしているようだ。「エミーの顔を見れなくてさびしいな」彼は言った。小さな声、しかも少し早口だ。こんなにも早く彼女を愛しはじめていることを認めるのに、少し恐れを感じているみたいに。でもちゃんときこえた。わたしはその言葉を、これまで彼が言ってくれたたくさんのステキな言葉と共にしまっておくことにした。「三時間後には帰るよ。まだ起きてる？」

「もし起きてなかったら、どうすればいいかわかってるでしょ」

アトラスは頭を振り、かすかに口角を上げた。「愛してる。後でね」

「わたしも愛してるわ」

電話を切るやいなや、きこえてきたエマーソンのかわいらしい声に、わたしは慌てて振り向いた。ママが彼女を抱いて、デッキの入口に立っている。さっきの会話を少しきいていたのか、微笑んでいた。

立ちあがって抱きとると、エマーソンはぴったりとわたしにしがみついてきた。楽な夜になりそうだ。こんなふうに腕の中でおとなしくしているのは、寝る気満々ってことだ。わたしは身振りでママに隣のデッキチェアを示した。

「ステキな庭ね」ママは言った。

ママが裏庭に来たのは初めてだ。歩いて案内したいけれど、エマーソンはわたしの胸に顔をこすりつけて、眠気に抗っている。わたしはそのままここで、彼女を寝かしつけることにした。

「ガーデニングにぴったり」ママが言った。「アトラスはわざとここを選んだと思う？　あなたが彼の人生に戻ってくることを願って」

わたしは肩をすくめた。「そうなのかなって思っていたところ。でも確かめたくはないの」

わたしはしばらく口をつぐみ、あらためてママの質問をかみしめた。彼の人生に戻って？　ママにアトラスがメイン州にいたときからの友人だと伝えたことはなかったはずだ。ママは彼のことを覚えていないと思っていた。

今、ここにいるアトラスが、わたしの過去にいた誰かだとは知らないはずだ。

わたしの顔に驚きを見てとったのか、ママは言った。「珍しい名前だもの。覚えているわ」

わたしは微笑んだ。でもなぜ、今までママはそのことを話題にしなかったのだろう？　彼とデートするようになって半年がたつし、四、五回は、ママも彼に会ったことがあるのに。

でも、驚くことじゃないのかもしれない。ママはこれまでもずっと、なんでも話すというタイプじゃなかった。それはママのせいだけじゃない。長い間、ママが声をあげるのを許さない男性と過ごしてきたのだから。どうやって声を出すのか、思い出すのも大変なはずだ。

「どうして今まで何も言わなかったの？」わたしはたずねた。

ママは肩をすくめた。「話したければ、リリーが自分から話してくれるだろうと思って」

「ずっと言いたかった。でも彼のそばでママに気まずい思いをしてほしくなかったの。あのとき、パパが彼にあんなことをした後で」

ママはわたしから裏庭へと視線を移すと、おもむろに話しだした。「あなたには言ったことがなかったけれど、一度だけ、アトラスと話をしたの。話とも言えないほどだったけれど。たまたま仕事から早く帰ったら、あなたたちふたりがソファで眠っていた。ショックどころじゃなかったわ」ママはおかしそうに笑った。「まだかわいくて、無邪気な女の子だと思っていた娘が、我が家のソファでどこの馬の骨ともわからない男の子と眠っていたんだから。思わずどなりつけようとしたら、彼が目を覚ましたの。彼はひどく怯えていた。わたしを怖がっているんじゃない。今考えると、あなたを失うかもしれないことを恐れていたんだと思う。いずれにしろ、彼は何も言わず、あたふたと出ていった。わたしも後を追って、外に出た。もう二度と来ないで、そう彼に注意するつもりで。でも彼はそのとき……驚くような行動に出た」

「何をしたの？」心臓が喉から飛び出しそうだ。

「わたしをハグしたの」ママの声にかすかな笑いが混ざっていた。

わたしはぽかんと口をあけた。「彼がママをハグしたの？　娘と寝ていたところをつかまえたら、彼がママをハグ？」

ママはうなずいた。「そう。しかもそのハグから、大変だったねという彼の悲しみが伝わってきた。はっきりと感じたわ。わたしを励まし、慰めるハグだった。そして彼はただ……歩き去った。親の目を盗んで、娘と何をしているの？　そう彼を責めるチャンスもなかった。あれが彼の作戦だったとしたら、実に見事よね。わからないけど」

わたしは頭を横に振った。「作戦なんかじゃないと思う」優しいアトラス。

「あなたが彼と会っているのは知ってた。そして彼がわたしよりも、パパに見つからないようにしていることも。感情的になるまいと思ったの。あなたのそばに、誰かがいることが嬉しかったから、干渉はしないと決めていた」ママは、わたしたちの後ろにある家を手振りで示した。「そしてほら、あなたは彼を永遠に手に入れた」

ママの話に、わたしはエマーソンをぎゅっと抱きしめた。

「あなたの人生に、あんな思いやりに満ちたハグをする人がいると知って嬉しかったわ」ママは言った。

「彼はハグ以上のこともしてくれるわよ」わたしはわざとしかつめらしく言った。

ママがあきれたように笑った。「リリーったら！」首を振りながら立ちあがる。「さてと、もう帰るわ」

ママが帰ったあとも、わたしは一人で笑っていた。そしてエミーを抱いていないほうの手でアトラスにメッセージを送った。

ものすごく愛してる、おばかさん

37

アトラス

「マジ？　ほんとにチェックしなくていいの？」セオがたずねる。

ぼくは鏡の前に立ち、ネクタイの位置を直していた。セオはソファに座り、結婚式の前に誓いの言葉をチェックさせろとしつこく言ってくる。「きみに読んできかせるつもりはない」「みんなの前で恥をかかないためだよ」セオは言った。

「恥なんかかかない。最高の誓いの言葉を書いた」

「アトラス、ねえってば、心配してるんだよ。ぼくの知る限り、アトラスのことだから、変な結びの言葉を書いているかもしれないって。ぼくのおさかな《fish》になってくれないかな《wish》とかさ」

ぼくは声をあげて笑った。二年経った今も、いったいどうやったら次々にこんな台詞を思いつくのか謎だ。「よくもまあ、あれこれ思いつくね。夜中に寝ないで練習したりしてるのか？」

「まさか、これは才能だ」

誰かのノックで、ドアが少しだけひらいた。「あと五分です」

ぼくはもう一度だけ鏡を見て、それからセオに向き直った。「ジョシュはどこにいる？　準備はできてるのかな?」

「ぼくには守秘義務がある」

ぼくは首を傾げた。「セオ、いったい奴はどこにいる?」

「さっき見たときは、東屋《あずまや》で女の子の喉を舐めてた。きっとすぐにアトラスをおじいちゃんにしてくれるよ」

「ジョシュはぼくの弟だ。だからなるとしても、おじいちゃんじゃなくて、おじさんだ」窓から外を見ても、東屋には誰もいない。「頼む、ジョシュを探してきてくれ」

ジョシュとぼくはよく似ている。だが、ぼくがあの年齢の頃よりも、彼ははるかに女の子に積極的だ。今、十五歳になったばかりけれど、どんどん扱いがむずかしくなるだろう。来年、彼が車の免許を取れる歳になる頃には、心労のあまり、ぼくは十歳は老けこんでいるはずだ。

何かほかのことを考えよう。もうこれ以上緊張はしたくない。セオの言うとおり、誓いの言葉をもう一度見直して、変更したり付け加えたりしたいところがないか確認したほうがよさそうだ。

ぼくはポケットからたたんだ紙を取り出し、万が一最後の最後に変更したくなったときのためにペンを手にした。

大好きなリリーへ

何度もきみに手紙を書いたけれど、それはきみ以外の誰にも読まれないものだった。だからこの誓いの言葉を書こうとしたとき、はじめは何をどう書けばいいのかわからなかった。みんなの前で、この手紙を読みあげることを考えると、冷や汗が出そうだ。

でも誓いの言葉はぼくたちだけのものじゃない。目的は公に約束をすることで、それを見守るのは神、そして友だちや家族だ。

でも、それって不思議だよね。少なくともぼくには不思議に思えた。誓いの言葉を公にするなんて、なんでそんな必要があるんだろうって。愛に証人が必要になるなんて、過去に何があったんだろうって思った。

あちこちで、この誓いが破られているということ？　心が砕け散っているってことだろうか？

そもそも、なぜ誓いがあるのか、考えてみるとなんだか気が滅入《めい》る。みんなが誓いの言葉を守れば、誓いの言葉なんて必要ない。人は恋に落ち、誠実に、永遠に、相手を愛しつづける、それで終わりだ。

だがそこに何か問題があるはずだ。ぼくたちは人だ、人間だ。そして人間って動物は、時に期待を裏切る。

誓いの言葉を書いている最中に、これに気づくと、次はこんなふうに考えた。もし人間が期待を裏切って、愛に関してはほとんどが失敗に終わるとしたら、ぼくたちの愛が時間という試練に耐えうると証明するために何ができるんだろうって。結婚の半分が離婚で終わるなら、誓いの言葉の半分は破られるということだ。その二分の一にならないと保証できるだろうか？

リリー、残念だけれど、保証はできない。できるのはただ願うことだけだ。ぼくたちが今日ここに立ち、互いに交わした約束が、数年後に、離婚専門の弁護士のファイルに収まっていないことを。

すまない。こんな誓いの言葉じゃ、結婚なんてやってられない、たいていの場合は幸せな結末を迎えないものだと言っているようにきこえるよね。

でもぼくのような経験をした人間にとっては、それはすごい可能性に思えるんだ。

半分？

フィフティ・フィフティ？

二分の一も？

もし十代のときに、一生きみと暮らすことができるチャンスはフィフティ・フィフティだと誰かに言われたら、ぼくは自分をこの地球上で一番ラッキーな人間だと思っただろう。

きみに愛されるチャンスが五十パーセントあると誰かに言われたら、自分はどんないいことをして、そんな幸運を手に入れられたんだと思っただろう。

いつかぼくたちふたりは結婚し、きみの夢だったヨーロッパへの新婚旅行を実現させ、そのあとも結婚が続く可能性は五十パーセントだと誰かに言われたら、ぼくはすぐに、きみに指輪のサイズをたずねたと思う。

愛の終わりを失敗ととらえるのは、見方の問題なのかもしれない。なぜなら愛が終わりを迎えるということは、それまでのどこかの時点で、愛が存在していたことを意味するからだ。きみに出会う前、ぼくは愛を感じたことはなかった。

十代のぼくは、失恋を悪いことだとは思っていなかった。むしろ、愛を失う経験ができるほどに、誰かを愛したことがある人をうらやましく思っていた。誰かに愛されたことがなかったから。

でもきみが現れて、すべてを変えてくれた。きみと恋に落ちる最初の男になるチャンスをもらっただけじゃなく、一度は恋が終わる悲しみもわかちあった。そして、また一からきみと恋に落ちるチャンスをもらった。

一度の人生で二度も。

ぼくはラッキーな男だ。

そう考えれば、ぼくが、いや、ぼくたちがここまでたどり着いて、この晴れの日を迎えられたのは夢見ていた以上の幸せだ。人生に望むものはこれ以上何もない。ひとつの呼吸、ひとつのキス、一日、一年、一生。きみが与えてくれるものはすべて受けとめ、これから先、幸運にもきみと共に過ごせる一瞬一秒を大切に過ごすことを誓う。これまできみと過ごした時間を大切にしてきたように。

楽観的に言えば、ぼくたちは生涯、幸せに添い遂げられるかもしれない。お互い年老いて、衰え、ぼくがきみの唇におやすみのキスをするのに丸一日かかるまで。もしそうなったら、人生をずっときみと共に歩ませてくれた愛に最大の感謝を捧げると誓う。

悲観的に言えば、ぼくたちは明日にも互いの心を傷つけるかもしれない。たとえそうなっても——そうならないとは思うけれど、失恋の悲しみへと導いてくれた愛に、死ぬまでずっと、大きな感謝を捧げると誓う。もし五十パーセントの一人になるとしても、きみとなら悔いはない。

でもきみはかつてぼくに、ぼくが現実主義者だと言ったことがある。だから現実的にこの誓いの言葉を締めくくろうと思う。今日、ここからぼくたちが出発しようとしているのは、丘、谷、高い山や渓谷が次々と立ちはだかる旅だ。丘をくだるとき、きみはぼくの手にすがらなくてはならないときがあるかもしれない。山を登るときに、きみに手を引いてもらわなくてはならないときもあるだろう。でも、どんなときも、今この瞬間から、きみとぼく、ふたりで立ち向かっていこう。良いときも悪いときも、富めるときも貧しきときも、病めるときも健やかなるときも、これから先ずっと永遠に。きみはぼくの大好きな人だ。これまでもずっと、そしてこれからもずっと。愛している。きみはぼくのすべてだ。

アトラス

ぼくは大きく息を吐いた。手のなかの紙が震えている。想いのすべてを綴った紙だ。それを小さくたたんでいると、ジョシュが控え室に入ってきた。それからダリン、ブラッド、セオ、そしてマーシャルも。

マーシャルがあけたドアを支えて言った。「準備はいいかい？　時間だよ」

ぼくはうなずいた。準備はできている。これ以上はないくらいに。だが誓いの言葉をポケットにしまう前に、ぼくは最後にほんの少しだけ変更を加えることにした。すでに書いたものには手を加えず、最後にこんな一行を付け加えた。

追伸：ぼくのおさかなになってくれないかな。

謝辞

『イット・エンズ・ウィズ・アス』について、わたしは、続編は書かないことを公言していました。この作品は終わるべきところで終わった、そう思っていたからです。それにリリーにさらなる試練を与えたいと思っていませんでした。

でも#ＢｏｏｋＴｏｋでブームが起こり、オンラインの嘆願やメッセージやビデオが届くようになって気づいたのは、皆さんが見たいのはアトラスとリリーがさらに苦悩する姿ではなく、幸せになるところなのだということです。そしてプロットを考えはじめると、わたしもまた、皆さんと同じくらい強く、リリーとアトラスの幸せな姿を見たいと願っていることに気づきました。この続編を望んでくださったすべての皆さんに、あらためてお礼を申し上げます。ありがとう、皆さんがいなければ、この『イット・スターツ・ウィズ・アス』が生まれることはありませんでした。

ほかにも感謝を捧げるべきたくさんの人がいます。本作品に限らず、駆け出しのころからずっと、わたしを支え続け、『イット・エンズ・ウィズ・アス』の出版へと導いてくれた多くの方々のおかげで、今のわたしがあります。家族、友人、ブロガー、読者、編集者、エージェント、皆さんの長年のサポートに、大きな「ありがとう」を贈ります。あなたたちの存在がなければ、ここまで執筆活動を続けることができなかったと思います。

リーヴァイ、ケール、ベッカム、そしてヒース、この地球上でわたしがもっとも愛するフーヴァー家の四人の男性、あなたたちの励ましとサポートのおかげで、毎日がんばることができています。

リン・レイノルズ、マーフィー・フェンネル、ヴァノイ・フェイト、あなたたちはこの地球上で、わたしが一番大好きな女性たちです。

ブックワームボックス、ブック・ボナンザ・チーム、いつもいろいろありがとう。

エージェントのジェイン・ディステルとローレン・アブラモ、そしてディステルのゴドリッチ&ブレットチームにも感謝を捧げます。

編集者のメラニー・イグレシアス・ペレス、広報のアリエル・スチュワート・フレッドマン、発行人のリビー・マクガイヤとアトリアブックスのチームにも感謝を申し上げます。

ステファン・コーエン、エリカ・ラミレズへ。わたしの夢の実現に手を貸し、いつもわたしのことを考えてくれてありがとう。どれほど二人を愛しているか、とても言葉では言い表せないわ。オフィスに入るたびに、家に帰ってきたようなほっとした気持ちになります。

パメラ・キャリオンとローリー・ダーター、いつもわたしのために、あなたたちがしてくれるすべてのこと、毎日楽しませてくれることに感謝してる。

サイモン・シュースター・オーディオチームの皆さんも、わたしの本に声という息吹を吹き込んでくれてありがとう。

自らも小説を書きながら、いつも他の著者を応援し、毎週、出版を祝うメッセージを発信し続けてくれている、スーザン・ストーカーにも感謝を捧げます。

そして大きな感謝を以下の皆さんにも贈ります。タリン・フィッシャー、アナ・トッド、ローレン・レヴァイン、シャノラ・ウィリアムズ、シェール・ラゴスキ・ノースカット、タサラ・ヴェガ、ヴィルマ・ゴンザレス、アンジャネット・ゲレーロ、マリア・ブレイロック、タロン・スミス、ヨハナ・キャスティーロ、ジェン・ヴェルナルド、クリスティン・フィリップス、エイミー・ファイト、キム・ホールデン、キャロライン・ケプネス、メリンダ・ナイト、カレン・ローソン、マリオン・アーチャー、ケイ・マイルズ、リンジー・ドモカー、そしてその他にもたくさんの人々。

コーホート、ＢｏｏｋＴｏｋ、ウェブリッチ、ブロガー、図書館の司書や読書を愛する皆さんにも心からの感謝を！

そして何より、わたしたち著者にメッセージやメールを送って、本が皆さんにとってどれほど大きな意味を持っているかを教えてくれる読者の皆さんに感謝を捧げます。皆さんはわたしたちが書く理由です。

訳者あとがき

お待たせいたしました。ＮＹタイムズ・ベストセラーの常連、コリーン・フーヴァーの新作、『イット・スターツ・ウィズ・アス　ふたりから始まる』（原題　*It Starts with Us*）をお送りします。

本作は『イット・エンズ・ウィズ・アス　ふたりで終わらせる』（原題　*It Ends with Us*）の続編であり、前作のラストシーン、ボストンの街角で、リリーとアトラスが偶然再会を果たした、まさにその場面から始まります。互いに想いを残したまま、離れ離れになっていたふたり、念願の再会を果たして、そのまま一気にロマンスモードに突入か……と思いきや、大人の恋はそんなにスムーズには進みません。ふたりにはそれぞれ抱えているものがあります。リリーは経営者で、幼い娘を一人で育てるシングルマザーであり、離婚はしたものの、娘の父親であるライルとの関係性に悩んでいます。アトラスはアトラスで、二店のレストランのオーナー兼シェフとして忙しい日々の中、これまで存在さえ知らなかった父親違いの弟が、突然目の前に現れ、遠い昔に決別したはずの過去と対峙せざるをえなくなります。果たしてふたりは自らの前に立ちはだかる過去とどのように折り合いをつけ、未来に向かって歩み出すのでしょうか？　前作の『イット・エンド・ウィズ・アス』でも、心に刺さるセリフが満載でしたが、本作もまたリリーとアトラスの、愛と優しさに満ちた美しい言葉があふれています。前回同様、心を揺さぶり続けるエモーショナルな読書体験を楽しんでください。

また、前作から引き続き、魅力的な脇役たちの存在ももちろん忘れてはなりません。いつもフェアなまなざしを忘れないアリッサ、さりげない優しさでまわりの人々を包み込むマーシャル、同僚のブラッドとその息子セオ、そして本作ではさらに、父親違いの弟、ジョシュが登場し、物語をさらに華やかに彩っています。なかでも魅力的なのは、セオとジョッシュの十二歳コンビです。セオの韻を踏んだユーモアあふれるセリフには何度もくすりと笑わされました。この手の音と意味がかかったジョークの翻訳は、翻訳者としてもっとも頭を悩ませるところであり、たとえば日本語の代替表現を探す、注をつけるなど、いくつかの翻訳方略があるのですが、今回はあえてルビでそのまま英語の響きを残しました。ほんのちょっぴりですが、英語の音の楽しさを感じていただければさいわいです。

また言葉と言えば、本作を読むうえでとくに鍵となる概念について、ここで少しだけ述べておきます。それはガスライティング（*Gaslighting*）です。ガスライティングは「言葉による虐待の一種で、相手の考え、経験、出来事に対する理解を疑うように心理的に操作すること」であり、二〇一八年頃から、虐待の一種として一般にもよく知られるようになりました。「きみは間違っている」「そんなの妄想だ」などというゆがんだ考えを吹き込まれ続けた結果、被害者は混乱や不安を生じ、本当にそうなのだと思い込んで、自らの感情を封じてしまうというものです。リリーはもちろん、若き日のアトラスも、このガスライティングの被害者なのですが、本作ではふたりが互いの愛と信頼に満ちた言葉によって、その忌まわしい呪縛から解き放たれていく様子が細やかに描かれています。人を傷つけるのも言葉なら、人を癒すのも言葉なのですね。フーヴァーが巧みな筆致で描き出す、言葉の力と奥深さを感じてもらえたらと思います。

最後になりましたが、わたしに最初にフーヴァー作品を訳するきっかけをくださった二見書房の山本則子さん、今回の『イット・スターツ・ウィズ・アス』の翻訳にあたり、タイトなスケジュールの中、伴走してくださった二見書房の皆さん、本作の翻訳協力をしてくださった佐藤満理子さん、そしていつも英語に関するわたしの質問に的確に答えてくれるジョン・ティーデマンさんに感謝を申し上げます。

そして何より、前作に続いてこの本を手に取ってくださった皆さんに心からの感謝を。

どうかこの作品が、忙しい毎日を送る皆さんにとって一服の清涼剤となり、明日をがんばる元気を与えてくれますように！

二〇二三年六月

相山夏奏

イット・スターツ・ウィズ・アス　ふたりから始《はじ》まる

2023年 8 月 25 日　初版発行

著者　コリーン・フーヴァー
訳者　相山夏奏《あいやまかなで》

発行所　株式会社 二見書房
東京都千代田区神田三崎町2-18-11
電話 03(3515)2311［営業］
03(3515)2313［編集］
振替 00170-4-2639

印刷　株式会社 堀内印刷所
製本　株式会社 村上製本所

落丁・乱丁本はお取り替えいたします。
定価は、カバーに表示してあります。

ISBN978-4-576-23092-4
https://www.futami.co.jp/